U0584513

初心与梦想

张军霞　著

内蒙古文化出版社

图书在版编目 (CIP) 数据

初心与梦想 / 张军霞著 . — 呼伦贝尔 : 内蒙古文
化出版社 , 2023.8
ISBN 978-7-5521-2362-3

Ⅰ.①初… Ⅱ.①张… Ⅲ.①纪实文学—中国—当代
Ⅳ.①I25

中国国家版本馆 CIP 数据核字 (2023) 第 163369 号

初心与梦想
CHUXIN YU MENGXIANG

张军霞　著

责任编辑　白　鹭
封面设计　鸿儒文轩

出版发行　内蒙古文化出版社
地　　址　呼伦贝尔市海拉尔区河东新春街4 – 3号
直销热线　0470 – 8241422　　**邮编**　021008

排版制作　鸿儒文轩
印刷装订　三河市华东印刷有限公司
开　　本　170mm × 240mm　1/16
字　　数　323千
印　　张　23
版　　次　2023年8月第1版
印　　次　2023年8月第1次印刷
书　　号　ISBN 978-7-5521-2362-3
定　　价　68.00元

版权所有　侵权必究
如出现印装质量问题，请与我社联系。联系电话：0470-8241422

代　序

不忘初心，坚守梦想

军霞同志的大作即将付梓，邀我为新书作序，我有点忐忑，因为我对美术领域没有深入研究，学术上没有底气。但又盛情难却，因为她在阳信县第一中学（以下简称"阳信一中"）读书时我是学校的副校长，她在阳信一中担任美术教师时我是学校的校长，我们在同一个战壕里摸爬滚打十几年，对于她的嘱托我无理由推托，只好恭敬不如从命了。

每个事业有成的人都有自己的初心。初心，是人生起点的希冀与梦想，是困难挫折中的恪守与坚持，是事业成功的基础和信念。军霞自幼受到家庭"美育"的熏陶，她的姥姥是当地有名的女红能手，叔叔、伯伯都是十里百村知名的画匠，她对美术有着天然的热爱。在中小学读书期间，通过参加各种活动，她的美术天赋逐渐显现。老师的"鼓励＋指导"，自己的"天赋＋热爱"，筑牢了她从事美术教育工作的初心与梦想。怀揣着这个梦想，她以优异成绩考入滨州师范专科学校（以下简称"滨州师专"）美术系。乘着梦想的翅膀，她在大学里刻苦学习，这为她以后投身于美术教育事业打下了坚实的专业基础。

不忘初心，才能梦想成真。军霞正是胸怀"我要回去改变家乡的美术教

育"的初心与梦想，走上了梨乡的美术教育讲台。在阳信一中工作期间，她爱岗敬业，爱生如子，注重以美育人、以美化人、以美培元，不断培养学生对美的感受力、鉴赏力和创造力，积极探索美术教育的新路径，实现了向中央美术学院、中央戏剧学院、中国戏曲学院、中国美术学院等艺术名校输送人才的新突破，创造了阳信美术高考成绩的新辉煌。

"教"而优则"研"，"研"而优则"仕"。2009 年 9 月，军霞以第一名的成绩被招考为阳信县教研室美术教研员。2020 年 7 月，她又被任命为阳信县教师业务研修中心主任，并负责阳信县名师工作室建设项目。在工作实践中，她以促进学校美育课程建设和教师专业发展为重点，注重以名师为引领，以教学研究为主线，以教学活动为载体，引导、激励、帮助教师自主发展，通过业务学习、专题培训、课例打磨、课题研究等多种形式，促进名师团队成长，实现了带领一个团队、振兴一个学科、造就一批名师的目标，促进了全县教育教学高质量发展。

心有繁花，一路芳华。本书采用纪实形式，记录了军霞用爱心走入美术课堂、用热心关爱美术教师的成长经历，构建了一个教育工作者带着教育情怀行走的轨迹，这些文字无疑是她工作近 30 年来的心血，是她工作实践和人生体验的结晶。全书由"从教十年""从研十年""团队引领"三部分组成，内容丰富多彩，是一位教育工作者初心使命与梦想实践的碰撞对话。

初心，是梦想开始的地方。梦想，是坚守初心的执着。愿每一位教育工作者在前行的道路上，插上梦想的翅膀，承担起责任与担当，朝着建设教育强国的目标飞翔！

星光不问赶路人，时光不负有心人。是为序。

岳金辉

2023 年 6 月 16 日

目 录

第二编

从研十年

第一编——从教十年

从教十年简介

爱心奉献平凡岗，智慧铺就成功路；投身教育天地，热情挥洒教坛。自从我记事起，我就梦想成为一名教师。

一、成长轨迹

1995年，我从滨州师专毕业后，有幸进入我县（阳信县）第二实验小学工作，主教小学语文的同时兼任美术老师。

1996年暑假，全县搞大练基本功"三笔一画"（即毛笔字、钢笔字、粉笔字、简笔画）活动，我担任了全县教师简笔画培训工作。同年9月，因为工作需要，我被调入实验中学承担美术学科的教学。在实验中学任教期间，我多次参加市县级讲评课活动并多次获奖，辅导百余名学生参加市级、国家级书画比赛。同时，有数名学生获奖并在中考中以特长生身份考入理想的学校。

2000年，根据我县高中美术教学的需求，我又被调入第一高中进行高中美术教学。高中的美术教学不同于中小学的美术教学，主要是辅导美术特长生，并引导他们考取以美术专业为主的高等艺术院校。在2009年至2015年期间，我连续六年辅导高三毕业班，先后有200余人考入名牌艺术院校，其

中，中央美术学院 2 人、清华美术学院 1 人、北京师范大学 1 人、中央戏剧学院 5 人、中国戏曲学院 10 人、中国美术学院 21 人，鲁迅美术学院等美院和"211 工程"院校 60 余人。

在搞好美术特长生专业辅导的同时，我还努力上好美术鉴赏课、基本能力课。2007 年，"基本能力"测试纳入高考后，我担任了基本能力美术模块校本教材主编，在滨州市第四届基本能力学科教学成绩比赛中，取得第四名的成绩。在整个高中任教阶段，我取得的成绩不仅得到了领导的肯定，也深受家长们的认可和广大师生的好评。

二、取得的主要成绩

2004 年获阳信县"优秀教师"称号。

2005 年在滨州市高中美术基本功比赛中荣获二等奖。

2006 年获山东省第三届学生文学艺术博览会"优秀指导教师奖"，辅导学生王蒙蒙获书法作品一等奖。

2006 年在滨州市高中美术教学研讨会上执教观摩课。

2007 年论文《在高中美术新课标下的自我思考》获滨州市三等奖。

2007 年指导学生所作素描《头像》获阳信县十三届艺术节一等奖。

2008 年获阳信县"优秀教育工作者"称号。

2008 年在阳信县初中美术研讨会上做《关于初中美术新教材》培训专题讲座。

2009 年被评为滨州市艺术教育优秀辅导教师。

2009 年被评为阳信县"教学能手"。

2009 年论文《谈色彩入门教学》在《学习周报》上发表。

2009 年执教的《中西传统工艺美术掇英》获阳信县一等奖。

2009 年论文《谈如何利用"网络"上好美术鉴赏课》获国家级二等奖。

2009 年获全国第十四届中小学美术类指导工作一等奖。

2009 年参加山东省高中教师新课程远程进修，被评为"优秀学员"。

2010 年被评为"滨州市高中美术教学能手""滨州市优秀监考员""阳信县教坛新星"。

2010 年撰写的论文《执行力是学校创新发展的前提》在《当代教育发展学刊》上发表。

2010 年在滨州市高中美术教学研讨会上做专题发言，题目是《高中美术课中如何指导学生阅读美术作品》。

2010 年在第十五届全国中小学生绘画书法作品比赛中，获绘画类指导工作一等奖。

2010 年作品《鱼水情》获滨州市教师组比赛一等奖，指导的学生范艺群、杨振豪、李亚伟均获书法、绘画比赛一等奖。

当然，衡量教师的标准是多方面的。作为一名教师，不仅要树立为人师表、教书育人的思想，还要将言教与身教相结合，以身作则，才能使教师的言教发挥一定的作用。

教师无小节，处处为楷模。教师的一言一行都具有示范性和榜样性，所以，既然选择了教师这个行业，就要一如既往地为教育事业抛洒自己的青春和汗水，用一腔热血和全身心付出酬谢领导和知己。

第一章 教研组引领

第一节 培养青年教师的计划及取得的成效

为了进一步提升青年美术教师的教学水平，我们加大了对青年教师的传帮带力度，加强对他们的业务指导，使其紧跟当前教育教学改革的步伐。同时，充分发挥青年教师的优势，组织青年教师结对，给青年教师出点子、让青年教师挑担子、给青年教师多"充电"，促使青年教师在教学改革中脱颖而出。

我校十分重视对青年教师的培养，经常有计划地组织青年教师进行教学比武，多方位搭建青年教师成长、成才的平台；积极组织开展教研组间的听评课及学校教研活动；采用"请进来、走出去"等方式，努力提升广大青年教师的教学业务素质。

一、培养青年教师的计划

实施新课程改革，教师是关键。教师的素质和专业化水平关系着学校乃至整个社会的进步和发展。因此，在新课程改革（以下简称"新课改"）不断深化的今天，建设和培养一批师德高尚、业务精湛的教师队伍显得尤为重

要。"一花独放不是春",作为一名教学能手,我有责任帮助一些青年教师快速成长。在任职期内,结合我校师资状况,按照"教研赛考评"工程实施意见,我将带领张伟、孟帅等青年教师,认真履行一名教学能手的职责,和他们一起学习,共同成长。

工作目标:充分发挥本学科带头人的示范、带动和辐射作用,促进青年教师的专业成长,提高整体教育教学水平,增强实施新课程的能力,以达到互相促进、共同提高的双赢效果。

工作重点:指导青年教师的教学工作,主要包括备课、上课、听评课、课题研究和教育技术的应用等。

具体措施:

(一)每学年伊始,指导青年教师制定一个为期一年的成长提高计划。要求内容必须结合实际,还要明确本学期努力的方向:从哪些方面进行提高?怎样进行有效的提高?

(二)指导青年教师完成教育教学工作的各个环节并传授自己的工作心得。比如,课堂授课的教学方式与方法、教学手段的科学利用、教学理念的改变、教师角色的转换、教案的编写、上课时间的调控,以及上课的技巧等问题。

(三)每周要听三节课,每人一节,做到"课前指点、课堂指导、课后评价",指出教学中的不足和改进方法,要求青年教师写出听课总结和反思,全方位地提高青年教师的教学能力。

(四)每隔两周,要给青年教师上一节示范课,并上交电子教案,对自己的业务手续要达到规范、齐全,真正起到示范作用。

(五)每月第二周的周三,要进行一次课改实验和课题研究。要求青年教师树立终身学习意识,充分利用有效的时间,认真学习教育教学理论,观看名师课堂和专家讲座,上网查阅一些科研方面的资料,并从多个角度汲取营养,集众家之长,在点滴中进步,在分秒里成长。

（六）鼓励、指导、帮助青年教师积极参加各级各类竞赛活动。比如，公开课、展示课、汇报课，以及各种比赛等，让他们得到更多的锻炼和提高。

（七）充分利用现代教育技术手段辅助教学。青年教师每月都要独立完成一项自制课件和一份电子教案。

（八）每学年指导青年教师至少读一本教育专著，撰写一篇高质量的教育科研论文，力争发表获奖。除论文外，还要撰写教育随笔及其他感悟之言，以不断提升自己的能力。

（九）每月最后一周的周五检查青年教师的教案，尤其是教学反思，让他们交流一个月以来的教学体会和感悟。

（十）建立青年教师成长档案。

二、培养青年教师取得的成效

（一）目前，已从以下四个方面初见成效：

1. 提炼了自身教学经验的精华，形成了推进教育教学改革的最新财富；

2. 增强了教学研究的意识，形成了新、老教师奋发向上的氛围；

3. 提高了教师职业追求的层次，形成了教师强烈的创造需要与成就需要；

4. 优化了教育资源配置，形成了教师素质和教育质量相互促进的良性循环。

（二）各种奖项丰硕

近两年来，青年教师张伟、孟帅先后荣获了"优秀教师""优秀学员""艺术节先进个人"等多项荣誉。

要想成为一名合格的教师，不仅要具备高尚的职业道德、扎实的知识储备、全新的教育理念和孜孜以求的教育科研能力，还要掌握先进的教育信息技术。这次活动为我们一线教师搭建了交流成长的平台，提供了锻炼、提

高的机会。这就要求青年教师在学习和工作实践中要做到尽职尽责、积极探索，为教育发展尽自己最大的努力。

阳信一中　美术教研组

2007 年 10 月 23 日

第二节　引领美术教研、应对美术高考的教学策略

——记滨州市研讨会反思计划

我校全体美术教师去邹平市第一中学（以下简称"邹平一中"）参加了滨州市高中美术研讨会。这次的研讨会主要分为两个方面：一是美术高考，二是美术鉴赏教学。

一、关于美术高考

（一）2008 年美术高考总结

1.2008 年，我（山东）省艺术考生约为 16.2 万人，比去年稍有缩减，其中美术考生为 9.3 万人。根据我省教育厅公布 2008 年山东省本科录取考生中，艺术考生为 37091 人（美术考生估计有 35000 人）艺术理科考生为 7080 人。专科录取考生中，艺术考生为 11301 人，艺术理科考生为 1924 人。我省实行美术类全省统考将会给已经热了很多年的山东省艺术考试（以下简称"艺考"）降温。

（附：近 8 年我省艺术考生人数）

年份	2001	2002	2003	2004	2005	2006	2007	2008
考生人数（万）	1.8 艺	2.59 美	4.34 美	9.37 艺	14.1 艺	16.1 艺	16.9 艺	16.2 艺

2.近几年来，随着大文大理高考质量的要求，人们越来越具有名牌意识。在美术高考中，人们不再像前几年只重视高考的数量问题，似乎更偏好于名牌效应，再去说数量。我（滨州）市考取清华大学的学生中，美术考生占 2/3。这是我们每个学校乃至每位美术教师应该认真思考的一个问题。

（二）2009 年美术联考的应对

根据我省教育厅规定，从 2009 年起我省高考艺术类美术专业考生将首次实行美术联考。教育部明确的 31 所独立院校设置的本科艺术院校和享受同等政策的院校，其中美术本科专业可在我省统考的基础上进行校考，也可使用我省统考成绩，因特殊原因进行校考的，必须经我省教育局招生考试院批准；所有民办高校、独立学院和省内其他二本以上院校的美术类本科专业及所有在鲁招生的美术类专科（高职）专业均使用我省美术类专业统考成绩，学校不再单独组织专业考试。

根据这一新的政策的明文规定，我们全市高中美术教师展开了讨论，各抒己见，重新定位了下一步的教学工作：

1.面对 2009 年联考的困惑。

我省作为全国有名的美术高考大省，近几年来的高考人数一直徘徊在 10 万人左右，是实行美术联考比较晚的省份。省招办的力度究竟有多大？考生该如何备考？联考会给省内外高校和广大考生带来哪些影响？考试内容如何？这些都是摆在我们面前的重要问题。

2.新形势下的新认识。

新的招生形势带来新的机遇与挑战，通过突击来达到专业考试要求的情况不会再出现。只有经过高一至高三系统的专业训练的学生，才能在联考中取得好的成绩。

目前来看，那种通过实践探索的、行之有效的教学计划和教学模式，已经不再适应新形势下统考的要求。简单来说，那种有目的性的应试教学方法

已经被素质教育所替代，短期速成效应已经过去，用半年甚至两个月的时间培养美术本科生的"神话"已经被打破，全国刮起的不正常畸形发展的艺考热潮将自生自灭。据统计，近三成的美术考生将告别艺考风，统考的实行将为美术重新正名，艺考正在逐渐走向正规。为此，我们根据 2009 年美术统考的新变化，制定了相应的训练计划，合理地安排了训练时间，加强了文化课的学习，从而在录取中起到重要作用。

二、关于美术鉴赏教学

通过美术鉴赏教学，使我们了解审美观念形式法则的产生和一般规律。这次的交流重点是对新课标（课程标准）下美术鉴赏课有效教学的研究。听评课共 6 节，其中 2 节专业课、4 节鉴赏课。

随着素质教育的推进，课程改革的要求越来越高，必须按照省方案开足开齐各科教学。多年来，美术鉴赏课一直是被忽视的弱科项，自从暑期的省高中教师全员培训后，才开始得到了我们的重视。为此，这次的学习交流是非常重要的。只有我们自身重视了，我们的教学才会扎实有效地进行。

根据参会教师的交流情况，孙奎浩主任做了关于美术教学的全面总结：

（一）近期省试点美术学校的评估

我省将评估 50 所美术试点学校，我市推选了邹平一中、长山中学、魏桥中学。因为从近期市里的视导情况看，这三所学校的设施、规模、规范程度是比较好的。

（二）规范鉴赏课课堂教学，适应新课标要求

1.在教材方面，按照美术教学的基本规律，更要注重师生互动，处理好教材及各个环节。正确理解教材、处理教材，首先要吃透教材，把握好教材中最精华的部分，也可以进行大胆的取舍。其次，传授知识上也要由浅入深、由近及远。

2. 在教学方法方面做到以下四点：（1）要关注作品，"一切结论源于作品"，再把结论推到作品上去。（2）示范引路，教会学生学习方法，先看什么，再看什么，怎样鉴赏。（3）重视直观教学，尽可能地提供实物。不能因为媒体的便利，而忽视实物的作用。（4）在较抽象的教学内容上，多利用"创设情景"，多放点"引子"来帮助学生理解，进一步加深学生的感知。

（三）鉴赏课要为基本能力做好支持

在新的"课程目标"中明确指出："理解美术与其他学科之间的联系，并将美术语言运用于研究性学习之中。"并要求学生"学会通过多种渠道收集有关信息，认识美术活动与其他学科的关系，以及与自然、社会的联系；发展想象力，促进思维方式的灵活性和多样性，学会用美术的方式或结合其他方式解决学习和生活中的问题"，这就充分体现了艺术课的综合性。

艺术课是多门艺术学科的融合，也是多种艺术的综合渗透。美术欣赏涉及科学知识领域和人文知识领域，它与中学历史、地理、政治、文学、物理、化学、音乐、生物等都有不同程度的联系。比如，青铜器的冶炼工艺涉及金属熔点和合金的概念；美术作品的时代背景与政治、历史紧密关联；美术作品的发祥地及作者的生活地域又与地理相衔接；花鸟画中各类花鸟形体结构的理解完全依赖生物课学到的知识。以上这些现实的例子，都是对我们每位美术教师的提醒。因此，美术新课程下的教学不再是专业化，而是综合化。

美术新课程对教师提出了更高的要求，要求美术教师不仅要具备美术专业知识，还要了解其他学科的专业知识。唯有这样，才可以提高教学的有效性。

阳信一中 美术教研组

2008 年 11 月 20 日

第二章　研修随笔

第一节　"逛超市寻设计"
——谈设计模块教学有感

设计本身就是一门"从生活中来，到生活中去"的艺术。为了满足人类衣、食、住、行、用的物质和精神需求，人们做出了种种设想和规划。设计既追求实用又追求美观，既体现创造又体现智慧。有一位专家曾指出：设计基础是高中美术模块学习的首要任务，也是设计模块学习的最终效果。培养高中学生的设计意识，必须紧密联系学生的生活实际，让他们真实地感受到设计无处不在，设计时时可行。

结合青少年视觉心理的特点，我尝试着开展了"逛超市寻设计"的活动，并收到了良好的效果。

首先，我在内堂课中讲解设计基础和设计类别的常识，让学生了解设计的基本技法，从而建立起初步的设计意识。

其次，我在外堂课中根据男女同学的兴趣爱好，选择好场地"超市"——进行逛超市寻设计活动。让学生选择自己最喜欢的产品，根据产品的功能和审美说出他的创意所在，从而激发他们的创作欲望。

最后，我在实践活动课中引导学生灵活选用身边的素材，运用各种工具和加工方法，有创意地完成一件设计或改良设计作品。这样既解决了学生对这一模块发展的不平衡问题，也进一步拓宽了学生的创新思维。

当学生们满怀喜悦地到展示台前展示自己心爱的作品时，虽然他们的作品没有专业设计师的那么专业，但他们的思路很清晰，创意也十分有深度，同时还倡导"低碳"理念。学生自己完成一件作品，不仅能够让学生感受到生活离不开设计，还能映射出这一代新人的远大志向和责任。

当然，高中的美术模块教学并不需要学得多专业，完全可以从关注身边的生活用品开始，从功能上思考创新，从细节上进行改良，从大处着眼小处着手，真切地去体验科学与艺术的融合之美。

阳信一中　张军霞

2010 年 7 月 19 日

第二节　喜得"敲门砖"

——观看设计教学视频有感

面对下学期即将开始的设计模块教学，正当我毫无头绪时，恰好在今天有幸听取了专家的讲座，观看了设计教学视频，顿时感觉到培训就像是一场及时雨，使我喜得"敲门砖"。

设计模块的教学内容，一般包括设计基础、视觉传达设计、工业产品设计和环境艺术设计四个板块。视觉传达设计包括标志设计、包装设计、广告设计、书籍设计、新媒体艺术设计，以及动画设计、游戏设计和品牌形象设计等。视觉传达设计最贴近高中学生的生活经验，都是一些学生感兴趣、易

接受的内容，无论学校条件是好还是差，都会开展得丰富多彩。

然而，需要注意的是，高中学习的设计应该有别于初中学习的图案装饰设计，要把重点放在对平面构成能力的培养上，需要紧密联系学生的生活实际，比如设计班报、班徽、运动会海报、校园标识等。联系学生生活经验的创作练习主题，让学生真实地感受到设计无处不在，设计时时可行。

通过专家精准的点拨和对设计教学视频的学习，我认为视觉传达设计可以采用"鉴赏、构思、表现"三部曲的教学模式，使学生形成良好的设计意识和初步的设计表达能力。

一、鉴赏：要鉴得有价值，为构思、表现作铺垫

教师在引导学生鉴赏优秀的作品时，传达的信息里面，着重对图形、文字、色彩，以及构图、美的法则等进行引导分析，比如画海报时加上图形的元素，使画面更加丰富；构图知识运用到社团的刊物中，使每个页面变得令人赏心悦目；具体到作品的创作上，更是体现了很强的实用性。让学生体会到怎样集中精力于图形创意，使内容突出。只有这样，才能为构思、表现作好铺垫。

鉴赏的形式：

1.通过有创意的广告，激发学生的想象力和创造力。

2.关注设计说明，激发学生不断更新设计理念的意识。

3.展示同龄人的作品，激发他们的创作欲望。

二、构思：让脑筋动起来，让思维活起来

构思是一种理性的思考，也是一种感性的传达。学生们学习生活的资源，就是把美术和其他学科融合起来。你会发现，其实视觉传达信息的有效传播，也是一种跨学科的联系，可以充分地发挥出学科的综合性。某些课题

的设计渗入了环保理念，低碳和对人类环境的关注，使美术课不仅仅成为一种手段，还可以使学生有更深层次的提高。从学生的设计感想中，让他们觉得设计的学习很有意义。

开拓构思的方法：

1.观看大量的创意作品，给予他们思维上的拓展。

2.引导学生把握潮流的元素，理念当与时俱进。

3.多参观设计展览，拉近他们与设计师的距离，促进大胆创造。

三、表现：搜集设计题材，选好设计题目

1.选题要切合学生生活，容易操作。

用设计来展现生活，因为设计的灵感来自生活。设计可以展现创意，这是设计的意义所在；设计也是表达自己内心的一种途径，通过设计把自己的灵感想象和心中所想传达给观赏者，从而达到一种共鸣。

2.选题要有情感，易于表达。

带着感情去设计，会让自己对设计的理解更深入。只要敢于表达自己的想法，就会看到和发现更多生活中的美，发现更多可以用图形来表现的事物，从而提高学生的审美能力。

3.利用多媒体教室进行创作实践。

用电脑设计能够更直观地把学生的想法表现出来，也可以更简便地对设计进行修改和创作。在创作的过程中，还可以节省更多的资源和时间。同时，用电脑设计还有利于他们把内心的想法和情感顺利地表达出来，加之版面呈现非常直观，便于同学间的交流和探讨。对于那些绘画专业不太好的学生，可以用这种方式展现自己的创意，并且呈现出了很好的效果，如此就会有成就感，这也是非专业学生的优势所在。通过今天的学习，我在设计教学的思路上茅塞顿开，在下一步的教学中，我有信心、有把握教好自己的学生。只

要培养好学生的设计意识，就能使其在生活中不断地发现问题，并改进问题，按自己的想象和创意改变自己的生活，使之更方便、更实用、更美观，从而提高生活的品位和质量。

阳信一中 张军霞

2010 年 7 月 21 日

第三节 《学习鉴赏美术作品》教学设计

课题名称：学习鉴赏美术作品

课型：欣赏·评述

教学对象：高一学生

课时：1 课时

教材分析 ▶▶▶

《学习鉴赏美术作品》是山东美术出版社普通高中美术课程标准实验教科书《美术鉴赏》第一单元第二课。本课的主要内容分为两个部分：

第一部分：通过讨论美术鉴赏作品三个角度的不同侧重点，指出美术鉴赏活动是一个"再创造"的过程。

第二部分：提出在美术鉴赏的过程中运用"比较"是一个最直观和最有效的方法，这也是贯穿本书的方法论基点。使学生学会用比较的方法欣赏艺术，并能与实际的生活审美经验相吻合。

教学思路 ▶▶▶

本课是有关美术鉴赏基础知识的教学，在教材中占有重要的地位，对后

面的教学具有重要意义。通过本课的教学，使学生初步认识到鉴赏美术作品是一项需要多种知识参与的活动，它既包含对形象、色彩、创作风格这些艺术因素的审美体验，还包括对中外历史、社会生活、性格心理这些人文知识的了解。鉴赏过程中，我们不仅要谈论那些充满生命活力、色彩明亮可人的美好形象，还要分析那些使我们感受到心灵震颤、披着丑恶外衣的"反面美"的作品形式。在教学过程中，充分利用编者提供的中外经典名作，以教给学生鉴赏作品时的着手角度和鉴赏方法为主，结合与经典美术作品相关的视频使学生更深入地理解作品的深刻内涵，重点提出鉴赏活动的"再创造"特点，目的是鼓励学生们以开放的态度参与美术鉴赏活动，倡导一种大胆想象与自由表达、多角度认识与讨论式的学习氛围。

教学目标 >>>

1. 知识与技能：通过对鉴赏美术作品三个角度的分析，重点提出美术鉴赏活动是一个"再创造"的过程。让学生在理性的层面上初步了解美术鉴赏活动的基本特点，在实践层面上初步了解进行美术鉴赏活动的方法。

2. 过程与方法：通过美术鉴赏活动与实际生活相联系，丰富学生的生活经验，锻炼学生的观察力和想象力，加强学生的审美体验与表达能力，提高学生的团体意识和合作能力。

3. 情感、态度与价值观：通过对本课的学习，提升学生的审美能力，增强学生对生活和自然的热爱。

教学重点与难点 >>>

重点：

1. 使学生了解鉴赏美术作品三个角度的基本特点；

2. 学习"比较"的方法。"比较"不是目的，要运用比较的方法使中西、古今艺术作品显示出特点，从而深化对作品的感受，加强审美体验与表达能力。

难点：

理解美术鉴赏活动中"再创造"的意义。

教学准备 ▶▶▶

教师准备：多幅黑白版画、学案、多媒体课件。

学生准备：课前预习与本课题相关资料。

教学过程 ▶▶▶

一、创设情境　激趣导入

导入：同学们，上课前看这段视频（游览卢浮宫的视频），是参观法国卢浮宫博物馆的视频。卢浮宫博物馆内收藏了 40 多万件世界顶级的珍宝、名画和雕刻等，当你身处这些震古烁今的艺术珍品之中，你一定会被艺术的高雅与震撼人心所折服。卢浮宫的魅力就在于此，所以被世人称为世界上最著名的艺术殿堂之一。

我们虽然没有去过卢浮宫，但是我们有没有这样的经历？（短片呈现观看优秀美术作品的种种疑惑）

当我们被这些疑问困扰时，是不是觉得《学习鉴赏美术作品》非常重要？（课件呈现课题）。

【设计意图】通过视频展示世界顶级美术博物馆，让学生在欣赏的同时领略到世界经典美术作品给人们带来的强烈的视觉冲击力，激发学生学习兴趣的同时让学生谈出自己的审美感受。面对作品引发的各种疑问，使学生自然而然地意识到学习鉴赏美术作品的重要性，为学生进一步地学习打下基础，且有利于开展个性化的教学。

二、探索发现　理解作品

过渡语："艺术源于生活，又高于生活。"美术作品直观地把生活中的真、善、美、丑定格在我们的眼前。古今中外的美术家用他们独特的视角观察世界，关注生活，颂扬传统美德，歌颂当代风貌。如作品《洪荒风雪》与《文姬归汉图》

（一）了解作品的历史社会背景。

活动1：请学生比较一下，这两幅作品有什么共同之处？（都是行走在广阔沙漠的一队人马）不同之处？（主题、形象、形式意味……）你有什么不同的审美感受吗？这些问题是不是让你们觉得有点茫然？

具体情景：教师放大展示《洪荒风雪》《文姬归汉图》，从作品的历史背景、画面内容、人物形象、造型手法、作品的艺术价值和意义进行对比分析讲解。引导学生观察：同样的画面内容，同样是中国画的形式，由于不同的历史背景表达了不同的主题思想。

教师提示：通过我们对作品的历史社会背景的了解，深化了我们对作品的主题含义、形象创造、形式意味的理解与鉴赏，这是鉴赏美术作品的第一种角度。

【设计意图】教师出示画面内容相近的古今两幅美术作品，让学生观察的同时提出紧扣知识点的问题，既注重学生体验、理解和感悟，又紧紧围绕对比鉴赏，并以背景音乐《胡笳十八拍》的凄美，与作品《文姬归汉图》的意境契合，强化了学生对作品《洪荒风雪》的不同感受及审美体验，有效烘托了教学氛围。

过渡语：美术作品是特定时代生活在美术家身上引起的审美体验和创作升华，很多时候就是时代和社会造就了这些经典的美术作品。如大家比较熟悉的作品《格尔尼卡》。

具体情景：教师放大展示油画作品《格尔尼卡》（学生对《格尔尼卡》反应强烈）

活动2：请同学们讨论分析《格尔尼卡》画的是什么内容，画面中为什么仅用了黑、白、灰三种颜色？谈谈作品给你留下什么感受。

学生讨论并回答，教师结合学生不完整的评述再整理顺序，简述本作品具体的赏析内容。

教师提示：播放关于《格尔尼卡》的3D配音视频。让学生铭记二战历史，虽然70多年过去了，这幅杰作已经成为警示战争灾难的文化符号之一，也使格尔尼卡的悲剧永远留在了人类伤痕累累的记忆中。

过渡语：当然，无情的二战也席卷到了我们中国，1937年的中国也是硝烟弥漫。日本帝国主义在中国犯下了逆天罪行——1937年12月13日开始的南京大屠杀。

具体情景：此时播放《南京大屠杀》视频，播放到1945年9月9日9时的南京，日本战犯冈村宁次和他的参谋长小林浅三郎向国民党政府代表何应钦递交投降书的历史场景时，及时展示著名画家陈坚花费16年精力绘就的鸿篇巨制《公元一千九百四十五年九月九日九时·南京》

活动3：请学生对比《格尔尼卡》分析《公元一千九百四十五年九月九日九时·南京》画的是什么历史场景？这两幅作品有何异同？

小组间相互讨论并进行开放性回答。

教师引导：同样题材的作品却给我们不同的感受，这是因为面对痛彻心扉的人间惨剧，不同的艺术家有不同的反应，没有悲愤的情怀，就不能触动美术家的创作灵感。从2014年开始，每年的12月13日确定为南京大屠杀死难者国家公祭日。

教师提示：这两幅作品从不同角度、用不同的艺术形式展现了第二次世界大战，成为后人认识、纪念那段历史的一个重要途径。

知识点小结：同样的历史背景，不同国度不同民族的艺术家，用不同的形式语言表达了同一主题。

过渡语：美术作品的形式多种多样，不同的艺术形式所带给我们的感受也不同。

（二）体会作品的形式美感。

具体情景：教师出示一组 20 世纪 30 年代的黑白木刻版画。

活动 4：以上这种形式的作品，大家熟悉吗？（黑白版画）

这些新兴的木刻版画作品在视觉感受和制作技法上有什么特点？

学生讨论并回答。（具有强烈、单纯、明快、朴素的艺术特点。木刻的底版材料来源丰富，复制的要求较低。）

教师引导：正是基于他的这种形式美感及优点，在 20 世纪 30 年代，鲁迅先生积极倡导新兴木刻运动，他还被人们称为"中国现代版画之父"。一批觉醒的青年木刻家们积极响应，把版画艺术作为射向敌人抗日救亡的战斗武器，开创了中国新兴版画运动的历史，风靡整个中国。我们大家都知道鲁迅不仅是文学家，还是革命家、思想家。

即时播放鲁迅与版画的有关视频。

教师针对《到前线去》《起来，饥寒交迫的奴隶》等重点时代作品进行介绍：20 世纪 30 年代黑白版画作品充分体现了它的历史价值。为此毛泽东、周恩来等老一代领导人在 1938 年倡导在延安创建鲁迅艺术学院，1945 年，延安鲁艺迁校至东北。1958 年发展为鲁迅美术学院。

具体情景：教师播放各种形式版画的短片介绍，让学生体会不同时期不同形式的绘画带给人们的不同感受。

【设计意图】展示多幅版画作品旨在让学生认识美术作品的形式，在特殊时期版画艺术带给人们的特殊美感及崇高的艺术价值。播放鲁迅与版画有关的视频，使学生结合历史、文学更充分地认识文化战线上的民族英雄鲁

迅。播放各种形式版画的短片，让学生了解随着历史的发展，多种艺术形式都有了前所未有的发展，给人们以全新的感受，愉悦着人们的心灵。

过渡语：时代造就了经典的美术作品，经典的美术作品成就着美术大师们的精彩艺术人生。

（三）了解艺术家的艺术观点和生活经历。

具体情景：教师出示伦勃朗从年轻到老年时期的自画像。

活动 5：让学生分析不同时期的伦勃朗的自画像，问学生这些自画像带来什么不同的感受。

教师引导：从服饰、眼神、状态等方面分析。

教师提示：17 世纪荷兰画家伦勃朗，艺术历史中的一个巨人，伦勃朗一生留下 600 多幅油画，几乎画了 100 多幅自画像。他的自画像其实就是他的艺术人生的镜子。

教师播放伦勃朗的著名作品《夜巡》赏析视频，教师介绍伦勃朗命运的转折与这幅画的关系及事情发生的经过。

教师顺势出示整个版面的多幅伦勃朗的自画像，让学生在伦勃朗的自画像中，观察他的用光方法，让学生认识到这种用光方法就是我们现在摄影艺术中所称的"伦勃朗光"。画家伦勃朗用他丰富的想象与卓越的技法为摄影术发展做出了贡献。

过渡语：如此非凡的成就，不仅在伦勃朗生活的那个油画艺术黄金时代是首屈一指的，而且对于整个艺术史而言他也是十分伟大的。到了 19 世纪，他的荷兰同乡，后印象派画家凡·高与其齐名。也正是他们两个人，形成了西方艺术史乃至世界艺术史中的自画像双璧。

具体情景：教师及时出示多幅凡·高《自画像》。

活动 6：请同学们说说他的代表作有哪些？（《向日葵》《星月夜》……）

教师引导：这些都是他人生的后期之作。

活动7：他这一时期的作品。笔触、色彩有什么特点？传达出凡·高的内心世界是怎样的？（孤独、恐惧、焦躁不安等）。

具体情景：教师出示前期作品《树林中的白衣女孩》

活动8：请同学分析他这一时期的作品，笔触、色彩与他后期作品有什么不同，传达出凡·高怎样的内心世界。（笔触平涂，具有装饰性。给人的感受是平静的。）

为什么他的前期和后期的作品风格有如此大的不同呢？

教师提示：教师介绍凡·高从事绘画10年的经历与他的绘画风格的关系。他一生贫困潦倒，却在作品中倾注了复杂的人生感受，并把这些感受表现为一种西方艺术史上前所未有的绘画形式。所以他被称为"后印象派"的代表。被人们称为"用心灵作画的大师"。

知识点小结：对凡·高、伦勃朗的作品做深入的了解，必须从美术家的艺术观点和生活经历角度出发，这是鉴赏美术作品的第三个角度。

【**设计意图**】本环节是教学难点的突破，在教师的引导下以产生问题的形式让学生通过自主学习获取知识，对两个不同时期、不同国度著名艺术家的作品进行比较，让学生通过对画家生活经历的了解、作品价值的认识，历史知识的拓展等构建出鉴赏美术作品的第三个角度，充分感受到美术家的生活经历与其作品的紧密联系；并引发学生综合运用多种鉴赏方法，提升审美能力，陶冶人文素养。

过渡语：每一时代的美都是而且也应该是为那一时代而存在，它毫不破坏和谐，毫不违反那一时代的美的要求……明天是新的一天，又有新的要求，只有新的美才能满足它们。（〔俄国〕车尔尼雪夫斯基）

（四）鉴赏美术作品当随时代。

教师出示印象派大师莫奈的作品《日出·印象》。

教师提示：我们现在会以尊敬的态度去领略这一印象主义经典作品的独

特手法，但在1874年第一次展出时却遭受到观众和保守派的讽刺，戏称他为"印象主义者"，讽刺他的画是对美与真实的否定，只能给人一种印象。与早于这幅作品200多年的由荷兰画家雷斯达尔创作的《麦田》相比（远处的天空、树……比较），可以看出，随着人们对印象主义画家审美追求的进一步了解和社会审美趣味的变化，这种笔触感明显，充满阳光与美丽色彩的绘画风格逐渐被人们接受。还引发了"后印象派"及诸多艺术流派的产生。当然，我们中国画艺术的发展也不例外，如《匡庐图》与《万山红遍》。

【设计意图】此环节作为重点知识的一个延伸，通过图片展示古今中外各个历史时期转折性代表作品，让学生跟随时代的变化去深入理解作品的风格变化，引导学生体会新形式的艺术作品的形成与当时的社会历史背景、人们的审美情趣及艺术家的创新是分不开的。了解美术家的杰出成就。

教师评述鉴赏美术作品三个角度的关系：对于美术作品的鉴赏角度不止上述三种，但了解美术作品的历史背景，了解美术家的艺术观点和生活经历，体会作品的形式美感，是进行美术鉴赏的重要基础。在此基础上我们对作品的创作主题思想和艺术特点有了更深入的了解。其实对于一幅美术作品的鉴赏不是绝对地要从哪一个角度入手，我们只能说是侧重于哪一个角度。

三、鉴赏的方法

引导语：不知道同学们有没有发现，我们在讲述美术鉴赏的三个角度的时候都是通过两幅或者是多幅作品进行（比较）的。（回顾短片）那比较的方法就是我们进行美术作品鉴赏的最主要、最直观的方法，当然，美术作品进行比较的前提是内容相近，如果说拿一件瓷器和一座宗教建筑比较，是没法比较的。

教师提示：美术作品比较的方法主要有两种，横比和纵比。

横比：同样的内容，不同美术家，不同的创作特点。如《洪荒风雪》与《文姬归汉图》。同一题材，不同国度、民族的美术家，不同的艺术手法。

如《格尔尼卡》与《公元一千九百四十五年九月九日九时·南京》

纵比：不同时代，人们对美感趣味的不同追求。如《匡庐图》与《万山红遍》

活动9：教师出示四组作品图片，请同学们辨别它们主要体现了哪种比较方法。

知识点小结：对于两幅作品的比较，不是绝对的横比、纵比，是主要倾向于哪一种，甚至，有时候横比、纵比还会交互存在于同一幅作品当中。如《洪荒风雪》与《文姬归汉图》。

【**设计意图**】中国有句古话叫"授人以鱼不如授人以渔"，在这一环节引领学生纵览全篇，读懂编者意图，总结出鉴赏美术作品的最直观、最有效的方法——纵比和横比。通过多组美术作品图片的展示，让学生观察、感受、辨别、表述，充分认识横比与纵比的区别。活动目标明确，直接为教学目标服务。

四、课堂实践

活动10：请同学们根据学案中提供的鉴赏提纲对比鉴赏美术作品《捣练图》与《拾穗者》。

鉴赏内容	《捣练图》	《拾穗者》
作者及年代（时代）		
表现形式（种类）		
表现手法		
社会历史背景		
艺术形象分析		
艺术形式分析		
价值判断		

【设计意图】通过教师引导学生运用所学知识及时实践，在其他美术作品中加以运用，激发学生的创新精神，开发他们潜能。目的是以课堂实践综合运用本课的重难点知识，打破传统的枯燥理论式的描述总结知识点，鼓励学生们以开放的态度参与美术鉴赏活动，倡导一种大胆想象与自由表达、多角度认识与讨论式的学习氛围。让学生体验到鉴赏美术作品是一项需要多种知识参与的活动，它既包含对形象、色彩、创作风格这些艺术因素的审美体验，还包括对中外历史、社会生活、性格心理这些人文知识的了解。力图使每个学生都培养出一双审美的眼睛。

课堂总结

同学们，我们这节课主要是通过绘画这一门类来学习美术作品鉴赏的。在鉴赏其他门类的美术作品时，同样要从这些角度入手，运用比较的方法去鉴赏，这样，你会更深入地了解它们，从而获得更多的审美体验。

（本教学设计为 2015 年市优质课教学实录，

发表于 2015 年《教育科研》期刊）

第四节　揭开设计灵感面纱，插上创意思维翅膀

在高中美术所有的模块学习中，一提及学习"设计"模块，学生们就会感到很深奥，书中的那些经典名作是设计大师才能做得到的，对于他们就如同天方夜谭。如果我们能够给学生揭开设计灵感的面纱，帮他们插上创意、实践的双翼，就会使学生觉得人人都可以做设计大师。对此，专家指出：创意思维在设计中有开启大脑的作用，而高中生学习设计首先应该从兴

趣开始，从生活中发现那些有趣的事物、有趣的现象，以及有趣的问题，然后产生学习兴趣，只有在兴趣中才能感受到什么是设计。

无论是学生还是非专业人士，一说到设计就会先想到那些国家级乃至世界级著名的设计，如悉尼歌剧院、鸟巢、世界博览会标志建筑等，却忽略了我们的吃、穿、用的每一款都是设计。而这些大大小小的设计灵感都源于我们的生活。我们可以先带领他们走进仿生设计室，以揭开设计灵感的面纱。

例如，仿生设计就是结合仿生学的研究成果，将生物体和自然界物质的形态、功能、结构和材料紧密地结合在一起。

仿生设计的分类：形态仿生设计、功能仿生设计、结构仿生设计、材料仿生设计。

当学生走进仿生教室时，发现每个著名的设计灵感都来自我们身边的事物。你会发现，设计并没有想象中的那么高深莫测，其实人人都可以做设计师。只要我们帮学生揭开设计灵感的奥秘，就能让他们插上创意思维的翅膀。

实际上，高中生可以用最纯真的思维、最简单的设计来解决这些由兴趣而产生的问题。因为很多的小发明、小创造都来源于他们对事物有趣现象的感悟，之后才进一步上升到设计的思维。例如，我们在考试时用的 2B 涂卡笔就是一位学生的发明创造。

阳信一中 张军霞

2010 年 7 月 20 日

第五节 从生活设计到设计生活

工业设计是一门专业，它涉及我们现实生活的方方面面，小到一个螺

丝纽扣，大到汽车飞船。凡是与我们生活相关的实用品，都与工业设计有联系。可以说，离开了设计人类就不会发展到今天。

然而，我们所用的家具、电器、汽车等各种生活用品的设计，都属于产品设计范畴。它是一个很专业的问题，不是我们高中教学中一个模块就可以解决的。在设计模块教学中，让学生了解"产品设计"的要素方法，掌握产品设计的思维方式，培养他们"从生活设计到设计生活"的意识是很重要的。所以，我在设计模块教学中做了以下四种教学尝试：

一、教会学生改良生活用品

无论是我们现代家庭用的锅、碗、瓢、盆，还是街上跑的三轮车、自行车、电动车和各种各样的汽车，它们都是在产品原型基础上不断改良而来的新产品。例如，从发明汽车时的雏形到形形色色的时尚汽车，就是一个不断改良的过程。通过观看从卡尔·本茨于1885年发明的三轮汽车到美国福特汽车工厂生产的T型车流水生产线的发展过程，让学生了解改良可以从外观、功能、性能、材质等多方面入手。同时，联系学生感兴趣的生活用品设计，比如手机、MP3、鞋帽、文具等，让他们尝试改良设计，不需要考虑由设计到成品的完整性，开展丰富多彩的改良设计实践活动，把培养学生的设计意识融入生动活泼的教学过程中。

二、教会学生简单的外观设计

从学生身边熟悉的生活角度展开教学，让学生进行自己的创意设计。为此，我把课程设计定位在产品外观设计上面，为学生展示一些与日常生活息息相关的物品，刺激他们的视觉，让他们觉得这些东西非常熟悉，比较亲近，容易开拓设计思维。例如我尝试了"逛超市寻设计"的活动，收到了良好的效果。

首先，在课堂上，让学生了解设计的基本技法，建立起初步的设计意识。

其次，在外堂课中，根据男女同学的不同喜好，选择好场地——超市，进行"逛超市寻设计"活动。让学生选择自己最喜欢的产品，并根据产品的功能和审美说出他们的创意所在，从而激发他们的创作欲望。

最后，在实践活动课中，引导学生灵活选用身边的材料，运用各种工具和加工方法，有创意地完成产品外观设计作品。这样既能够拓宽学生的创新思维，又能促使他们放开胆子去创造。

三、教会学生读懂设计作品

在引导学生鉴赏经典设计作品时，不仅要从设计的基本要素、基本要求，设计的方法、功能性要求等方面进行专业性引导，还要从文化内涵、造型、功能三个维度对产品进行评价。例如，在学习美术鉴赏第16课《现代生活中的设计艺术》时，我利用多媒体展示收集的各种现代设计经典作品，让学生浏览、讨论，并简单说出画面所要传达的意思，目的在于鼓励学生拓展思维，勇于发表自己的观点，从而进一步引导学生鉴赏经典的设计作品《14号椅子》，这是19世纪最引人注目的家具之一，是维也纳托勒公司生产的弯木家具，其中的弯木椅或称14号椅子，迄今为止已生产了5000万把以上。

与此同时，轻便、强度大、富有现代感的无缝钢管的出现，对于家具设计产生了重大影响，各种钢管椅子成了现代设计的典范。胶合板、层积木等新型材料使椅子的式样更加丰富。毫无疑问，对椅子产生最大影响的材料是塑料。引导学生分析传统椅子与现代椅子在设计方面的主要区别，目的是让学生了解工业化程度的提高，以及经典的设计对这一系列产品的发展所起到的重大作用，明白工业化批量生产对设计的要求是造型简洁、规格统一、功能突出、材质环保，这便是现代设计的基本原则。

高中设计模块的教学，并不是要培养设计师，而是通过鉴赏让学生读懂

经典设计作品的内涵，拓展学生的思维空间，从而逐步培养他们对设计产品的鉴赏能力，使爱好设计的人才具备一种初步的创新思维意识。

总之，高中的美术模块教学不需要学得很专业，可以从关注身边的生活用品开始，到生活中去开启学生审美的眼睛，并用外在形式的艺术语言来展示内在心灵，从而陶冶学生高尚的品德和美术情操。

阳信一中　张军霞

2010 年 7 月 22 日

第六节　开发观察工具，打造有效课堂

一、教学目标达成情况观察记录

学校		执教人		课型	
课题			班级	人数	
授课时间		观察人			
观察点	教学目标达成情况				
环节目标观察	教学目标	效果				分析与建议
		A	B	C	D	
新课导入						
欣赏感知						
鉴赏提高						
主题实践						
拓展评价						
小总						

设计意图及说明：本图表是观察者对教学目标达成情况及教学效果进行观察所使用的量表。其中在效果一栏中，A 表示效果很好；B 表示效果一般；C 表示目标达成有难度；D 表示目标达成难度大、效果差。

综合分析：教学情境的设计与学生的参与活动衔接自然，目标的设定与各环节的设计方式多样，学生主动参与学习的比例高，不仅能体现学生的自主学习能力，也能充分体现目标的达成情况。

二、课堂结构与时间分配观察量表

学 校			执教人			课型	
课题				班级		人数	
授课时间			观察人				
观察点	课堂结构与时间分配						
环节目标观察	结构与时间分配	合理度				分析与建议	
		A	B	C	D		
新课导入							
欣赏感知							
鉴赏提高							
主题实践							
拓展评价							
小总							

设计意图及说明：本表主要是针对本课课堂结构的合理设计和时间分配情况进行观察所用的量表。

综合分析：观察的重点是各环节课堂结构设计是否简洁有效；时间的分配是否合理、不拖时啰唆，从而保证整个课堂教学向有效性课堂教学发展。

三、教材使用、整合、拓展情况观察记录

学 校			执教人			课型	
课题				班级		人数	
授课时间				观察人			
观察点	教材的使用、整合、拓展情况						
环节目标观察	教材的使用	合理度				分析与建议	
		A	B	C	D		
新课导入							
欣赏感知							
鉴赏提高							
主题实践							
拓展评价							
小总							

设计意图及说明：此表用来记录教材的使用、整合、拓展情况，客观地反映出教师在教学中是怎样合理使用、整合、拓展教材内容的。

综合分析：教师在课堂中对教材做认真地梳理，始终围绕教材内容组织教学，并有精彩的学科整合或者符合主题要求的内容拓展，使课堂教学变得更有成效。切忌：主次不分、画蛇添足。

四、教师行为语言观察记录

学校		执教人			课型	
课题			班级		人数	
授课时间			观察人			
观察点	教师行为语言观察情况					
环节目标观察	教师的行为语言	合理度				分析与建议
		A	B	C	D	
新课导入						
欣赏感知						
鉴赏提高						
主题实践						
拓展评价						
小总						

设计意图及说明：此表用来记录教师的特色教学行为与教学语言，以及对学生的反应做情况统计，尽量客观地反映教师在教学中是怎样合理使用教师行为及指令性语言、评价性语言和肢体语言的。

综合分析：教师的行为既要有服务的意识，又要有艺术性；指令性语言要和协商性语言相结合，简明、易懂，和气、委婉，让学生感到比较亲切。学生如能够按照教师的指令做出快速的反应，就能够领会教师的意思。教师的评价性语言丰富、趣味性强，更能够使学生兴奋不已、情绪高涨，课堂气氛也会异常活跃。

五、学生参与课堂教学的主动性观察记录

学校		执教人		课型	
课题			班级		人数	
授课时间		观察人			
观察点	学生参与课堂教学的主动性情况				

环节目标观察	学生参与情况	合理度				分析与建议
		A	B	C	D	
新课导入						
欣赏感知						
鉴赏提高						
主题实践						
拓展评价						
小总						

设计意图及说明：此表用来记录学生参与课堂教学的主动性情况，收集证据并与新课改要求的学生自主学习、合作探究等行为方式相互印证，以研究课堂教学有效性的新观点、新方法。

综合分析：新课标倡导的自主学习、合作学习、探究学习，都是以学生的积极参与为前提的。学生要实现主动发展，参与是最基本的条件。学生参与课堂教学的积极性，参与的广度与深度，直接影响着我们课堂教学的效果。正如有的专家所说："没有学生的主动参与，就没有成功的课堂教学。"

第七节 美术新课程培训心得体会

——记 2010 年暑期研修

这次山东省全省高中教师远程培训，让我受益很多。在思想上，我深刻认识到了我省素质教育实施的必要性和重要性。它不只关系到青年一代的成长，更关系到将来我们民族的整体素质的高低。我很高兴能够参加这次培训，再次为教师职业感到自豪和骄傲，因为民族素质将在我们手中提高。同时，我也深知教师肩负的重任，素质教育并不是对老师的要求低了，而是更高、更新颖了。

美术教育是基础教育的一部分，也是素质教育的重要组成部分，对提高全民族文化素质有着特殊意义。高中美术课不仅是教学生学画画，还要培养学生崇高的道德情操和审美观。学生只有在生活中明辨假、恶、丑，才能在社会中追求真、善、美，也才能真正提高学生的整体素质。而美术教育的实施正是要帮助学生完成这一任务。过去，许多学校一味追求升学率，不少艺术课都不同程度地被高考导向的文化课所代替，许多学生没有机会进行正常的审美训练，这对学生的成长来说，无疑是一个不小的缺憾。到了高中

阶段，的确应该让学生接受全方位的教育，真正把学生培养成德、智、体、美、劳全面发展的新型人才。

作为一名美术老师，必须跟上时代的步伐，深入探讨和研究美术课程，让美术教材成为开启美之门的钥匙，让学生由浅入深、由少到多，循序渐进地明白美是什么，什么才是美的。逐步引领学生发现美、辨析美、追求美、完善美。

伟大雕塑家罗丹曾说："生活中不缺少美，而是缺少发现美的眼睛。"通过美术课，我们要培养学生发现美的眼睛。通过培养学生的审美情趣，达到陶冶他们道德情操的目的。因此，要想上好美术课，我们还要利用一切资源，因地制宜，因材施教，激发学生学习的兴趣，调动学生学习的积极性。

一名优秀的美术老师，不仅要有较强的责任心，还要有较高的业务素养。社会在进步，生活在变化，学生也在变化，如果你仅仅停留在现有的水平上，不去提高你的思想和技艺，终究会落伍的。所以，美术老师要做到"两勤"，即勤读书和勤练习。要想让学生勤，老师首先要变勤。毕竟勤中出智慧，勤中出天才。

总之，让我们美术界同仁携手努力，在我省素质教育的春天里，拿起我们手中的画笔，为我们的素质教育描绘出更加绚烂多彩的明天吧！

高一美术组 张军霞

2010 年 7 月

第三章　国培^①随笔

第一节　国培随笔（一）

近年来，无论是中央政府还是地方政府，对教师的培训越来越重视，投入的资金也越来越多。由教育部、财政部于 2010 年开始全面实施的国培计划，是提高中小学教师特别是农村教师队伍整体素质的重要举措。对于教师来说，国培计划是教师教育的一种创新，打破了培训时空，教师可在学校和家中利用课余或休息时间上网学习，极大地方便了教师的学习。

在大规模的远程教师培训中，保证培训质量显得至关重要。要想保证大规模远程教师培训的质量和实效，就要重视对教师的精神引领和思想引领，主要体现在培训项目的组织管理、课程开发、技术支持、学习评估等重点环节。

教育信念，就像一盏明灯，专家的引领才是教育工作者的行动方向。有理想，才会有行动，当今社会多元价值并存，容易让人迷茫，失去方向。我认为，不管教师的社会地位如何，都应该以教师这一职业为荣，要有职业幸福感。

---

① 　中小学教师国家级培训计划，简称"国培"。

除了精神和思想引领以外，还需要从以下几个环节进行监测：

一、学校参与领导组织管理

学校领导组织教职工进行理论学习，明确提高培训质量的重要性。深入培训课堂，了解培训情况，和教师共同研究，解决培训中存在的问题。

二、课程开发研究性教学

组织教师广泛开展主题性教学研究。每学期，每位教师深入学校听课、评课。通过听课、评课活动的持续开展，形成一种良好的研修氛围，教师之间相互评价学以致用的权重，有效促进培训质量的提高。

三、建立学员评价制度

培训质量如何，最有发言权的是学员。为了进一步改进培训内容与培训模式，使培训更具针对性与实效性，进修学校完善了学员评价制度，每次教师培训结束前都会组织学员以无记名方式填写《学员培训反馈意见表》，从中获取真实的反馈信息，以利于改进教学，提高培训质量。

四、加强教育教学的质量监控

培训的质量除了体现在学员知识的获得、观念的更新外，更重要的是体现在他们的教育教学行为的转变、教育教学质量的提高上。因此，要了解培训效果、反思培训内容、改进培训模式，还要加强对中小学教育教学的质量监控。为此，我们采取了下校听课、调研、送课等多种形式，密切关注各校的教育教学改革动态，及时予以指导和帮助，并从中获取关于培训效果的反馈信息。送教到校，采用讲座、座谈、调研等方式，分别对所属学校的校本培训工作进行了专项指导调研。对发现的问题进行剖析并归因，对成功尝试

进行归类总结和推广。

为了确保新课改的实施，不仅加强了对课堂教学质量的监控力度，跟进和调控教学过程，还对小学的教学质量进行了期末测试。首先是依据课程标准的要求，对检测的内容和形式进行了反复研究，广泛听取一线教师的意见，准确把握教材重点和教学实际情况。通过质量检测，回收数据统计。其次要通过对教学质量检测情况进行各种定性和定量的数据分析，检验学生对知识的掌握情况、教师的教学质量，以及测试内容设计的合理性，为进行教师培训工作的反思和调控提供了科学的数据。

教育是终身事业，是一个不断发展的过程。因此，一名优秀的教师不仅要具备先进的教育思想，还要拥有丰厚的学识。这就要求他们在繁重的教学工作之余，挤出更多的时间去学习充电，方能使自己知识渊博、观察敏锐、充满自信。

第二节　国培随笔（二）

远程培训指利用计算机互联网开展远程职业培训，是国际教育和职业培训改革的潮流和发展方向。学员不受地域的限制，可以足不出户地坐在家中，利用业余时间参加远程培训学习；学习效率可以接近或达到直接参加面授班的效果。

当我观看了周卫主任所做的《大规模教师远程培训的基本要素——以"知行中国"国家级班主任教师远程培训为例》的视频，震撼不已，同时做了深刻反思。通过对本案例的观摩学习，我认为大规模教师远程培训的基本要素包括以下几个方面：

一、大规模教师远程培训的基本要素

1.培训前，硬件设备配备到位。

由于各个学校所处的地理环境不一样，有的学校太偏僻，根本无法在网上学习，这就会使研修短路或者给教师造成负担。所以，要做到大规模教师远程培训，就必须要有强大的硬件设备。可以说，硬件设备是前提，也是基础。拥有配套的硬件设备，才能及时将信息传递，培训者与组织者才能及时沟通，步调一致。

2.培训中，参训人员要合格到位。

（1）参训人员要具备一定的计算机运用能力。

（2）善于积极学习的骨干教师，培训后能起到辐射和带动作用。

3.培训机构要精设细化课程。

培训机构必须是既有理论又有实践的机构。也就是说，培训机构要设置符合各科各层次参训教师需要的培训课程，这些课程不仅要符合实际，也要因材施教，才会为大家所接受。比如，"知行中国"班主任培训，其专题之一"班主任的每一天"，有案例，有专家的点评，也有一线的班主任与专家的交流互动，切实地指导一线的班主任在一天里如何做到忙而不乱。正是因为这样的课程，帮人们解决了那些迫切的问题，所以深受班主任的欢迎。

4.培训内容应为教师所需。

培训之前，首先要知道一线教师的困惑是什么，他们到底需要什么？这是我们设计培训方案、制定培训计划的前提。为了使我们的培训内容更有针对性、实效性，我们在进行培训之前必须进行"问卷式"调查，然后对回收的问卷进行分析，将问题归纳、整理，选取一些具有代表性的、典型性的问题作为培训的主要内容。带着问题去接受培训，那将是久旱遇甘霖，效果可想而知。

二、需要特别注意的几个问题

1. 遴选高水平的理论与实践结合的教育教学专家。

只进行纸上谈兵，不进行实地的演练是没有吸引力的。有很多专家一心只顾着搞理论，并没有因时因地地去调整理论。如此一来，在培训的过程中就会存在短板，这就需要培训机构尽量遴选那些高水平的教学专家，才能够有机会消除这些短板。

2. 理解教师的任务是教学，并非搞实验。

一些基层教育单位对于培训非常重视，就会频繁邀请外地名家搞培训。只要听说某某专家名气大，就想尽一切办法将其请进来。对于他是否能帮助解决实际问题，他的理论实践是否适合本区域开展，根本不去考虑。今天学张三，明天学李四，搞得有理论没实践。殊不知，教师的责任是搞教学，而不是搞实验。我们面对的是急需知识的学生，无论学习哪种理论，都应以学生为主，让学生在获得必要知识的基础上实现全面发展。

3. 明确参训者是否尽职尽责。

因为参训人员毕竟是少数教师，参训者在参训过程中热血沸腾，参训过后无动于衷的例子也不在少数。因此，在参训之后，一定要明确参训者是否做到了尽职尽责。如果做得不到位，就要及时做好传达工作。

4. 细化培训的内容，不能"一刀切"。

隔行如隔山。以"知行中国"国家级班主任教师远程培训为例，为什么搞得如此成功？是因为在场互动的教师都担任班主任的工作。所以，培训不能搞"一刀切"。

5. 完善培训的时间和形式。

虽然时间对每个人都是公平的，但是人们在时间安排上却不够合理。有一些教师总是匆匆忙忙应付培训，而且在培训形式上也太过分散，这样的培

训无异于闭门造车，不会有好的效果。

6. 制定一套检测其执行力的办法。

远程培训就是为了应用于教学实践活动中，而不是学后搁置起来，让其封存发酵。对于这一点，我们应该效仿企业管理中培训的一些做法。

总之，远程研修这种新颖的学习模式，是社会发展的必然。需要我们在不断地学习、管理中发现问题，并解决问题，才能早日实现我们共同期待的高效培训。

第三节　国培随笔（三）

新课程的改革给课堂教学提出了新颖的、更高的要求，同时对教师的素质和专业学习水平的要求也更高了。提高教师的素质和教师的专业水平的策略、途径、方法很多，其中校本教研是促进教师专业发展的重要方式。

联片教研是以"校本"为基本概念，以促进教师专业成长为根本目的，以有效实施新课程为工作目标，以校际合作、区域联动、优势互补为行动策略的"大校本"教研工作机制。联片教研的开展对教师的个人成长和学校的发展都有重要的意义。

一、联片教研是区域间的资源整合，有利于缩小城乡教研差距

联片教研，能最大限度地整合区域资源，完成多所学校之间的相互沟通，挖掘每个学校骨干教师的潜能，营造良好的教科研氛围，以研促教、以研兴教，实现多所学校教育教学活动、校本教研、校本培训、教育信息、课题研究、教学设施等资源的交流与共享，促进各校互相学习、共同进步，促进教师专业发展。同时，也相应地缩小了城乡教研差距，能够尽快使教育发

展达到城乡持平，促进区域内教育共同发展。

二、联片教研搭建教研平台，更能充分发挥骨干教师的辐射作用

联片教研以地域为单位搭建教研平台，充分发挥骨干教师的辐射作用，发挥教研员的引领作用，以课堂教学为主阵地，营造开放、互动的教研氛围，在浓郁的教研氛围中，为青年教师们打开了与名优教师交流学习的大门，开阔了我们的视野，丰富了我们的学识，让所有参与者深深地感受到成为学习型教师、研究型教师的重要性，有利于树立教学模范形象，更新教育理念，掌握学习进步的方法，尽快促进教师的专业成长。

三、联片教研能够促进学校教学常规的检查与反馈

联片教研活动不仅仅对教师个人的成长起促进作用，还对深化课程改革、提高学校课堂教学效率、提高区域教育质量、促进教育均衡发展具有积极的意义。

以校本的教研为主，带动联片教研活动的顺利开展，联片教研活动应以解决教学中的实际问题为目标，针对教学实际问题深入研究与探索。结合本区域的特点及需求，我准备按照以下方法来开展我们本学科的联片教研：

1.开展教学研讨会。组织学科教师总结、交流和推广校本教研成功经验。通过教师的互动、研讨、积累经验，形成教学中的问题，把这些问题与困惑作为课题进行研究，以提高教师教科研能力。

2.实行"送教下乡"活动，使教研成果聚焦课堂，促进课程改革更新教学理念，让一些农村教师尽快成长起来。

3.组织全县教师基本功比赛，促进教师专业技术的增长。

4.组织全县教师优质课评选，检验教师是否改变了课堂教学方式，构建

有效课堂机制，提高课堂教学质量。

5.开展同课异构活动。从不同的角度、不同的切入口对同一节课的内容进行研究，精心打造有效课堂的研究。

第四章　论文发表

第一节　执行力是学校创新发展的前提

——张军霞教育报告学习心得

非常感谢学校领导给我们这次学习的机会，为我们以后工作的开展及个人能力的提升提供了很大的帮助。通过此次学习，我有了非常深刻的体会：执行力是学校发展的前提。

执行力在当前是一个热门话题。所谓执行力，指的是贯彻战略意图，完成预定目标的操作能力。对个人而言，执行力就是办事能力；对团队而言，执行力就是战斗力。衡量执行力的标准，是按时、按量地完成自己的工作任务。

古人云：物以类聚，人以群分。其实，学校就是一个团队，团队是由员工和管理层组成的一个共同体。每一个个体都是创造团队的一个基础，由此引出团队的执行力和个人的执行力。个人＋个人＋个人＋……＝团队。虽然这是一个等式，但是个人执行力却不等于团队执行力。一项事业的成功，其团队往往具有决定性的影响，衡量一个团队优秀与否，执行力是关键因素。

要创办一所一流名校，必须有一支高水平、高素质、具有高度执行力的教师队伍。因此，我们必须坚持以执行力为首，以"我"为首，树立必胜的信念!

一、执行好教师的职责

教师是人类灵魂的工程师，是辛勤浇灌花朵的园丁。教师的职责很神圣，每位教师执行好教师自身的职责是团体执行力得以施展的先决条件。作为教师，应该对教师的职责有一个清醒的认识。

1.教师要有高度的责任感，要以三尺讲台为舞台，要有"春蚕吐丝""蜡炬成灰"的精神。

2.教师在严格要求学生的同时，要严于律己。身教重于言教，不论是在课堂上，还是在其他场合，教师都要给学生做出表率，让学生养成认真学习、遵纪守法的良好习惯。

3.教师要以博大的胸怀去宽容那些犯了错的学生。教师是学生的长辈、师长，学生是未成年人，偶尔犯错是正常的。所以，教师要用爱去呵护学生，用心去对待自己的学生。

4.教师要孜孜不倦地学习。当教师递给学生一杯水时，自己必须备有一桶水。为了灌满这一桶水，教师更应该学好业务知识，不断地给自己充电。在激烈的竞争中，要跟上教育改革的步伐，就要把新的教育方法、新的教材应用到教学中去，这也是做一个合格的教师所必须具备的素质。

二、在执行力面前要有良好的心态

哈佛大学的校训是：一个人的成长，不在于经验和知识，更重要的在于它是否有正确的价值观和思维方式。与执行力密切相关的，除了个人所具备的能力与素质外，关键是心态。

心态决定一切！好的心态可使人快乐进取，有朝气，有精神。消极的心态则使人沮丧，难过，没有主动性。所以，一个人的执行力如何，取决于他的意愿和心态。通过培训教育和激励，让大家拥有共赢的心态，我们的团队才能配合好，才会有凝聚力，才能创造出骄人的业绩。这次的教育培训很及时，使我们一开学就积极地投入心明劲足、齐心协力的教学中来，这是教师们在执行力面前具有良好心态的开始。

三、要养成自我总结的习惯，不断革故鼎新

哈佛大学从诞生、发展到响亮的品牌的确立，革故鼎新就是它的一大法宝。同时，这也是我们每个人成功的一大法宝。革故，必须养成自我总结的习惯；鼎新，必须有时时创新的理念。总结是对所经历事情的回顾和反思，找出那些好的思想、好的做法、好的观念，改进和完善工作中存在的缺点和不足。

要做到鼎新，首先得有创新意识。创新意识是创造性思维和创造力的前提。创新意识是决定一个团队的战斗力最直接的精神力量。在今天，创新能力实际就是团队发展能力的代名词，是一个团队解决自身生存、发展问题能力大小的最客观和最重要的标志。所以，创新意识是我们必须提上新日程的意识。要有辩证思维，敢于怀疑、突破常规，才是真正的创新。不敢突破，就不会有创新。因此，创新也是有一定风险的。

四、架起沟通桥梁，营造良好组织氛围，打造团队精神

身为一名人民教师，我们深知团队精神的重要性。个人执行力强固然是好事情，但是团队的执行力不是单靠个人执行力的叠加就能产生的，而是需要团队内部的协调和沟通才能产生。

执行力离不开良好的沟通。通过沟通，可以在执行中分解、细化目标，

分清战略实施的过程和责任人。在长期的实践中形成的习惯、信仰、动机、兴趣等文化心理，可以引导人们产生共同的使命感、归属感和认同感，进而逐渐强化团队精神，产生一种强大的凝聚力和战斗力。

在日后的工作中，作为一名教师，不仅要保持热情的团队精神，还要在"铸就团队"的过程中努力提高自身的执行力，成为一名举足轻重、有影响力的团队成员。

第二节　在高中美术新课标下的自我思考

摘要：国家普通高中新课程改革方案自 2004 年 9 月开始将在山东省正式全面启动开始实施，并将百年以来的美术选修改为必修科目。这次普通高中课程改革方案和新课程标准是我国教育思想、教育理念、教育体制一次规模很大的变革，它标志着我国教育发展的一个新的历史阶段。

在新的"课程目标"中明确指出"理解美术与其他学科之间的联系，并将美术语言运用于研究性学习之中。"要求使学生"学会通过多种渠道收集有关信息，认识美术活动与其他学科的关系，以及与社会、自然的联系；发展想象力，促进思维方式的灵活性和多样性，学会用美术方式或结合其他方式解决学习和生活中的问题"。这就充分体现了艺术课的综合性。

实施"3+X+1"方案后，美术学科作为一门必考科目，其教育、教学必将受到一定影响。如何在当前的形势下进一步提高高中美术教学，这是美术教师所面临的一个严峻挑战。在美术教学过程中，调整传统美术教学，提高学生主体地位，必须在教学改革的新形势下对教师的再学习进行深刻思考。

关键词：新课程　"1"　传统美术教学　思考

一、美术新课程下，需要综合型的教师

艺术课的综合性体现在它是多门艺术学科之间甚至是与其他学科领域的沟通与交融。美术欣赏涉及科学知识领域和人文知识领域。在学科联系中，美术欣赏与中学历史、地理、政治、文学、物理、化学、音乐、生物等都有不同程度的联系。比如，青铜器的冶炼工艺涉及金属熔点和合金的概念；美术作品的时代背景与政治、历史紧密关联；美术作品的发祥地及作者的生活地域又与地理相衔接；花鸟画中各类花鸟形体结构的理解完全依赖生物课学到的知识。又比如，《山东省 2007 年高考样题——基本能力》中：谁都无法忘却这张布满皱纹的脸，他是你我精神上共同的父亲，是中华民族沧桑历史的见证，也是唤起人间亲情的传神写照。

1. 罗中立的绘画作品《父亲》原作属于（　）

A. 国画　　　　　　　　B. 素描

C. 油画　　　　　　　　D. 版画

2. 如果你喜欢这幅画，可以把它扫描到计算机里保存起来。为了以后可以得到随意大小的画面，并保证画面不失真，可以采用下面的哪种软件进行处理？（　）

A. 画图　　　　　　　　B. Photoshop

C. ACDSee　　　　　　　D. Flash

3. 凝视着满脸皱纹的老农，粗糙的双手捧着这碗汤水，父亲的殷殷之情、眷眷之心，跃然于画面，不能不让观者怦然心动。有关这幅画的陈述，不恰当的是（　）

A. 这幅画以当时领袖画的尺寸规格，描绘了一个纯朴憨厚的老农民，反映了当时农村的真实生活，具有重要的现实意义。

B. 此画的名字由最初的《粒粒皆辛苦》改成后来的《父亲》，体现了

形象大于思维的艺术创作规律。

C. 这幅画的动人之处在于作者完全客观、全面地描绘了人物原型的体貌特征。

D. 这幅画可以说明艺术源于生活，对于我们的眼睛不是缺少美，而是缺少美的发现。

4. 亲情的维系依赖于深沉的责任感。12 年前，洪战辉还是个年仅 12 岁的孩子，却承担起了照顾患病父亲和捡来的不满周岁的小妹妹的家庭重任。为了照顾妹妹，他带着她念高中、上大学。他以自己的友善、责任和坚强在 2005 年感动了整个中国，他的事迹让我们懂得了哪些道理呢?

①孝敬父母是中华民族的传统美德　②亲情是维护家庭幸福美满的特殊力量　③苦难对强者是一笔财富，对弱者是万丈深渊　④矛盾双方在一定条件下是可以转化的

A.①②③　　　B.②③④　　　C.①②④　　　D.①②③④

不能否认的是，以上这些现实的例子是对每一位美术教师的提醒。美术新课程下的教学不再是专业化而是综合化。美术新课程对教师提出了更高的要求，要求美术教师不仅有美术专业知识，还要了解其他学科的专业知识，才能做好有效的教学。同时，美术新课程还强调学生的综合能力的培养，强调美术课程与社会生活的联系，强调培养人文精神和审美能力。这无疑就是对美术教师的一次再学习的挑战。新课程迫切需要的是知识面广且多才多艺的综合型的教师，这是保证美术欣赏教育有效进行的前提，也是美术教师进入新课程应该具备的基本素质。

二、美术新课程下，反思传统教学

现在的高中生年龄一般在 16 ~ 18 岁之间，他们具有自尊心较强、求知欲强、争强好胜的心理特点。在这个阶段，他们具有敏锐的感知能力、丰富

的想象能力，审美评价能力也初步形成，主要表现在审美对象不断扩大，涉及自然、社会、艺术多个领域。在欣赏作品时，他们具有很强烈的主观意识，会用自己的审美标准来评价审美对象。但是，在传统的美术鉴赏教学中，面对教师的提问，只有少部分同学主动回答问题，绝大多数学生只是洗耳恭听。

随着年龄的增长，为什么学生变得不愿回答问题了呢？是学生没有答案吗？显然不是。是教师那套"一言堂""填鸭式"、主观式的陈旧的教学方法，使他们习惯于坐享其成地听权威答案；是教师的绝对权威地位使他们习惯了当"配角"。反思、剖析传统教育下的美术课所形成的师生关系，就会发现，这实际上是一种不平等的关系。教师成了教学过程的控制者，在一定程度上压抑了学生的个性发展，使学生不敢轻易出手，加重了学生的自卑感，导致学生对美术望而却步，学习的兴趣便会荡然无存。

三、美术新课程下教师不再是"主演"，而是"导演"

按新课程标准的要求，教师必须进行角色的转换。教师不再是一个"主演"，而是一个"导演"，把课堂还给学生。教师应树立以学生发展为本的新观念，立足于学生的生活经验组织教学活动，注重学习过程与学习方法，调动学生积极的情感体验，使他们的内在发展需求与美术教学相吻合，促进学生全面、健康发展。

教育家第斯多惠在教师规则中明确指出："我以为教学的艺术，不在于传授的本领，而在于激励、唤醒。没有兴奋的情绪怎么激励人？没有主动性怎么能唤醒沉睡的人？"根据学生的不同潜能和个性，灵活处理教学活动中的问题，做到因材施教、因人而异。教师要充当课堂的组织者，在全面了解学生的基础上，创设一个自由宽松的学习环境，建立互相信任、互相尊重、相互合作的关系，成为教学活动的指导者、促进者、鼓励者。

众所周知，审美教育是学生全面发展教育中不可缺少的组成部分。罗克韦尔·肯特曾说过："艺术的最高目的，就是使人们更深地懂得生活，进而更加热爱生活。"作为一名美术教师，在新的课程环境下重新塑造自己并界定角色智能是迫在眉睫的。因此，在新课程的环境中，我将和我的学生们一起成长。

参考文献：

[1]吴乐年主编.高中美术课程标准教师读本.

[2]李殿著.新的视角看艺术课程.

[3]《素质教育论坛》杂志

山东省阳信县第一中学 张军霞

2007年5月12日

第三节　谈色彩入门教学

水粉画所用颜色是由粉质颜料加水调和后而成的，色彩浓淡变化很大。对于刚进入专业辅导班的学生来说，是很难把握和表现的。对此，有部分学生认为自己"色弱"，没有这方面的天赋，便对学习彩画失去了信心。针对这个问题，我在教学过程中把好"色彩入门"这一关，并收到了较好的效果。

"万事开头难。"只要你按照由表及里、从简单到复杂、循序渐进的教学原则，加强理论传授，强化技能训练，运用多种教法，使理论与实践紧密结合，"色彩入门"的难题就可以迎刃而解。那么，具体应该怎么做呢？可以从以下四个方面来把握：

一、培养兴趣

兴趣是最好的老师，是成功的先导。激发学生的兴趣，是学好彩画的前提。只要学生们有了激情和欲望，就会把繁重的学习任务当作一种乐趣，会产生一种巨大的动力。对此，我采用了展览法，多层次、多角度地选择了大量的范画，比如中外名师的、学生们熟知的现代大师作品，以及历年来美术考生的一类作品习作等展示给学生。从构图到色彩、从创意到艺术效果等方面来分析作品，引发学生通过对比产生美感，从而调动学生学习色彩的主动性和积极性。

二、基础知识要打牢

学画需要用脑、用功，更需要用心去体会、去感受。如果没有正确的理论做指导，这种感受就是无知的、盲目的。色彩的正确表现是建立在一定的理论之上的。水粉画是表现光源色、固有色、环境色之间的关系，它有自身的色变规律和一定的表现方法。但这些内容不能强加于学生，更不能呆板、空洞地陈述，而要通过实践、观察，引导学生亲自去实践，获得知识技能。

（一）要认识色彩学会"调色"

"调色"实践是认识色彩的第一步，为了避免学生将调色概念化，必须从一开始就正确地引导学生先认识色彩的名称，再了解原色、间色、复色的概念及变化过程。在这一阶段中，可以让学生边实践，边认识。在调配颜色过程中先从原色相加产生变化来认识间色，再由间色相调和，得到复色。经同学们自己实践调和和认识观察，对色彩有了了解并基本掌握色彩变化后再进行色彩冷暖、纯度、明度、色相等的讲解和练习，同时教给学生色彩的调配原则。

（二）要分析、研究色变规律

1. 色彩冷暖变化规律。

研究色彩的出发点应从光源色、固有色、环境色三者的结合和相互作用出发。例如，一个白色石膏球体放在红布上，在强烈的日光照射下，球的受光面就会略带偏暖味的白色，而背光面则略带冷味的红灰色。如果在室内，受天光影响，球的受光面就会变冷，而背光处的红灰则带有暖味的灰，这与光源色的变化是分不开的。再如，把球移至蓝布上，则暗部全显示蓝色。这球体暗部的红灰、蓝灰都是环境变化所形成的。通过联系和比较，可以得出色彩冷暖变化的一般规律：当物象受暖光照射时，其受光面偏暖，背光面偏冷；当物象受冷光照射时，其受光面偏冷，背光面偏暖。总之，物体受光面的冷暖与光源色冷暖相一致，物体背光部的冷暖以环境反光色的冷暖为转移。

2. 空间色彩变化规律。

因为空间距离的远近而引起物体色彩透视变化的，称为空间色。空间距离越远，物体外轮廓越模糊，色彩感也越弱，远处的色彩也逐渐偏冷，并且越远，固有色成分越少。反之，固有色成分则越多。物体投影变化也是如此，近距离的物体，黑白对比较为强烈，稍远则逐渐柔和，明部变灰，暗部和阴影变淡。所以，在与天空交接极远的远山，往往是只有外形起伏、没有明暗区别的一片青灰色。由此可知，在现实生活环境中空间色彩的变化规律：近的暖，远的冷；近的纯，远的灰；近的鲜明，远的模糊；近的对比强，远的对比弱。

（三）引导正确的观察方法

原本是红色，环境变了，会觉得物体变成其他颜色。这种情况就是观察方法不正确造成的。所以，我们必须确立正确的观察方法。

1. 学会用色彩的眼睛"看"。

在同一时间、地点、环境、光源的作用下，物体的色彩是相互联系、相

互影响的。观察时不仅要看到物体的固有色，还要看到在一定光源环境下物体所发生的变化和联系。

2. 整体观察，抓住色彩基调。

眯起眼睛看整体，就是为了舍弃琐碎的东西，看到大的关系，大的色调，抓住画面大的统一色调。只有抓住总的色彩基调，做到心中有数，才会避免"谨悉微毛，留意于小，则失其大貌"。

3. 学会用"全面比较"的方法。

颜色是比较出来的，没有明也就没有暗，没有冷也就没有暖。要做到在整体中比较局部，在局部中不忘整体，还要从"关系"出发。例如，把一只白瓷碗放在青菜边上，那么瓷碗的暗部即是绿灰。若是把它放在南瓜边上，瓷碗的暗部又是橙灰，这就说明在比较过程中要不忘色彩联系和变化，比较观察的方法可概括为：

明与暗比，明与明比，暗与暗比

冷与暖比，冷与冷比，暖与暖比

近与远比，近与近比，远与远比

虚与实比，虚与虚比，实与实比

三、实践训练要扎实

实践训练是理论学习的最终目的，是提高学生的色彩表现能力和审美能力的必经途径，但实践训练要分步进行，就像小孩学习走路一样，必须先会爬，再来学跑，学习彩画也应如此，画幅先小后大，色彩由单色到色彩实物写生。

（一）临摹，学习彩画的捷径

对初学者来说，临摹是入门捷径，也是色彩大师及教师在教学中得出的宝贵经验。法国印象派画家德加，年轻时在意大利临摹文艺复兴时期大

师的作品有 500 张之多。创造性非凡的后印象派画家凡·高，也曾经临摹过许多米勒的作品。临画首先要读懂画。读画是得之于心，临画是应之于手、心手相应。临摹是引导学生掌握技能最简便、最适合的教学方式。当然所选临摹作品也很重要，可以选择印刷效果好、开本大、符合考学风格的作品。

（二）从单色素描稿入手

通过单色素描稿写生，可以训练学生的构图完整、合理，解决物体大小比例、疏密安排得当、物体造型、结构、透视明暗、虚实关系等问题，是画好素描关系的保证。

（三）"小色稿"训练必不可少

"小色稿"训练是解决正稿画面"色调"问题的关键。因为学生在练小色稿的过程中，不但逐渐掌握了画小色稿的表现技巧，更重要的是训练了色彩和构图，学会了抓画面的大关系、大色块、大色调。只要学生们有了这个基础，在正稿写生中就会胸有成竹地去刻画，就能使写生作业在最后进行中少走弯路，能把握住画面的整体关系，从而确保作业的顺利完成。

四、作业讲评要灵活

作业讲评是一个帮助学生总结提高的过程，它必须灵活多样，可分为两种形式：

1. 作业观摩。被观摩的作品不能只有优作没有差作，将全班作品集中到一起，共同观摩，其目的是使学生在观摩中思考，在比较中找出自己的问题。

2. 作业讲评。首先让学生评，指出有代表、共性问题的作品，让学生说出其优劣之处、原因所在，这样不仅能巩固已学的知识，还可以有效地提高他们的观察能力。其次让教师总评，这是在作业观摩之后教学的重要内容，

教师要面对每一张作业逐个进行分析、讲评。既可以解决一般共性问题，也可以解决个别差异问题。

综上所述，学生们自己的"听""看""亲身实践"及"谈论"成为入门的必然，水粉画的练习不仅要讲究层序，还要拥有整体观念。作为初学者，只有先入门，熟悉色彩的性能，掌握最基本的技法，才有可能进行有深度、难度的训练，才能实现有法到无法的飞跃。

（本篇论文发表于《美术报》，曾获滨州市高中素质教育论文评比一等奖）

第四节　节选《阳信县教育志》艺术教育部分

艺术教育是学校实施美育的重要途径和内容，是素质教育的有机组成部分。为了全面贯彻国家的教育方针，加强学校艺术教育工作，促进学生全面发展，根据《中华人民共和国教育法》，2002 年教育部印发了《全国学校艺术教育发展规划（2001—2010 年）》（以下简称《规划》）。《规划》实施了 10 年，我国学校艺术教育取得了一些丰硕成果。

1994 年以前，中小学美术教师一直是有艺术爱好或特长的教师，之后惠师艺术特长班毕业教师充任各个中小学美术教师，开始有艺术专业教师充实到美术师资队伍中。

1995 年，在素质教育的推动下，我县开始重视艺术教育，开始举办以教育系统为主体的全县中小学艺术节。

1996 年，全县中小学开始搞大练教育基本功活动，在进修学校进行"三笔一画"培训及竞赛活动，活动搞得很成功。

1997 年，在素质教育的推动下，我县文化单位也加入了教育系统大型

的艺术展演活动，这是我县文艺活动从室内到室外的一个大开放。当时，还在梨园广场西南角修建了艺术博物馆，激起了广大师生及群众对艺术活动的关注和热爱。

2000年，高二、高三年级组织美术高考辅导。

2002年，高二、高三年级组织美术高考辅导，顾伟考入中国美术学院，李芳芳考入四川美术学院。

2003年，高二、高三年级组织美术高考辅导，张辉考入中国戏曲学院。

2004年，高二、高三年级组织美术高考辅导，阳信一中的美术成绩名列全市第三，这是阳信高中艺术教育培训成绩的鼎盛，引起了社会的强烈反响。其中，程静考入北京舞蹈学院，高云考入中国戏曲学院，杨杰、耿艳玲、崔付建等人分别考入北京交通大学、北京林业大学、北京联合大学、湖北美术学院、西安美术学院等名牌院校，这些艺术之花在我县遍地盛开，扭转了人们对艺术类高校考试的认识，知道学习艺术也能上名牌学校。

2005年劳大帅考入中央戏剧学院，王倩考入北京舞蹈学院，赵志强考入鲁迅美术学院，顾冉考入中国美术学院。

2006年，开始"基本能力"科目考试。高二、高三年级组织美术高考辅导，丁菲菲、周林考入中央戏剧学院，郝龙啸考入中国戏曲学院，杨玉波、廉晓谦考入北京舞蹈学院。在山东省教育厅艺术教育委员会主办的"山东省第三届学生文学艺术博览会"中，阳信一中获优秀组织奖。

2007年，美术教材由人教版改为山东版。

2008年，苟延君考取中央美术学院油画系研究生；王少华、崔健新、侯玉冰、王蒙蒙、王辉、王晶晶、高丽燕7人考入中国美术学院。

2009年，张伟考取清华大学美术学院环境艺术设计系研究生；杨杰考取北京师范大学美术学系研究生。

2010年，通过艺术教育，使更多的学生了解我国优秀的民族艺术文化

传统和外国的优秀艺术成果，提高文化艺术素养；培养感受美、表现美、鉴赏美、创造美的能力，让学生树立正确的审美观念，以抵制不良文化的影响；陶冶情操，启迪智慧，激发创新意识和创造能力，促进学生的全面发展。

第二编———·从研十年

从研十年简介

2010年8月，我县教研室招考美术学科教研员，我以笔试、面试均第一的优异成绩考入阳信县教学研究室，担任中小学美术教研员，离我的梦想又走近了一步。

从事教学研究工作后，我认真学习新课标理论，积极参加省、市、县等各项业务培训活动，精心组织各项教学业务提升活动、专业成长培训。其间，我带领全县中小学美术教师一起研课、磨课，亲自上示范课，处处以身作则，勇于开拓，积极进取。我在认真学习新课程教学标准、学习新的教学理念的同时，还钻研中小学教材，使自己快速适应不断发展的教育新形势。

我从事县美术教研员工作已逾十年，在此期间得到局领导和教研室领导的大力支持和帮助，得到了很多锻炼的机会，使自己在工作和业务能力方面都有了进步和提高。今后，我将更加勤奋地学习和工作，争取把本职工作做得更好，为全县的美术教育工作尽自己的一份力量。

第一章　教研规划

第一节　滨州市高中美术教学研讨会上的讲话

做好自己，带好队伍

"艰难困苦，玉汝于成。"我认为，在一位教研员的成长过程中，既要做教师成长道路上的领路人，也要做与教师一起前行的同路人。所以，教研员应该是同科教师的服务员、指导员、管理员。

一、做好服务员，贴近老师们的需求

我们县美术教师人数并不多，但年龄差异很大。既有50多岁天天盼着退休的教师，也有"90后"刚刚上班的新教员。其中，有为数不少的教师个性十足，有的教师认为自己已经功成名就，有的教师以学历高而骄傲……面对这样的情况，作为一个新上任的教研员，难免忐忑不安：他们会怎么看我？会不会怀疑我的能力？怎样才能让他们接受和认可我？经过反复思量，我突然想起一句话："亲其师，信其道。"我首先努力让教师们信任我，这才是我教研工作的第一步。

1.在"教学视导"中"望、闻、问、切"。

教学视导是教研室一项常规工作，每个教研员都要参加，而且要深入课堂听课、评课。为了避免教师们产生思想压力，也为了让每个教师都感觉到教研员离他们很近，能解他们所急，我对教师们进行了问卷调查、听课、评课、座谈，通过问卷调查了解教师们的真实想法和需求，通过座谈交流了解学校领导对美术教育工作的重视程度，通过听课讨论掌握当前课堂教学状况及教师的教学水平。

同时，通过现场勘查，我还了解到大多数学校的美术办学条件不足：美术装置、教师大量缺乏，美术课程无法落实，甚至有一些学校的美术教具还沿用着十几年前的教具，城乡差距仍然很大。我还走进课堂对学生进行问询、抽测等，听听学生对美术教学的评价和要求，观察他们在美术课堂中学到了什么。

2010年10月，我在对全县中小学的一次视导中发现：美术教学的硬件、软件都是亟待解决的缺口，大多数教师状态懒散，理念陈旧，工作趋于应付，还牢骚满腹……为了改变上述状况，2011年3月，我向局领导申请拨款20万元，为各个学校配备了必备的美术教学器材。

2. 在教学研讨会上"唤醒、改变"。

教研员设计、组织高效、有特色、含金量高的教研活动，是惠及教师的重要载体。开展教学研讨会的目的是让老师们学习先进经验，认识自己的不足，明确努力的方向。在阳信县的研讨会上，教研员一再强调，在工作中不仅要做到"标新立异，榜样示范"，更重要的是唤醒教师们的思想，改变他们的心态，因为心态决定一切。

2011年4月，教研员开展了中小学"绽放思想、与时俱进"的美术教师研讨会。在研讨会上，要求教师们明确自己的角色和定位，明确美术教师的责任和本职工作，唤醒他们的思想，改变他们的心态，以扭转虚度应付、牢骚满腹的美术教学局面。

2013 年的教学研讨会面向各个年龄段的老师，以促进全员奋进为目的，分两部分进行。

观摩课展示：通过老、中、青三种年龄段教师的观摩课，让每个年龄阶段的教师都看到自己优秀的样子。

典型发言：让老教师和中年有经验的老师做典型发言，以此传授经验，触动青年教师的心灵，为青年教师快速成长提供营养。

研讨会结束后，我和一位其他学科的教研员就美术教师参与教研的积极性进行了探讨。她问我："为什么你组织的美术教研活动能吸引大家呢？"我对她说："这是因为我给了他们尊严，这对他们来说是非常重要的。如果他们在学校孤立无助、无足轻重，自然谈不上真正的教研或专业价值。所以，你要把他们团结起来搞教研、办画展，让他们感到自己有所作为！"

3. 组建美术教师交流 QQ 群。

2011 年 9 月 10 日，是我们阳信美术交流群的诞生日。我们建 QQ 群的目的不仅仅是为教师们提供情感交流的机会，更重要的是为他们提供一个资源共享的平台。一个新鲜的信息、一本优秀的理论读物、一份教师外出参加学习带回来的材料、教师创作的作品，都会拿到群里互相品鉴。如此一来，美术教师交流群就成了他们互助成长的沃土。在与大家的交流中，我也深刻地体会到了职业带给我的满足与幸福。

二、做好指导员，在指导中提升自身素养

做好课堂教学指导，是教研员的立业之本。每一位优秀教师的成长，都直接或间接地受益于教研员的指导，课的优劣也不例外。

优质课竭力指导：一个课例的教研过程，也是教研员与教师共进共育的过程。上好指导课，需要遵循"四听一看"的原则：一听目标，二听环节，

三听主次，四听主线，五看效果。

指导故事：张明是阳信县第二中学的美术教师，2012年参加市优质课评比。一开始，他把自己准备好的课拿给我看，我发现他的课思路偏了，提醒他重新修改一下。他说："我已经准备很长时间了，要不我不上了，而且我的表达能力也不行。"我劝他说："你是学山水（画）的，连自己的专业也讲不出来吗？"当时，我的话的确有点重，但一下子激醒了他。他说："我明白了，我一定去上，也一定可以上好。"随后，我与他研究课、听课、改课，反反复复修改了十多遍。最终，张明以最高分荣获一等奖。

自那以后，其他教师对去市里上课的重视程度也发生了巨大的改变。就连市观摩课，他们也是精心准备，这就印证了我的努力方向是正确的，同时也给予我不断超越自己的勇气。

三、做好管理员，加强工作执行力

"独木难成林""一枝独秀不是春"。只有组建一个团结、和谐且具有凝聚力的教师团队，才能提升全县的教学水平。因此，我将组建优秀的团队当作工作中的头等大事。

1. 形成遵守纪律的思维习惯，把习惯变成一种团队文化。

教研不是教研员的专利，埋头教学也不是教师的唯一职责。组织教师们在教学研究上高效互动，使每个人都能积极发掘自身的特色和资源，打造出一支具有战斗力的精干团队，这是做好管理员的先决条件。不论是在活动中还是在其他场合，教研员都要为教师做出表率，引导他们养成认真做事、遵守纪律的习惯。所有习惯都是从不习惯开始的，要把习惯变成一种团队文化。例：

开研讨会座位的排列——单位与单位排列组合，避免分心闲谈，有利于思考交流真正提高

备课习惯——备出具有美术特色的课（版面设计、书写功夫）

听课习惯——两支笔，一个优盘

上课习惯——系主任提示"当你走上讲台时，你就成了一个演员"

选手上课——群力而为，设备到场

外出学习——工具准备、共享材料、及时总结、认真研讨

暑期培训现象——静下心来思考、潜下心来研究

2. 督促他们养成自我总结的习惯，不断革故鼎新。

在教研活动结束后，管理员要及时督促他们养成自我总结的习惯，不断革故鼎新。总结是对所经历事情的回顾、思考和反思，找出那些好的思想、好的做法、好的观念，改掉在教学中存在的缺点和不足。总结过去，是为了更好地开辟未来。如果养成这种良好的习惯，就会变成一种支配我们前进的巨大力量。

3. 基本功活动促进师生成长与专业发展。

基本功竞赛：教师们从参与得少到参与得多，活动进行从公平竞争到规范化发展；

艺术节成果展示：从交作品→现场创作→室外展示风采；

学生们：从害怕到大方表现，再到积极踊跃参与；

家长们：支持鼓励，亲临艺术节现场。

2010 年，毛雪琴老师对某些质量较高的作品提出疑惑，进一步启发了我们改变作品选拔的方式；

2011 年，开始实行现场创作；

2012 年，实行常态化发展；

2013 年，进行现场创新，艺术节现场创作表演。

艺术节作品数量及发展情况表

阳信县历届艺术节书画作品数量及发展情况								
年份	作品总数	教师作品	学生作品	绘画	工艺		书法	
					平面	立体	硬笔	毛笔
2010 年	263	37	226	161	36		19	12
2011 年	339	46	293	248	51		23	17
2012 年	397	51	346	245	63	14	40	35
2013 年	439	78	391	246	56	39	51	47
2014 年	586	95	491	287	76	53	89	81

4. 明确目标，做好长远规划。

2010—2014 年，抓好课堂教学；

2014—2017 年，提高教师专业基本功；

2017—2020 年，学校美术教学的标准化达成。

我们团队的目标是：让具有反思精神的教研融入教师的生活，在教研和创作中完善自己的人格和能力。"路漫漫其修远兮，吾将上下而求索。"虽然阳信县的美术教学取得了一些成绩，发生了一些可喜的变化，但与其他县区相比还有着不小的差距。在未来的日子里，我和我的团队会潜心研究，继续探索，合作共赢，静待花开！

阳信县教研室美术教研员　张军霞

第二节 阳信县中小学美术教学研讨会上的讲话

未来十年美术教育改革与发展展望

——暑期美术课程培训引发的思考

教学资源是指为教学的有效开展提供的素材等各种可资利用的条件，通常包括教材、案例、影视、图片、课件等，也包括教师资源、教具、基础设施等。从广义来讲，教学资源也涉及教育政策等内容。课程资源开发及校本课程建设，是基础教育课程改革的一项重要任务。

20 世纪 30 年代，视听教育逐渐兴起，媒体的种类越来越多，应用也越来越广泛，教育观念也在发生变化。到了 90 年代，人们认识到"教育技术是对学习过程和学习资源进行设计、开发、运用、管理和评价的理论和实践"，教学资源已经被提到了非常重要的地位，关心教学资源建设，加强对教学资源的认识和研究成为一项迫切的任务。

美术教育是以美术学科为基础的教育门类。其目的主要是：延续和发展美术的知识与技巧，以满足人类社会经济、精神和文化的需要；健全人格，形成人的基本美术素质和能力，促进人的全面发展。此外，美术教育的本质意义是启迪全体受教育者的审美意识，培养他们的审美能力，滋养他们的内心深处，使之拥有更加健全的精神世界。

新课程标准中指出：一要充分认识到发展艺术教育事业是学校教育中不可缺少的重要组成部分，它可以陶冶人们的思想情操，提高人们的审美情趣，使人们树立崇高的审美理想，具有其他教育所不可替代的作用。二要充分认识到发展美术教育事业是推动我国教育由"应试教育"向"素质教育"转变的一个突破口和切入点。三要充分认识到美术与社会各个领域，以及其

他学科有着十分密切的关系。随着时代的发展与观念的更新，素质教育要求我们在美术教学改革中必须赋予新时代的内涵和特征，并融入现代的教学方式和教学体验。要想把单一的美术教育转变为"综合·探索"式的美术教育，就需要我们的队伍里，涌现出一大批能够充分利用现有的美术课程资源去创新的教师来刷新历史。

一、缩小城区差距，需要在现有条件下去创新教学

新课标强调要培养创新人才，因为培养具有创新精神、富有创造力的人才是素质教育的重要目标。创新精神是现代社会所提倡的精神，贯穿于各个领域之中。从古至今，美术学科都是培养人的创新能力和审美能力的重要学科之一。

（一）美术教育的现状分析

由于教育体制、社会，以及人们的思想观念等方面的原因，当前我国的美术教育区域发展仍不平衡，特别是偏远落后地区学生的美术素养普遍较低。究其原因：

1.专、兼职美术教师并存。受师资配备限额等因素影响，目前很多地方存在着小学专职美术师资数量不足的现象，教学中陈旧的教学模式、内容和方法，不适应社会主义市场经济与培养多向型、高素质人才的需要。

2.美术学科得不到应有的重视。随着现代教育的发展，美术学科虽然在城区学校越来越得到重视，但农村地区还是无法在短时间内提高其受重视程度，从而拉大了区域间的距离。

3.学校课本循环使用。农村美术基础教育之所以总是没有起色，就是因为相当一部分学校还把语文、数学课当作重中之重，并没有真正落实美术课。学校课本的循环使用，使学生们也忽视了美术课。因此，在各级各类美术竞赛活动中，农村学生获奖者甚少。

（二）深入挖掘乡土资源，尝试开发性教学

美术新课标中提出："认识本土文化是学生学习艺术、认识艺术的基础，是他们走向世界的起点，教师有必要引导学生深入地学习本土文化，从他们的周围环境开始，挖掘生活的美，乡土文化的美。"

当下，在落实新课改理念艰难前行的道路上，教师是"作为"还是"不作为"，将在无形中影响新课程改革和素质教育之旅的前行速度。"作为"与"不作为"是一种责任，教师的可贵之处就是发现教学的创新是无处不在的。拥有良好的创新意识，就能在教学中发现新的教学内容，进而丰富教学内容。

新课程改革下的美术教学方式是多元化、多样化的，作为美术教育者不再"教"教材，而是要"用"教材，在"用"教材之余，应走出课堂、跨出教材，结合本土实际特色，挖掘乡土文化，全面开展各种特色的乡土美术教学。乡土实用美术课是一种展示能力素质的教学。在乡土课中，指导学生用各种材料进行粘贴、拼贴、小雕刻、插接、编织、拼摆、镶嵌、扎捆等，使学生了解和认识家乡的这些别具一格的物产资源。这些特有的物产取之方便，又容易被学生接受。所以，挖掘乡土资源进行美术教学对开发学生智力和提高其美术素养有着不可替代的作用。

二、加强艺术教育，需要复合型人才

新课程改革势在必行，美术相对于其他学科而言，其自主性、选择性更强。美术新课程的模块教学对美术教师的审美修养与业务能力提出了更高的要求，能够进行新课程教学的美术教师必须是"一专多能"的复合型人才。

长期以来流行着一种说法，就是把师生知识含量比作"一桶水"和"一碗水"。其实，水不是现成的，需要人们一点一滴地去积累。所谓"台上一分钟，台下十年功"，教师的底蕴除了学习和积累别无他法。所以，我认为

教师应该是永不枯竭、永不腐臭的"活水"。只有当教师的知识视野比教学大纲要求的更为宽广时，教师才能成为教育过程中真正的能手。新课标明确指出，今后的美术教学是多学科相互融合的一个重要体现。我们的课堂不能固守书本上的知识，也应该是多元化的呈现。社会在进步，我们的知识内容也需要时刻更新。我们的美术新课程模块种类繁多，涉及的学科知识也有很多，比如美术欣赏课涉及历史、语文等学科，现代媒体艺术涉及信息技术等学科。教师不能只用课本上的内容来备课，而要通过互联网，运用那些有时代印记的文化来充盈我们的课堂，让网上备课成为一种趋势。

三、利用好现有条件优势，勇于探索创新

21 世纪是一个全新的信息时代，世界范围内的教育改革正在积极推行。在教育改革的大潮中，代表现代教育技术主流的多媒体技术，正在迅速成为促进教育改革、提高教育质量的重要手段。

在培养学生创新能力方面，美术课有着得天独厚的优势，其利于调动学生进行积极思维。在教学过程中，采用投影、多媒体等多种教学手段也有利于激发学生学习的兴趣，让学生养成想问题、提问题，发现问题和延伸问题的习惯，从而使他们的创新能力得到充分培养和展示。特别是那些具有多媒体教学条件的学校教师，一定要利用好现有的条件优势。

（一）利用多媒体进行电子备课

计算机制作的电子教案具有可重复、可修改和可共享等优点。对于同一教学内容，教师在第一次教学前写好电子教案，再次教学前就不必从头到尾再写一遍，可以在它的基础上进行添加、删除。这样一来，教师就可以免除重复绘画的麻烦，有更多的时间和精力自修提高、研究教学、改进教法。教学结束后，教师可在教案后面及时记录教学后记或教学随笔，反思这节课的得失，评价材料、工具的使用是否合理，记录教学后萌生的新想法，以备再

次教学时在此基础上修改教案。此外，还要注意收集学生的反馈信息。

（二）将实物与现代媒体教学相结合

教师用实物示范操作时，由于受材料、工具较小等条件限制，往往只有距离较近的学生才能观察得比较清楚，较远的学生只能部分观察，甚至无法观察。通常可采用以下几种手段来改善观察效果：

1.用1开的画纸放大作品，用作教具；

2.运用幻灯机、实物投影，使操作过程清晰展示。如剪纸等作品可用幻灯机投影，其他作品及其制作过程可直接利用实物投影仪展示；

3.自制课件。比如显示泥板浮雕、竹刻、木刻、蛋壳画等构图造型，都可用数码相机拍摄下来用于投影；又如粉笔雕刻、食品雕刻、印章刻制的刀法，可用数码相机、数码摄像机拍摄操作过程供课堂上使用。

在利用摄录技术摄制、编辑操作过程时，对关键步骤和技巧要采用放大、分解、透视等方法，并适当插入一些指导和说明。教学过程中，可以反复播放某些操作环节，以帮助学生把握重点、突破难点，从而达到事半功倍的效果。

（三）利用现代媒体教学进行研究性学习和技术创新

在研究性学习中，教师和学生都需要学会从Internet中查找、收集某一主题的资料，学会摘录、保存网上的信息资料，并对收集到的各种资料进行分类，从而获得于己有用的信息。研究性学习的主体是学生，教师的主要作用是给学生以方法指导。我们可以把学生的实际绘画摄录下来再现，让学生在教师的指导下观察自己的绘画，或者跟教师的示范操作进行比较，掌握正确的操作方法。这样反复强化、训练，可以大大加深学生的印象，也可以巩固所学知识，有利于技术创新。综上所述，合理地利用现代媒体教学能够解决技术教学的难点，以形象直观、不受时空限制、示范性强等优势优化美术教学，还可以缩短学生"悟"的过程，使他们提高学习效率，更快地掌握技能。

四、加快艺术教育改革，需要有团队精神的教师

随着社会的发展和科技的进步，大到一个国家，小到一个家庭。远到一个科研项目，近到一个学校的发展，都要体现出"一个和尚没水喝，两个和尚少水喝，三个和尚足水喝"。

回想起15年前，那时我们的教学只是一块黑板、一支粉笔和一张嘴。但是，现在的教学就大不一样了，班班多媒体，节节用课件。在这种教育大环境下，我们必须有团队精神，这是"有志者事竟成"的新标准。所以，我们必须既爱教学又爱大集体事业，既要有创新力又要有执行力。

对于美术教育发展而言，执行力就是将长期发展目标一步步落到实处的能力，它是把办学理念、发展规划、改革计划、教学决策转化成为美术教育发展壮大、教师专业成长、学生理想放飞的关键。教师是新课程改革的主导，教育革新的执行力水平在很大程度上取决于教师执行力的高低。因此，提高教师的执行力是教育创新发展的关键。

那么，作为一名教师，要想提高执行力，就必须明白：我们该执行什么？该怎样去执行？该注意什么？

（一）我们该执行什么？

在课程改革大背景下，教师应该努力执行新课程标准，打造以"自主·合作·探究"为主要特征的学习方式。

新课程改革在课程理念上突出了以学生为本的价值观，关注学生的全面、自主，以及有个性的和谐发展和终身发展；在课程目标上致力于打好基础，促进发展；在课程内容上更加强调基础性、实用性；在教学方法上主张"研究性学习，自主探究与合作"；在课程评价上主张建立多元化的评价指标，多样性的评价方式，既关注结果，又重视过程的评价体系。学习方式的转变有利于将课程的转变落到实处，有助于教学观念及教学模式的改变，最

终有利于学生的发展。因此，教师必须首先在转变教学方式上下大力气。

(二)我们该怎样去执行?

1. 提高执行力的前提——转变观念，端正态度。

观念决定思路，思路决定出路。有什么样的思想观念，就有什么样的工作效果。这就需要每一位教师转变观念，由知识的传授者转变为学习的组织者、激发者、辅导者、合作者，把教学的重点放在如何促进学生发展上，从而真正实现"教是为了不教"。

转变观念，端正态度，就是要树立四个意识：一是大局意识。每一位教师应当把自己的教学放到整个课程改革的大局、学生终身发展的大局、教育进步的大局中去考虑，舍得吃苦，舍得奉献。二是责任意识。一个人有了责任意识，才能集中精神，全身心投入工作。一个团队上上下下都有责任意识，就能凝聚人心，凝聚力量，创造出一流的业绩。三是团结意识。团结出凝聚力，团结出战斗力。在现今形势下，单打独斗已经远远不能适应社会发展的需要，要想干出成绩，就必须学会抱成团朝着相同的目标迈进。四是创新意识。创新是教育发展的动力源，是美术教育的主旋律。每一个美术教师都必须树立创新意识。要不断丰富、更新知识，优化知识结构，尤其是教学实践方面的新理念、新理论，以此来完善自己的教学。

2. 提高执行力的核心内容——注重细节。

执行力需要细节，细节决定成败。在教学实践中，注重细节，就需要教师做到"言必行，行必果"，并不断增强自身的权威。

第一，要做到充分备课，做好课前计划。每一节课做什么、如何做，以及做到什么程度，都要有一定的计划。作为一名教师，如果缺乏对学生的了解和周密的安排，那么在执行的时候就谈不上保质保量了。每节课的教学目标、重点难点、教学步骤、时间分配、习题设计等，都必须做到心中有数，有条不紊。

第二，要做好布置。上课时让学生先干什么、再干什么，由谁来负责完成，以什么形式进行，什么样的问题适合自主思考，什么样的问题适合小组合作讨论……教师的布置要做到简单明了，没有偏差。教师的话讲得越清楚，给的指令越明确，执行就会越到位。要让每一位学生感到目标具体，任务明确。

第三，做好督查，是提升执行力的关键。在实际教学中，比如小组合作交流讨论，大多数学生会按照要求不折不扣地完成任务，但也有些学生会敷衍了事。为了避免这类事情的发生，教师要做好督查，要经常察看学生任务完成的情况，并做到及时整改，这样才能确保教学任务的完成。

第四，及时总结反思。在每节课结束以后，教师要养成及时总结反思的习惯。比如这节课成功在何处？哪个环节还不够成熟？怎么设计效果会更好？……教师在不断地反思中改进教学思路，在不断地总结中吸取经验教训。总结、反思得越细越好。久而久之，执行能力就会不断增强。

（三）我们该注意什么？

新课程改革也好，提高教师执行力也好，都需要一个过程。作为教师，既不能急于求成、急躁冒进，也不能因循守旧、不思进取。最重要的是教师应不断学习，学习先进的教育理念，学习名师名校的各种教学方法和教学模式。同时，还要结合自身、学生及学校的实际，在教学实践中不断摸索出适合自己的新路子。

总之，新课程理念要求教师不再是木讷的教书匠，而是真正的教育家。重视艺术教育，关注艺术教育，充分利用现有的美术课程资源缩小城乡差距。美术教育将成为文化关注的焦点，这是文化发展的态势，也是历史的转折。如果我们能积极地正视美术教育，勇于迎战，抓住一切可能的机遇发展自身，那么，美术教育将迎来前所未有的春天。

第三节 加强艺术教学研究，提高艺术课程教学质量

——阳信县中小学美术课程教学改革推进概况

一、做好课堂教学的准备工作

做好课前准备工作，在日常教学工作中至关重要。围绕"加强艺术教学研究，提高艺术课程教学质量"这一主题，阳信县中小学美术教学积极地开展了以下工作：

1. 解读新课标，推崇新理念。

做好课堂教学的关键是解读新课标，推崇新理念。从事教学研究要认真学习新课程教学标准，学习其新的教学理念的同时，钻研旧教材，引领教师"推陈布新"，使教师们尽快地适应不断发展的教育新形势。

2. 开展基本功竞赛活动，促进教师自身专业发展。

随着艺术课程改革的不断深入，新课程的实施对艺术教师的业务素质提出了更高的要求。为了激励广大中小学艺术教师大练教学基本功，促进教师教学业务基本技能的提高，提高艺术课堂的教学质量，要组织开展一些基本功竞赛活动，才能促进教师自身专业的发展。

3. 组织全县教学研讨会活动，集中观摩教学教研。

艺术教学研讨会，是展示艺术教师课堂教学水平的重要活动。组织高效、有特色、含金量高的教研活动，是惠及教师的重要载体。开展教学研讨会的目的是让教师们学习先进经验，认识自己的不足，明确努力的方向。因此，组织全县教学研讨会活动显得至关重要。

二、课堂教学中存在的问题和建议

1. 年轻教师经验不足，驾驭课堂能力薄弱。

通过随堂听课不难发现，年轻教师在驾驭课堂的能力方面相对较弱。虽然大多数年轻教师有很好的教学设计和构思，但是在课堂教学中却实施不了。一遇到突发事件，他们就会手忙脚乱，以致许多好的创意也无法展现，主要问题在于他们的教学时间过短、经验欠缺。这就需要年轻教师多学习、观摩老教师上课，自己研究教学的技术，不断磨炼自己、提升自己。

2. 对教材把握不准，抓不住重点、难点。

有些教师吃不透教材，没有深入剖析教材，不仅没理解教材的编写意图，就连教学目的和重点难点也掌握不准。原因就在于他们在教学中忽视了教材的存在，没能很好地引导学生浏览课本，甚至有的教师整节课都没让学生拿出课本。这一现象在年轻教师中出现得较多，尤其是刚刚走上工作岗位的新教师。建议开展学科教研活动，使新教师更好地用好艺术教材资源。

3. 少数教师不重视教学过程和教学方法的改革。

个别教师的课堂教学理念仍未转变，教学方法陈旧，仍在采用简单讲解传授的灌输模式，与课改要求相距甚远。这类问题主要体现在一些老教师身上，建议他们保留传统教学模式中好的方面，摒弃其不足的地方，尽快转变教学观念，以学生为主体组织教学活动，以培养人的全面素质为目标，让学生在学习艺术的过程中，不仅要获取专业的知识和技能，还要提高学生的创新能力、探究能力、合作能力、审美能力、社会实践能力及人文素养，使学生的思维更加活跃，从多方面促进学生全面发展。

三、当前艺术教学存在的困难

1. 艺术学科开设情况还不够理想，学区小学仍是非专业的兼职教师担任

艺术课，有的学校虽开设艺术课但未能开足课时，没有按照教材要求去上。

2. 很多学校艺术教师数量少，有新配备的器材，但没有艺术专用教室，艺术教学所需的设施设备、工具材料还是较少，不能满足艺术新课程教学的需要。

3. 艺术教师的备课环节不够完整，也不够精细，听课记录只记过程却不给予评价，业务学习笔记也只是机械地摘抄一些无思无悟的话语。

4. 有的教师存在对新课程倡导的教学理念、方法认识不到位的情况。没有为学生提供体验、实践的空间和时间，即使有了一些合作交流的形式，也只是流于形式，没能发挥其时效性。

5. 艺术教师缺少专业引领和同伴的互助。

第二章　研修随笔

第一节　寻得春芽柳绿，觅得百花烂漫

——记暑期研修指导教师心得

首先，非常感谢省专家团队给我这次学习的机会。能够担任指导教师实属有愧，是专家和老师们给了我鼓励。刚刚担任本县中小学美术教研员，我还没有做出令人瞩目的成绩。

虽是天气炎热，且高温中有些闷意，在远程研修的三天时间里，我们解读了尹少淳教授详尽的新课标，分析并鉴赏了魏瑞江老师勇于实践的多个案例和席卫权老师的设计，每位教授的实践和研究都让我们深受启发。通过参加这次研修会，我在理论上、实践上、研究方向上，以及课程的把握上有了深入而精准的收获。

一、尹少淳教授为我们解读和剖析了美术课程准修订历史及过程

1.从他的讲话中，我清晰地认识到：美术课程改革的源头历史，课程改革后教师、教材、学生三者的变化，美术还是其他学科不可或缺的教学工具，以及三个维度的教学目标准确定位。

2. 在他对新课程的剖析中，我深刻地认识到：美术课程的特点是有坡度没有梯度的，同时美术是有个性的；课程标准与教学大纲是一种包含的关系；新时代的教学理念是一种现代理想教育，可以教会学生学习。

3. 在他引领我们研课中，让我学会从哪些方面来鉴别课，怎样才算得上一节好课，怎样才算得上是一堂艺术课。那就是：做实学科，勿忘本质；重点突出，避免凌乱；体用有度，以点带面；讲练结合，整理打包。

二、席卫权教授从"设计·应用"方面为我们讲授教学策略的内容

首先，他就"设计·应用"这一模块引发出众人都想知道的三个问题："设计·应用"是什么？为什么？怎么办？引导我们对这一模块进行深入思考。

其次，他用传统工艺与现代设计做对比，让我们认识到怎样去界定一个课程中的设计问题。那就是在我们教学中有考察、有草图、有学生认知就算得上一个设计，不一定非得让学生做出拿来就能用的成品，那样去要求学生是不现实的。

最后，他带领我们观看了 2011 年首届北京国际设计三年展的部分作品。使我们进一步地了解到现代设计艺术在追求什么。同时，让我们感到震撼的是设计无限、创意无限，只有想不到的，没有设计做不到的！

三、陈卫和教授从"综合·探索"方面为我们讲授新课标的重要意义

陈教授曾说："真正的艺术学习强调综合，艺术的探究体验受益终身。"从这位教授的讲话中，我们深刻认识到，"综合·探索"是新课标里的一个新的且必不可少的重要模块，它是构建与其他学科联系的桥梁，也是教育本质要求的一个体现。同时，他还带给我们一些提示：在美术教学中要教给学生如何将美术学习与其他学科进行整合，这也促使我们关注其他学科，进而完善我们自身的综合教学素养。

四、魏瑞江老师从"造型·表现"方面为我们讲授新课题的教学思维

在这一模块的讲述中，他利用了很多的案例，并采用实践与理论相结合的方式，让我们对这部分内容进行理解和应对。课例是很有创新意义的，让我们在课堂教学中得到启发，开拓了我们的教学思维。他虽然也是一个教研员，但仍然在研究中走在教学的第一线。他的创业精神和工作作风，是我们每个教研员该有的，也是每个教师该学的。

总结过去是为了更好地展望未来。虽然研修是短暂的，但收获是丰富的。研修让我站在了一个新的平台和高度去重新审视美术教学的重要性。如何让美术教学更有生命力、更健康地发展下去，是我们在前行道路上面临的巨大挑战！如何使我们的美术课也像英国的"放开学生的手脚拥抱自然、探索实践"，也像新加坡的美术课那么耀眼，让中国的设计充满个性引领潮流，我们任重而道远！

感悟心语：

通过总结我采得驿路梨花，

通过研修我装满智慧行囊。

我们——

背起智慧的行囊，

踮起轻盈的脚步，

去踏青，去郊游。

寻得春芽柳绿，

觅得百花烂漫，

收得金秋硕果。

阳信县教学研究室 张军霞

第二节 "重庆得来觉已浅，绝知此事要躬行"

——参加教研机构教育科研管理人员培训的心得体会

茂木叠翠，绿叶堆青，池水含碧，草色盈盈。时值酷夏，挡不住我们去重庆"充电"的激情。8月5日至8月10日，我们阳信教研室团队一行冒着酷暑、不畏炎热，去重庆参加了中国教育服务中心培训中心组织的教研机构教育科研管理人员培训，这次培训历时五天。从培训形式上看，有理论学习，有课程观摩，有大会交流，形式多样；从培训内容上看，六场报告各具特色，内容充实灵活；从培训效果上看，本次培训为我们提供了一些科研管理理论支撑，总结了一些科研管理经验，帮助我们解决了一些实际问题，培训内容丰富，效果十分明显。

8月6日，开班典礼结束后，开始了第一场报告，主题讲座是《教学关系变革与高质量学习》。重庆市江北区教师进修学院院长李大圣从环境、动机、知识、思维、教学五大系统的构建出发，强调课堂教学应激活课程教学全要素，实现从知识传授到全面育人，经验型到基于数据与证据，关注共性到关注个性、共性、可能性的转变。

第二场报告中，西南大学教育学部博士生导师罗生全作了题为《基于核心素养的课程改革》的报告，报告中引用了大量古典理论和事例，印证了当前教育指向核心素养的正确轨道。当前，以核心素养为中心的课程改革已步入深水区。新课程体系如何重建？教育科研如何有效开展？核心素养下教与学方式怎样变革？以学生学习为中心的核心素养课堂如何构建？如何促进教师的专业成长？如何进一步促进学校内涵发展与教育质量提升？这一系列问题成为中小学校和教研部门关注的热点和焦点。对此，罗教授从"新时期课程改革深化的背景""核心素养的多层解析与理解""核心素养下的课程改

革范畴""核心素养下的课程改革思考"四个方面展开分析，使我们明晰了核心素养下课堂教学中教师的角色定位、教师教学行为要进行怎样的深度变革、新课堂教学活动设计与实施。罗教授的见地和博学，让我们受益匪浅。

第三场报告中，重庆市教科院教育发展研究所邓建中副所长作了题为《基于常态和方法的中小学教育科研》的报告，首先阐述了什么是教育科学研究及其分类，并明确指出"教育科研是教师专业发展的必由之路，教育科研是教育教学的领航员和助推器，教育科研是教育内涵发展的重要支柱"，传授给我们中小学教育的科研方法及其运用。科研方法有文献研究法、经验总结法、行动研究法、调查研究法、案例研究法、教育叙事研究法、观察法，这七大科研方法可以算得上是干货，为我们进一步的科研工作提供了有力的支撑。

第四场报告，邀请重庆巴川国际教育集团总裁、巴川中学总校长郭洪作了主题为《"顶天立地"抓管理——以重庆市巴川中学为例》的专题讲座。我们认真学习领会讲座内容，深入思考学校管理工作，增强责任担当、勇于创新，抓好学习研究、明确学校管理和教师队伍建设，并深刻地认识到做业务型、专家型、学者型校长的重要性。同时，也激励我们广大教研员和教育工作者要继续抓好教学业务和管理，立足讲台、甘为人梯，潜心从教、静心育人。

第五场报告中，重庆沙坪坝区教师进修学院院长龚雄飞做了一场关于《学本课堂教学策略》的报告，报告首先站在哲学的高度对当前教学模式进行了深入剖析，分析了中国教学改革的四个阶段，通过对中外学生发展核心素养进行对比，引用一些"从传统教学到学本教学的转型"教学视频实例，引发我们反思，提炼了一些有益的经验，使我们认识到：核心素养下的"学本式"卓越课堂，是一种探索性的教育实践模式，它强调课堂定位于学生的"学"，基本思路是：课堂既要尊重教师的"主导"，又要摆脱教师的"控

制"，要从教师的知识灌输型课堂向学生的自主探究型课堂转变，激活思维，诱导自学，先学后教，不教而教，让课堂回归学生的世界，让课堂变成灵性生长、创新萌生的舞台。

第六场报告中，重庆谢家湾小学副校长罗凤以《六年影响一生》为主题，为我们分享了谢家湾小学小梅花课程让国家课程有效落地的实践探索经验，讲述了谢家湾学校校长勇于探索，敢于创新，开拓出谢家湾学校"六年影响一生"的办学理念。为了让办学理念和素质教育的核心要义更加形象、具体，贴近小学实际，综合重庆的城市精神，通过实施"红梅花儿开，朵朵放光彩"主题型学校文化，展现出学校校长第一责任人的魅力。教育永远在路上，要敢于探索，不断前进。

在为期一周的培训中，教授、校长，以及资深教育理论博士轮番上阵，震惊、感慨、欢喜、激动情绪的交替让我们五味杂陈，六场讲座精彩纷呈，别开生面。我们学得过瘾，学得欢快，学得酣畅淋漓。

同时，通过这次培训学习，我们也意识到了自身知识的匮乏，并时刻充满着危机感。作为教研员的我们，必须通过不断的学习来充实自身知识结构，只有适应新时期发展要求，才能更好地服务于教师与课堂教学，促进教育教学质量的提升。同时，我们也要树立终身学习的意识，活到老，学到老。

阳信县教学研究室　张军霞

第三章　国培随笔

第一节　更新·开阔·深入

研修是一个很广阔的展示平台，你的才华、智慧、经验和成绩完全可以拿来晒晒，你的想法完全可以展示给同行分享。对此，很多教师表现得很优秀，很多团体也很有创意地晒了自己的参与式培训方案，讨论了各自的创新思维模式，还分享了自己的果实和收获，有境界、有觉悟、有思想。

对于教师培训给我们带来的好处，可以概括为以下几点：

1. 培训更新了教育理念。

每天都在观看视频课程，领导的讲话、专家的陈述，无不在提醒我们要转变之前的教育观念，摒弃以前不良的教学观念。在日后的教学过程中，要灵活地运用培训过程中提及的"以人为本""和谐高效"等新理念。

2. 培训开阔了知识视野。

培训期间，研修平台上提供了很多优秀的文本资料。只要你认真阅读，肯定会有意外收获，会在不知不觉中开阔你的知识视野。当然，如果你连看都不看，那就很难说了。

3. 培训加深了教研深度。

在参加培训的过程中，每天都有课题作业，要想让自己的作业脱颖而出，就必须用点心思，否则你的课题作业就不可能被推荐，也不可能上简报。培训期间，用心琢磨的过程，就是一个认真思考教学的过程。此外，教研组内面对面的研讨，其实也是一个深化的过程。虽然平台上的研修发言有的的确存在应付心理，但也有很多智慧的火花会让人眼前一亮。尽管大家是在"网络谈兵"，没有面面相对的畅谈交流，但是这其中的收获相信大家都已感受到了。

阳信县教育教学研究室 张军霞

第二节　悠悠华师行，满满收获归

2019 年 11 月 17 日，我有幸参加了山东省中小学幼儿园骨干教师省级培训项目薄弱学科（初中美术）培训班的学习。走进美丽的南湖之滨、桂子山上的华中师范大学，首先让我感受到的是美丽的校园、优雅的环境和班主任们贴心的服务……

这次培训历时五天，参加这次培训的是山东省所有的骨干教师及教研员们。大家在班主任的带动和督促下，遵守培训守则，按时签到，甚至有一些教师是提前到达听课现场的，学习氛围十分浓厚。

这次课程的安排十分合理，首先从专家团队来说，既有做理论研究的学者，也有做教学研究的教研员，还有在教学一线的经验丰富的优秀教师。从课程内容来说，既有理论方面的引导，又有课堂实践的展示；既有课堂的现场案例，也有美术小组活动的实践视频和成果展示。课程内容安排得非常丰

富，如果我们能够把这次学习的内容完全消化，将会对我们美术教学的发展带来很大的帮助。

下面我将对这次学习的内容做一个简单的梳理：

首先是向莉老师为我们做的开篇讲座《核心素养时代，美术课程与教学实施探索》，她把艺术与当地的文化融为一体，讲述了发展艺术的重要性，解读了文化艺术的内涵。她说文化是一种以价值观为核心的生活方式，在教学过程中，她提倡做学术型的教师。此外，她还给我们展示了湖北省传统艺术的分布图，并且一一讲解了每一个地域的传统艺术门类，让我们大开眼界。这些都让我们感受到了武汉的美术教育，饱含着浓浓的乡土情，深深的文化味，还饱览了她带领的团队开发的各种课程，给了我们深刻的启发。

其次，高细媛老师为我们展示了一些《美术教学设计与案例分析》，她以"重温历史、赏读经典"的主题带领我们走进了第五届全国一等奖获得者的课程当中，重点介绍了徐军老师的教学风格和特点：强调学生们去读

与向莉老师交流

画，说感受，走下讲台去倾听学生的疑惑，在作品中强调审美表现。比如黑白、虚实、比例、色彩，以及美术语言的运用，他的课就是"匠作精神"的体现。

在参加培训的这几天里，每堂讲座都非常精彩，每一位专家和教授都博得了我们热烈的掌声。我们每个人都在认真地听着、记着，讲座结束后，我们都争着抢着向专家和教授们要课件，积极地与他们交流、学习。

这次学习给我的启示：

1. 对教学内容要有深刻的理解和把握，要能够融会贯通地运用知识，深入浅出地讲解知识。

2. 对学生的年龄特征和已有的知识要有深入的了解和认识，要根据学生的特点实施和设计教学。

3. 充分地运用多种媒介进行教学，从多方面丰富学生的感知。

参加这次培训学习，对于一名教师来说，无论是在个人素质、教学能力，还是在管理水平上都会有很大的提高。教师角色要转变，教师要从讲台走向课桌，使学生从被动地学到自主地学，从观摩的课堂中我看到了学生们开心的笑容；教师转变为学生，低下头来聆听学生们想要知道哪些内容。观念转变，思想转变，听着专家的学术理论，观看着这一节节围绕核心素养展开的实践课堂，让我们不得不对现在的课堂加以深思。学员们之间的相互交流、思想的碰撞也让我受益匪浅、收获满满。

阳信县教育教学研究室 张军霞

第四章　教材解析

　　教材，是我们备课的依据，更是上课的工具。我们首先要明确教材是怎么依据课标编写的。课标是编写教材的依据，也是引领美术教育教学方向的纲领性文件。任何美术教学的成功，都是在深入思考、不断研究的过程中得以完善的。只有深入地钻研教材、研究教法，才能正确地理解教材，理清教学思路；才能在教学过程中游刃有余，做到灵活使用教材，做到"用教材"，而非"教教材"。

　　因此，我们可以把教材解析培训重点确定为：

　　一、课程标准与教学内容的对应要求确定：将每课教学内容所对应的课程标准中的具体要求确定下来，进行对标对表。

　　二、作品分析：对教材中的每一幅作品都尽可能地挖掘深、分析透。可以侧重于以下几个方面：

　　1.作品的可读内容（包括形象、色彩、构图、空间等，具体到形状、颜色、肌理、质感等）；

　　2.作品的背景资料（包括作者、年代、史料、逸事等）；

　　3.作品能引发的思考（包括内容和形式两方面，要提出自己独到的见解）；

4.作品给出的启示（即我们欣赏作品后的感悟）；

5.对作品的鉴定及评价结论。

第一节　教材解析示例一

学情分析 >>>

优势： 四年级是从低年级到高年级的过渡，属于小学阶段的第二阶段。四年级的孩子要接受知识的变化、学习方法的变化，以及思维方式的变化。这个阶段也是小学比较重要的阶段。此阶段的学生对美术有着浓厚的兴趣，他们不再只满足于单纯的大胆想象，探索创新、动手实践的欲望更加强烈。

特点： 在学习和活动方面，四年级的学生还没有脱离低年级的趣味性、游戏性强的特点。随着年龄的增长，学生的生活经验已经相当丰富了，触发了学生的学习兴趣，激发了学生在形象思维和创造力想象方面的能力，可以让学生通过体验游戏创作的学习活动来表达个人情感和丰富的想象。处于这个过渡时期的学生，有一部分同学对美术极为爱好，想象能力也极为丰富，无论在造型上还是生活经验上，他们都有自己独特的见解，观察能力也在逐步提高，唯一的不足就是表现技能难以跟上。当然，也有少部分学生在造型上能力极差，缺乏观察能力，色彩能力上也有点缺乏色感，需要教师进行适当的引导，并利用学习积极的学生带动课堂气氛，激发他们的学习热情。

教材分析 >>>

★本册教材以感受美术基本知识和基本技能的寓教于乐的内容为开头

★以贴近学生生活，侧重对观察、想象的表现内容为主轴

★"造型·表现"课与"设计应用课"相互穿插，相互支持

★以强调特色、注重趣味性的"设计应用"课和属于"造型·表现"的电脑美术课压轴

★以注重活动情趣和文化内涵的"综合探索"课和贴近生活、展示经典作品的"欣赏评述"课结束。

第6课《最受尊敬的人》属于第二学段 "造型·表现"学习领域内容

对课对标 ▶▶▶

新课标指出,"造型·表现"是美术学习的基础,其活动方式更强调自由表现,大胆创造,外化自己的情感和认识。每个学习领域的划分都是相对的,造型表现与设计应用是互相交融、紧密相关的,形成了一个开放性的美术课程结构。

新课标指出,四年级属于第二学段,这一学段"造型·表现"学习领

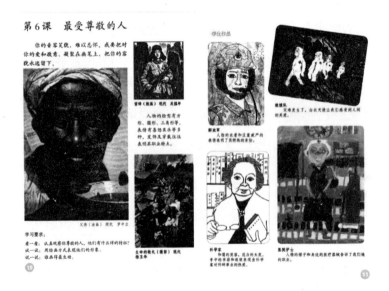

域的目标是：初步认识线条、形状、色彩与肌理等造型元素，学习使用各种工具，体验不同媒材的效果，通过观察、绘画、制作等方法表现所见所闻、所感所想，激发丰富的想象，唤起创作的欲望。

▶教材分析▶▶▶

《最受尊敬的人》，从题目中来看，我们的落脚点应该在"尊敬"二字上，体现了课程的价值，侧重于情感的表达。哪些人应该是最受尊敬的呢？应该是"不忘初心、牢记使命""为中国人民谋幸福，为中华民族谋复兴"的人。我认为，无论哪一种职业，只要是为人民服务的，都应该是最受尊敬的。

在版面设计方面，课本左侧：文字部分为导语、知识点及学习要求；图画部分为三幅名家作品。课本右侧：文字部分为作品的名称及作品的解说；图画部分为四幅学生作品。作品与文字穿插排列，使得整个版面整齐有序、一目了然。

你的音容笑貌，难以忘怀。我要把对你的爱和敬意凝聚在画笔上，把你的容貌永远留下。

学习要求：

看一看：认真观察你尊敬的人，他们有什么样的特征？

试一试：用绘画方式表现他们的形象。

说一说：谁画得最生动。

人物的脸型有方形、圆形、三角形等，

表情有喜、怒、哀、乐等，

发饰和穿戴，往往可以体现其职业特征。

下面我们先看文字部分：

1. 导语部分："你的音容笑貌，难以忘怀。我要把对你的爱和敬意凝聚在画笔上，把你的容貌永远留下。"这句话既是学习本课的导语，又是学生学习这课的原因，解决画什么和为什么画的问题。画什么？画最受尊敬的人。为什么要画？因为有对尊敬人的爱和敬意，所以要通过画笔永远留下。这是一种情感的表达，以激发学生的学习动力，提升学生学习的兴趣。

2. 知识点部分：这里重点强调了人物画中脸型、表情的表现，发饰及穿戴能体现职业的特点，让学生在创作中能抓住重点和方向。同时，也为学生创作人物画提供了一个标准。这里解决的是怎么画的问题。

3. 学习要求部分：是（过程方法、作业、评价标准）的体现。过程是看一看、试一试和说一说；作业是绘画人物形象；评价标准是生动。

看一看：本部分的要求，即课标中要求的提高学生总结归纳能力的表现，这里的特征就是结合课本中知识点的分类，从脸型、表情、发饰和穿戴等方面总结归纳。所以，根据课标中的要求和课本中看一看的学习要求，制定本课的知识目标。

试一试：这便是课标中要求的提高学生的绘画表现能力，这里体现了本节的美术表现形式是绘画，进一步确定能力目标。同时，这也是本课的重点，即抓住特征进行绘画创作。

说一说：这是学生评价方法的学习和情感的表达。面对作品，欣赏的同时更要逐步提高评述的能力。本课评述的标准可以按照知识点中提供的方向来解读，解读的过程中提升情感，进而确定本课的情感目标。同时，情感目标亦是本节的难点，通过学生对作品的品评，表达其对各行各业人士的敬佩之情。使学生在绘画中融入自己的感情，以体现出被表现者受尊敬的原因。

对课对标 ▶▶▶

知识目标 ①
学生能够描述出自己心中最尊敬的人的形象特征。

能力目标 ②
学生能抓住最受尊敬的人的**职业**、**外貌**等特征并用绘画进行表现。

情感目标 ③
激发学生对生活的**热爱之情**，体会各个行业的人们的**敬业精神**。

关注作品 ▶▶▶

首先，思考选择作品入选教材的原因。

其次，再看作者、画种、题材内容、地位、思想、影响等。

教材中，《父亲》（油画）的作者是罗中立，《雷锋》（版画）的作者是吴强年，《生命的敬礼》（摄影）的作者是杨卫华，这三位作者均为我国著名画家。这三幅作品的表现形式和所使用的工具有线描、水彩笔和油画棒等。形式丰富多样，能激发学生丰富的想象，唤起他们创作的欲望，与课标要求相吻合。

职业

作者：罗中立
材质：画布 油彩
规格：215×150cm
创作年代：1980 年

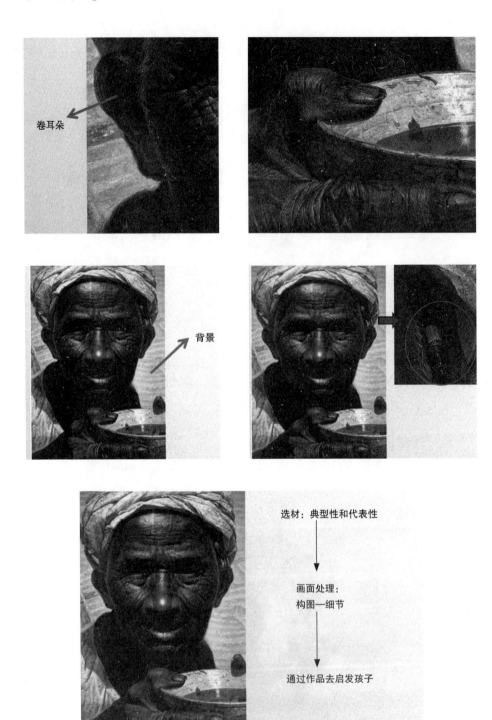

卷耳朵

背景

选材：典型性和代表性

↓

画面处理：
构图—细节

↓

通过作品去启发孩子

以名作《父亲》为例，分析安排此作品的意图。

（一）分析名家作品《父亲》为何要占如此大的篇幅

本作品几乎占了左侧版面的一半，作品的这种编排是为了突出重点，《父亲》这幅作品属于绘画的方式，与学习要求中用绘画表现相吻合。另外，《父亲》这幅作品有其独特的地位。下面我们从这幅作品开始对课本中的作品进行逐一分析：

看整体：《父亲》这幅作品，想必大家非常熟悉。从整体来看，这是怎样的形象呢？勤劳、朴实、善良、贫穷的老农形象。这是大巴山的农民父亲形象吗？是，但又不是，因为这位老农的形象已经远远超出了生活的原型，他所代表的是中华民族千千万万的农民，他是我们精神上的父亲。

看局部：从发饰和穿戴来看，头裹白色头巾、身着白色开衫，是典型的农民形象，突出了他的职业特点。

看细部刻画：在画面中，画家用了多层画法的厚实色彩，层层塑造，在塑造过程中所营造出的粗糙如土墙面的肌理特征，正好适合表现农民经受生活磨难、饱经风霜的脸。比如，脸上沟壑纵横，布满了一条条车痕似的皱纹，这与作者刻画的形象是相一致的；再如"卷耳朵"，都说是怕老婆，作者用这样的形象表现出了农民的天性善良。

看背景：刻画的是一片丰收的景象。虽然"父亲"承受着生活之重，但其内心世界是充满希望的。这里的《父亲》是中国亿万农民的代表，他们是当时社会背景下解决全国人民温饱问题的主力军，是最受尊敬的人的代表。

这幅作品在参加第二届中国青年美术展览时，是备受争议的。首先，用领袖像的尺寸刻画了一个农民的形象；其次，在当时的时代背景下，众多作品中的农民是积极乐观的形象，脸上洋溢着翻身做主人的幸福微笑；最后，《父亲》这样一个忍辱负重，甚至是苦命人的形象，在当时也引起了争议。

这幅作品的转折点在于这只圆珠笔，圆珠笔是新社会才有的，这就成了社会主义制度"新农民"的特征。《父亲》的展出和获奖，也体现了敢于创新的精神。

这个巨幅作品放在这里，编排的意图非常明显，目的就是通过欣赏学习，让我们的孩子学会如何去表现画面。我们可以从选材和画面处理这两方面去讲解作品，运用作品。选材要具有典型性和代表性，这是教材编写的基本原则。在当时的社会背景下，10亿人口8亿农民，是农民在支撑着这个大家，符合国情民情，也只有农民更具有典型的代表性。

（二）分析画家是如何处理画面的

构图：以头像的形式，采用特写构图，就是为了表现细节以突出人物形象，以表达自己对农民的尊敬之情。

当我们把通过作品看到的内容及画面的处理告诉孩子们之后，就可以通过作品启发孩子。通过自己的所见、所闻、所感，突出人物的特征，这与新课标中通过绘画表达所见所闻、所感所想相符合。

那么，作者为什么会刻画这样一个老农形象呢？我们可以从作者身上找答案：罗中立，1948年生于重庆，是我国著名的艺术家、教育家。1968年，他主动到大巴山生活，时间一长，对大巴山的劳动、生活有了深刻的体会和感受，对大巴山的劳动人民也有了深厚的感情。恢复高考后，他于1977年考入四川美术学院油画系。1980年，他根据在四川山区劳动、生活的感受，借鉴西方写实艺术的手法，刻画了一个勤劳、朴实、善良而又贫穷的老农形象——《父亲》，这幅作品获得了第二届中国青年美术展览一等奖。

为什么作者能画出如此有震撼力的作品？

中国西部的大巴山给了罗中立无限广大的创作沃土，在大巴山情结中，他逐步从此前超级写实主义的观念与技巧中脱离出来，转而倾向于带有形式主义风格的夸张、变形，形成了与众不同的绘画语言。《荷花池》是这一题

材中创作尺幅大、画工精湛、内容丰富的重要代表作。

后来，罗中立画风大变，以粗犷的笔触，表现农村夫妻平凡而幸福的生活状态。作品吸收了一些民间民族色彩，编织的画法是他自己创造出来的一种表现形式。他画的不是有血有肉的人物，而是类似于一种由编织工艺师编出来的框架。也像农村田间的稻草人，但这些框架人物是有表情的，呆滞的眼神，嘻哈的面容，记录了一个时代农民的生活态度。

《雷锋》这是吴强年的版画作品。作者用肖像画的形式，着力表现了雷锋既崇高又朴实的形象。如果说《父亲》是亿万农民的代表，那雷锋就是为人民服务的代表，也是最受尊敬的人。

《生命的敬礼》是一幅以 2008 年四川汶川地震抗震救援为内容的摄影作品。摄影是真实场景的再现，不用艺术处理就足以震撼人们的心灵。画面中孩子敬礼的瞬间发生在战士用木板抬起孩子的时候，虚弱的孩子很吃力地将右手举过头，向周围的战士敬了一个队礼，这是对战士的感恩，也是对生命的致敬。画面背景中的废墟、战士的服饰都真实地再现了这些战士在余震不断的恶劣环境中，不放弃、不抛弃，寻找生命的气息的场景，他们就是最受尊敬的人。

学生作品

解放军　　　　　科学家　　　　　医院护士

学生作品1《解放军》：

表现形式：以线描为主的儿童画。

色彩表现：衬以水彩颜色，背景中淡淡的红和主题人物中表明职业特征的衣服上的黄绿颜色形成强烈的对比，更加突出了人物形象。

职业特征：人物的衣着和庄重威严的表情表明了其特殊的身份。另外，在细节刻画中，解放军的耳麦用直线条有规律地排列，刻画出了那种一丝不苟的精神状态。同时，这种现代化装备的刻画也体现了我国科技事业的发展，综合国力的日益强盛。他们保家卫国，护一方平安，就是我们最尊敬的人。

学生作品2《科学家》：

表现形式：黑白线描为主的儿童画。

职业特征：和蔼的笑容、花白的头发，手中的书籍和眼镜，表现出了科学家对科研事业的热爱。

另外，在细节刻画中，小作者根据科学家头发的长势进行了有规律的排列组合，有直线，有曲线，有长短的变化，也有粗细的变化，形成了一种韵律，体现了美术表现的节奏感。科学家身后的书籍也证明了科学需要不断钻研，体现了科学家们为国家建设出力的敬业精神，他们就是最受尊敬的人。

学生作品3《医院护士》：

表现形式：油画棒。

色彩表现：小作者在画面中大面积地运用了红、黄、蓝三原色，还通过红绿对比色的运用，使得整幅画面色彩艳丽，给人一种积极阳光的感觉。这就是孩童世界的美，也是画面中的人物给我们带来的美。在作者心中，护士是美的，她微笑的表情足以证明，护士救死扶伤，是最受尊敬的人。所以，作者想把最美的颜色都用在她的身上，让她光彩照人。

职业体现：小作者没有通过服饰表明护士的职业特征，而是通过人物的帽子和身边的医疗器械显示了她的职业。

学生作品 4《救援队员》：

表现形式： 水彩画。

色彩表现： 主体人物——救援队员，用了表明其职业的白色，体现出了灾难发生时，白衣天使让我们感受到人间的关爱。作品以救援现场作为背景，近处东倒西歪的楼房以暖色调为主，远处用冷色调表现，形成前后的对比变化；远处破晓的天空与白衣天使疲惫的身姿遥相呼应，表明了救援队员忙碌的一夜。

另外，在细节刻画中，救援队员表情凝重，身姿疲惫却又脚步匆匆，他们是冲在第一线的战士，是他们保护了我们的平安，他们是我们最尊敬的人。

救援队员

总体来看，教材中精选的三幅名家作品，《父亲》是油画作品，以头像的形式呈现，抓住细节，凸显了人物形象；《雷锋》是版画作品，以半身像的形式呈现，突出穿戴与配饰，描写了人物的职业特征；《生命的敬礼》是摄影作品，以全身像的形式呈现，突出了背景与人物的关系。三幅作品由不同题材、不同侧重去表现人物特征及职业特点，激发了学生创作的欲望。

第二节　教材解析示例二

以江西版教材八年级下册《保护世界文化和自然遗产》为例，对"多学科融合式分析法"做示范解析。"多学科融合式分析法"是集知识性、故事性、艺术性于一体，融合历史、政治、科学等学科知识，进行立体的、多角度的赏析方法。既能让我们长知识，又能使课程内容变得丰富有趣。

八年级下册共 10 个课题，课标根据美术学习活动方式划分为四个学习领域，其中《保护世界文化和自然遗产》是"欣赏·评述"的学习领域，针对课题，分别从课标、教参、教材三个层面进行解读。

对课对标 ▶▶▶

课标对"欣赏·评述"这一领域的要求：欣赏不同时代和文化的美术作品，通过描述、分析、比较与讨论等方式，认识美术的不同门类及表现形式，尊重人类文化遗产，对美术作品和美术现象进行简短评述，表达自己的感受和见解。

教学目标 ▶▶▶

一、初读教材，设定目标，找出重点

这套教科书中，每一册的开篇都设计了这样的课题。在讲授课题时，我们要先了解编者的意图是什么。《俄罗斯克里姆林宫和红场》一课中，只有一幅图片和一段简短的文字，我们如何在有限的内容中找到教学的目标？就这节课而言，我认为关键点在"文化遗产"，以及"它为什么可以被评为世界文化遗产"，再进一步深入研读教材，可以知道：克里姆林宫属于建筑，那么是不是应该让学生了解"优秀建筑要遵循的原则"，也就

是它们可以被评为世界文化遗产的理由，这应该是这节课的目标和重点、难点了。

> 知识目标：文化遗产含义，以及评价标准。
> 能力目标：赏析克里姆林宫和红场，明了入选《世界遗产名录》的理由。
> 情感目标：关注和珍视世界遗产，尊重各国遗产文化。

二、深入研读教材，梳理知识，答疑解惑

首先，让学生了解什么是文化遗产：是指具有历史、艺术、科学等文化保存价值，并经政府机构或国际组织指定或登录之物品，概念上分为"有形文化遗产"和"无形文化遗产"。课本中的文字正好是这个定义的诠释。

其次，让学生了解文化遗产评定的标准，文化遗产的评定有六项标准。

> ### 文化遗产的评定标准
>
> 第一项标准是必须代表一种独特的艺术成就。
> 第二项标准简单来概括它，可以说它表达了人类观念的一个转变。
> 第三项标准是人们面对的这个遗产项目它能够成为一种已经消失的文明或者文化传统。
> 第四项标准是指它可以作为人类历史上一个重要阶段，它的一个典型代表性建筑，能够反映这个时代，是这个时代的建筑或者景观的杰出范例。
> 第五项标准是它可以作为人类传统的寄居地和怎么样使用土地怎么样居住的一个杰出范例。
> 第六项标准是与有特殊意义的世界或者现行的这种传统、思想或者文学艺术有直接关系。

1990 年，"俄罗斯克里姆林宫和红场"被评为世界文化遗产。世界遗产委员会这样描述：由俄罗斯和外国建筑家于 14 世纪至 17 世纪共同修建的克里姆林宫，作为沙皇的住宅和宗教中心，与 13 世纪以来俄罗斯所有最重要的历史事件和政治事件密不可分。

在红场上防御城墙的脚下坐落的圣瓦西里教堂，是俄罗斯传统艺术最漂亮的代表作之一。从这个描述中可以看出，"俄罗斯克里姆林宫和红场"符合的是第一、二、四、六项标准，比如当我们讲到俄国革命，讲到早期社会主义的发展过程，克里姆林宫这个红场就变成时代的象征，随后它被载入《世界遗产名录》。

通过委员会的评价，人们才认识到：任何建筑物均产生于某种功能需要，人类对其提出空间大小、室内环境等要求，这就是适用。然而，功能要求会随时代的发展而变化，逐渐由低级趋向高级，使其有更完善、更丰富、更美观的艺术要求。这又恰恰符合建筑的三要素：坚固、实用、美观，这在本课中得到了很好的展现。

作品解析 >>>

下面赏析教材图片《俄罗斯克里姆林宫和红场》。

这一课，在讲解时可以分成三个方面来进行：

第一，先从整体上让学生欣赏、了解这组建筑群，然后再针对一些重要的单个建筑由远及近地进行赏析；第二，让学生了解它作为宗教国家的宗教特征；第三，让学生了解这组建筑群的设计风格。

一、让学生欣赏并了解建筑群体

从整体上看： 克里姆林宫南临莫斯科河，西北接亚历山大罗夫斯基花园，东南与红场相连，平面为不等边三角形，面积 27.5 万平方米，四周围以红色宫墙，宫墙长 2250 米，厚 3.5 ~ 6.5 米，高 5 ~ 19 米，沿墙筑有近 20 座塔楼，参差错落地分布在三角形宫墙边。克里姆林宫也因其独特的建筑风格，成为俄罗斯的象征，享有"世界第八奇景"的美誉。

然后再针对代表性的塔楼、教堂等进行赏析。

克里姆林宫（俄罗斯）

➡ **斯巴斯克塔楼** 建于 1625 年，居于群塔之冠，总高 67.3 米，"克里姆林宫的钟声"就源于塔楼上的 6 米高自鸣钟。

➡ **步入宫门**，便是红石铺成的中央教堂广场。广场上的大克里姆林宫最为突出，这是一座完全按俄罗斯传统建造的宫殿，又名多棱宫，正面全长 125 米，淡黄色的墙面，绿色坡顶和金黄色的旗杆基座，这些明快的色彩让它更显得宏伟壮观。

➡ **从远处遥望**，不难发现，还有一座高达 81 米的钟楼。它是白色金顶的伊凡大帝钟楼，在伊凡四世时，它是权力的象征，建于 1505—1508 年，里面藏有 50 多口铜钟。拿破仑入侵后，钟楼被炸药炸毁，但是留下了 18 面钟。1992 年钟楼修复，教堂恢复其功能。

➡ **钟王**：钟楼右侧陈列着一口最大的钟，连同钟耳高 6.14 米，直径 6.6 米，重达 200 多吨。钟体上有精致浮雕、肖像，并刻有文字，为世界之"钟王"，是俄国铸造工艺的纪念碑。

➡ **炮王**：在钟楼的左侧与钟王相伴的是一尊 5.34 米长、口径 0.89 米、40

吨重的"炮王",由于它太重、太大,该炮从未发射过,最终成为俄罗斯军事力量和铸造工艺的历史见证。

二、让学生了解它作为宗教国家的宗教特征

俄罗斯民族有180多个,宗教以东正教居多,它也是一个宗教国家。在克里姆林宫建筑群中,就有5座东正教堂,最大且最重要的是圣母升天大教堂:

圣母升天大教堂 位于克里姆林宫中心,被视为莫斯科大公国的母堂。大教堂的墙壁和屋顶上有很多圣像画和彩色浮雕壁画,具有无与伦比的美。

圣母领报教堂 是皇室成员做礼拜的地方。所有的王子王孙们出生、结婚都会来这里。它带有强烈的纯俄罗斯色彩。

大天使教堂 是典型传统的有五个圆顶的东正教堂,现在这里是俄罗斯17世纪工艺品的博物馆,展出有祭服等许多精美的艺术品。

基督救世主大教堂 是世界上最高的东正教教堂,是为纪念1812年俄国对拿破仑战争胜利而建的,可同时容纳一万人。

圣瓦西里大教堂 有"用石头描绘的童话"之称。该教堂融合了伊斯兰和拜占庭风格样式的洋葱顶、哥特式的尖拱、仿罗马式的拱廊,极像一个混血儿。

三、让学生了解这组建筑群的设计风格

红场:

在俄语中,"红色"含有"美丽"之意,"红场"的意思就是"美丽的广场"。

它是莫斯科市中心的著名广场,西南与克里姆林宫相毗连,平面呈长方形,两边呈斜坡状,面积约7公顷。1517年,这里发生大火灾,曾被称为"火灾广场"。广场用赭红色方石块铺成,17世纪下半叶起改称"红场"。

第五章　教学设计

一、教学目标的设计

（一）依据课标：要认真研读课标，可重点研读第二、第三两部分（即课程目标与课程内容），弄清楚整个目标体系。

（二）依据教材：每课教材的教学目标都来源于课标，是课标要求的具体化。我们要做的工作是准确定位教学目标：先分析确定每课教学内容所属的教学领域，再找到该领域、该学段的目标要求，然后分析核定本课教学目标。

1. 正确理解课题：教材课题命题方式一般是一个生活主题，而不是理论、概念式命题。如《瓢虫的花衣裳》是以瓢虫为表现内容的绘画课，而不是以服装为内容的设计课。

2. 综合分析学习要求：想一想、看一看、说一说、找一找、试一试、乐一乐等活动要求，要重点分析试一试，由此判断课的性质。

3. 正确对待拓展要求：拓展不是必须做的，要视情况，主要由时间和能力而定，切不要喧宾夺主，淡化了正题。

（三）课题性质的分析与确定：

1. 造型与表现。使用美术手段塑造形象，表达情感。如绘画、雕塑、剪纸等。

2.设计与应用。设计原则：实用性，审美性。如设计、制作等。

3.欣赏与评述。欣赏方法：由整体观察到细节分析，由构图方式到造型要素，由表现内容到作者情感。评述要求：学会使用专业术语。

4.综合与探索。如四年级上册第19课《我们的生日聚会》：收集自己的照片（装饰美化）——向父母了解自己的成长过程——制作成长记录本或各种工艺品（手工工艺）——举行生日聚会（环境美术设计）——展示成长记录本、赠送礼物（手工工艺）。

二、课堂结构的设计

（一）精讲多练。

精讲：美术课中需要讲的东西很多，如基础知识、相关文化、作品背景、作者简介、作品内涵、形式美感、创作意图、情感表达等，一节课的时间有限，因此，选择精要内容讲解，否则会上成满堂灌。

多练：美术具有很强的技术性。技术必须通过反复实践，强化练习才能获得。所以必须强调多练。

（二）几讲几练（低年级，第一学段）。一讲一练的教学模式显得有些呆板，可以根据教学内容设计成几讲几练，效果更好。

（三）客观评价。在课堂结束前的5分钟进行总结和评价。

三、教学过程的设计

（一）导课的设计

1.目的：集中学生注意，引向教学内容。

2.注意：切勿为导课而导课。

（二）基础训练的设计

1.观察能力。观察内容：实物、图片、美术作品。观察方法：按照一定

的顺序观察；在比较中进行观察等。

2.概括能力。变繁杂为简洁。

3.创造能力。模仿与改进，新颖与独特。

4.审美能力。知道何为美，看得出美在何处，做得到实现美。

（三）作品欣赏的设计

1.名家作品：经典审美，高标准引导。

2.学生作品：等高启发，树立自信。

3.教师作品：贴近学生的示范引领与思路启发，给名家作品与学生作品以必要补充。立威、互补、练功、摸底。

（四）演示示范的设计

1.娴熟、迅速、规范地演示。百闻不如一见，为学生提供模仿的范例。

2.边演示，边讲解。提示重点、难点，应注意的问题，可行的操作方法……

3.归纳方法步骤，让学生有章可循。要突出强调，采用板书设计。

（五）作业的设计

1.作业要求：明确、具体、可操作。

2.必要提示：时间要求、安全要求、卫生要求等。

（六）巡回指导的设计

1.尽快让全体学生进入作业状态。

2.发现共性问题，及时调控。

3.帮助学生修改作业。

4.选择展评作品，设计评价语言。

（七）作业展评的设计

1.一定要精美展示。

2.依据标准进行评价：常规标准；作业要求，如自评、互评、师评。

3. 教会学生评价方法：辩证客观，依据标准，专业术语。

第一节 《神奇的科幻画》教学设计

神奇的科幻画（第 1 课时）

学习目标 ▶▶▶

1. 知识与能力：使学生了解科幻画的基本概念和科幻画题材的多样性，了解太空美术的概念和意义。

2. 过程与方法：通过练习使学生了解并尝试掌握科幻画的基本创作过程和方法。

3. 情感态度与价值观：通过教学使学生关注科学与艺术的联系，获得新鲜的审美感受，增强对科学的兴趣、爱好和想象力、创造力。

学习重点 ▶▶▶

1. 能根据一定的科学知识展开大胆的想象。

2. 能准确地描绘出科学幻想的画面。

学习难点 ▶▶▶

通过练习使学生了解并尝试掌握科幻画的基本创作过程和方法。

工具准备 ▶▶▶

马克笔、水彩纸、铅笔、橡皮。

教学过程>>>

（结合课程标准或者单元目标进行简要分析）	备 注
未来世界，五彩缤纷，包罗万象。七年级的学生已经具备一定的审美能力和想象创作能力，对美有着自己独特的感受和表达趋向。对于造型知识也有一定的认识，《神奇的科幻画》一课的设计，培养了学生的创造思维，有利于将这一年龄段孩子的思维导入到现实生活中，与身边的事物进行紧密的联系，让学生感受到创造的魅力。同时，学生可以通过绘画表达对美好生活的追求，体验创作的快乐。	
一、教学导入 　　1. 播放视频提出问题：视频中都描绘了怎样的内容？ 　　2. 提出问题：现实生活中存在吗？ 　　3. 教师总结：它是对未来生活的大胆的、创造性的想象，今天的幻想可能成为明天的现实，让我们通过大胆的想象把美好的设想画下来。 　　请同学们跟着老师走进科幻的世界一起来学习《神奇的科幻画》。	
二、教学过程 　　第一学程 　　**学习任务：欣赏作品、了解科幻画的基本概念和科幻画题材的多样性** 　　主问题1：欣赏三幅作品找出不属于科幻画的一幅，说出科幻画的含义和特点。 　　学法指导1 　　第一步：互学要求（"学法指导"设计） 　　1. 自主探究，根据教师出示作品，分析不同。 　　2. 说一说科幻画的特点。 　　第二步：展学要求（"学法指导"设计） 　　1. 声音洪亮，语言流畅，逻辑思维清晰。 　　2. 认真倾听，质疑、提问、评价。 　　主问题1设计意图（主要从"知识重点难点"与"学科核心素养"两个角度分析）： 　　促进学生的自主探究能力，进一步启发学生思考和探究。 　　主问题1预设答案： 　　1. 科幻画就是根据一定的科学原理和科学规律，通过绘画的手段表现出来的一种绘画形式。 　　2. 以科学为依据，题材呈多样性。 　　主问题2：欣赏图片 　　1. 提出问题：看到这组图片同学们有何感受？ 　　2. 可以用其他方式来帮助他们吗？	

学法指导 2 **第一步：互学要求（"学法指导"设计）** 　1. 合作探究，小组讨论，发挥想象，怎样去帮助灾民解决问题。办法必须是现在还未实现，将来可能实现的；依据科学；想象大胆。 　2. 准备分组发言。 **第二步：展学要求（"学法指导"设计）** 　以小组为单位进行展学，其他小组成员及时作出评价并补充质疑。 　1. 展示者：声音洪亮，条理清晰。 　2. 倾听者：认真聆听，积极补充评价。 **主问题 2 设计意图（主要从"知识重点难点"与"学科核心素养"两个角度分析）：** 　通过欣赏图片，说出自己的想法，开阔学生视野，同时激发学生创作欲望。 **主问题 2 预设答案：** 　各抒己见	
第二学程 **学习任务：示范引领，创作表现** 观摩老师讲解、示范 　1. 构思。 根据同学们提出的意见，以房子为例，绘制一幅科幻画草图。 　2. 构图。 在黑板上确定位置勾画出草图。 **主问题 3：同学们以小组为单位确定主题，根据现实中存在的问题，想出解决办法，画出一幅科幻画草图。** **自学要求（"学法指导"设计）** 　1. 办法必须是现在还未实现，将来可能实现的； 　2. 依据科学； 　3. 想象大胆。 **主问题 3 设计意图（主要从"知识重点难点"与"学科核心素养"两个角度分析）：** 　教师演示科幻画的方法，使学生更好地掌握方法。明确作业要求，鼓励学生大胆实践。培养学生学会美术评价语言，能够从美术的审美角度评价作品。	
第三学程 **学习任务：展示作品，引导评价** **主问题 4：分析如何用绘画的形式来表现科幻画，给同学作品提些建议。**	

学法指导4 **展学要求（"学法指导"设计）** 　　以小组为单位，推选优秀作品或有代表性的作品进行展学，3号同学分析作品，2号同学对作品创作步骤进行总结，1号同学做补充并提出创作中注意事项。其他小组成员及时作出评价并补充质疑。 　　1. 展示者：声音洪亮，条理清晰。 　　2. 倾听者：认真聆听，积极补充评价。 　　**主问题4设计意图（主要从"知识重点难点"与"学科核心素养"** **两个角度分析）：** 　　培养学生学会美术评价语言，能够从美术的审美角度评价作品。 **三、教学拓展** 　　科幻电影、电视剧等其他的表现形式。	
四、板书设计 　　**神奇的科幻画** 　　1. 科幻画的含义。 　　2. 科幻画的特点。	

神奇的科幻画（第2课时）

学习目标 >>>

　　1. 知识与能力：使学生了解科幻画的基本概念和科幻画题材的多样性，了解太空美术的概念和意义。

　　2. 过程与方法：通过练习使学生了解并尝试掌握科幻画的基本创作过程和方法。

　　3. 情感态度与价值观：通过教学使学生关注科学与艺术的联系，获得新鲜的审美感受，增强对科学的兴趣、爱好和想象力、创造力。

学习重点 >>>

　　1. 能根据一定的科学知识展开大胆的想象。

　　2. 能准确地描绘出科学幻想的画面。

学习难点

通过练习使学生了解并尝试掌握科幻画的基本创作过程和方法。

工具准备

绘画用具。

教学过程

一、教学导入	备 注
复习上节课的内容，并导入新课 1. 结合课本中的图片和文字，思考老师提出的问题。 （1）科幻画的含义。 （2）科幻画的特点。 2. 让同学们通过合作学习、交流回顾、解决问题，作出汇报。 3. 教师总结：它是对未来生活的大胆的、创造性的想象，今天的幻想可能成为明天的现实，让我们通过大胆的想象把美好的设想画下来。请同学们跟着老师继续走进科幻的世界一起来学习《神奇的科幻画》。	
二、教学过程 第一学程 **学习任务：图片再现，加深巩固认知** 主问题1：欣赏一些优秀的科幻画作品，仔细欣赏和观察这些作品想想它们为什么好？好在哪里？ **学法指导1** 第一步：互学要求（"学法指导"设计） 自主探究，根据教师出示作品，分析不同。 第二步：展学要求（"学法指导"设计） 1. 声音洪亮，语言流畅，逻辑思维清晰。 2. 认真倾听，质疑、提问、评价。 **主问题1设计意图（主要从"知识重点难点"与"学科核心素养"两个角度分析）：** 促进学生的自主探究能力，进一步启发学生思考和探究。 **主问题1预设答案：** 1. 科幻画就是根据一定的科学原理和科学规律，通过绘画的手段表现出来的一种绘画形式。	

2. 以科学为依据，题材呈多样性。

主问题2：欣赏同学们创作的作品

1. 提出问题：看到这组同龄同学们的作品有何感受？

2. 你最喜欢哪一幅作品？

3. 作品好在哪里？

学法指导2

第一步：互学要求（"学法指导"设计）

1. 合作探究，小组讨论。

2. 准备分组发言。

第二步：展学要求（"学法指导"设计）

以小组为单位进行展学，其他小组成员及时作出评价并补充质疑。

1. 展示者：声音洪亮，条理清晰。

2. 倾听者：认真聆听，积极补充评价。

主问题2设计意图（主要从"知识重点难点"与"学科核心素养"两个角度分析）：

通过欣赏同龄同学们的作品，说出自己的想法，开阔学生视野，同时激发学生的创作欲望。

主问题2预设答案：

各抒己见

第二学程

学习任务：示范引领，创作表现

观摩老师讲解、示范

1. 构思。

根据同学们提出的意见，以房子为例，绘制一幅科幻画。

2. 构图。

在黑板上确定位置勾画出草图。

3. 画主体。

刻画出主体物——房子。

4. 添加细节。

思考：如何让房子帮助灾民？添加什么样的内容可以让画面更加丰富？视觉冲击力更强？

5. 上颜色，色彩搭配要和谐。

6. 为作品起名字。

7. 总结步骤。

主问题3：同学们以小组为单位确定主题，根据现实中存在的问题，想出解决办法，画出一幅科幻画。

自学要求（"学法指导"设计）

1. 办法必须是现在还未实现，将来可能实现的；

2. 依据科学；

3. 想象大胆。

主问题 3 设计意图（主要从"知识重点难点"与"学科核心素养"两个角度分析）：

教师演示科幻画的方法，使学生更好地掌握方法。明确作业要求，鼓励学生大胆实践。培养学生学会美术评价语言，能够从美术的审美角度评价作品。

第三学程

学习任务：展示作品，引导评价

主问题 4：分析如何用绘画的形式来表现科幻画，给同学作品提些建议。

学法指导 4

展学要求（"学法指导"设计）

以小组为单位，推选优秀作品或有代表性作品进行展学，3 号同学分析作品，2 号同学对作品创作步骤进行总结，1 号同学做补充并提出创作中注意事项。其他小组成员及时作出评价并补充质疑。

1. 展示者：声音洪亮，条理清晰。

2. 倾听者：认真聆听，积极补充评价。

主问题 4 设计意图（主要从"知识重点难点"与"学科核心素养"两个角度分析）：

培养学生学会美术评价语言，能够从美术的审美角度评价作品。

三、教学拓展

科幻电影、电视剧等其他的表现形式。

四、板书设计

神奇的科幻画

1. 科幻画的含义。

2. 科幻画的特点。

第二节 《画当年》教学设计

画当年（第1课时）

学习目标 >>>

1. 知识与能力：根据学生获得的情感，运用速写的形式进行练习，使学生基本掌握速写的方法和特点，更好地表达对革命历史遗址的感受。

2. 过程与方法：通过教学引导学生增强对形象的感受能力和概括能力，提高学生的造型能力，并鼓励学生进行作品展示和交流，学会接受和理解他人的艺术作品，提高合作交流的能力。

3. 情感态度与价值观：激发学生对美的发现和追求，对生活、对自然的亲近和热爱，并对学生进行革命传统教育和爱国主义教育。

学习重点 >>>

了解掌握速写的绘画形式、特点、技法。

学习难点 >>>

如何运用多种绘画形式来表现当年红军路上的革命遗址和旧址，通过学生的笔再次展示其傲人的风采。

工具准备 >>>

1. 教师教具准备：多媒体、摄影作品、图片资料、范画、铅笔、钢笔、白纸。

2. 学生学具准备：铅笔、钢笔、作业本、课本。

教学过程 >>>

（结合课程标准或者单元目标进行简要分析）	
本节课的学习领域是"造型·表现"，教材通过运用速写（铅笔、钢笔速写）的绘画形式来表现当年的革命遗址和旧址，从而对学生进行革命传统教育，激发学生的爱国主义思想。本课重于运用速写形式来表现风景，同时也对前段的透视知识进行回顾。在教学过程中，教师应避免传统教学模式中的单纯传授知识和技能，而要创设一定的文化情景，加深发展具有个性的表现形式，从而培养学生绘画的兴趣。	备　注
一、教学导入 　1.学生讲故事，进入情境。伴随着一段优美的有关红军方面的歌曲进入上课。 　教师：同学们有没有听过红军的故事？听过哪些红军的故事？（教师点一位学生讲故事）根据学生的回答导入课题。 　2.观看摄影作品，感受革命历史旧址的魅力。 　教师：刚才的同学讲得很好，同学们有没有看过故事里面的情景？（教师播放幻灯片，让学生观看纪录片或者图片，再现当年的历史片段） 　教师：一幅幅感人的图片，让我们仿佛看到了革命前辈们在恶劣的条件下，顽强不屈地战斗，他们这种不畏艰险、不怕困难、顽强不屈的精神，让他们取得了革命的胜利。	设计意图： 1.通过让学生讲述故事的方式导入课题，激发学生的好奇心和绘画兴趣。 2.通过图片和纪录片的欣赏，加深学生对革命历史旧址和当年斗争的认识和感受，从而更好地进行思想教育。
二、教学过程 　**第一学程** 　**学习任务：欣赏作品，理解情感** 　主问题1：刚才所看的这些图片好不好？现在我们以四人为一小组，围绕"重走红军长征路"为主题，对你们所看到的摄影图片或者革命历史片段进行讨论，并且用文字的形式描绘它们在你们脑海中是什么样子的。 　**学法指导1** 　**第一步：互学要求（"学法指导"设计）** 　1.自主探究，根据教师出示图片，分组欣赏作品，分析并解决问题。	设计意图： 让学生分组欣赏作品，分析并解决问题，可以培养学生的创新精神和团队合作的能力。

2. 说一说所看到的革命遗迹在自己心中是什么样的。 **第二步：展学要求（“学法指导”设计）** 1. 声音洪亮，语言流畅，逻辑思维清晰。 2. 认真倾听，质疑、提问、评价。 **主问题 1 设计意图（主要从“知识重点难点”与“学科核心素养”两个角度分析）：** 促进学生的自主探究能力，进一步启发学生思考和探究。 **主问题 1 预设答案：** 各抒己见 **主问题 2：**刚才大家用文字对自己喜爱的地方进行了描述，除了用文字，还可以用什么样的方式来进行描述呢？ 速写：速写是用时最短的一种素描手法，抓住物体的特点，在较短的时间内完成素描作品。 风景速写：通过速写这一绘画手段来表现自然景色，以此开阔我们的视野，感知山水草木的精神，体会大自然的灵性，锻炼自己的绘画表现手法。	
学法指导 2 **第一步：互学要求（“学法指导”设计）** 1. 合作探究，小组讨论：同样是风景速写，作品的表现却完全不同，作者分别用了什么样的表现方法？ 2. 研究和分析风景速写的两种方法： （1）《三湾改编旧址》铅笔速写。 （2）《延安宝塔山》钢笔速写。 （3）准备分组发言。 **第二步：展学要求（“学法指导”设计）** 以小组为单位进行展学，其他小组成员及时作出评价并补充质疑。 1. 展示者：声音洪亮，条理清晰。 2. 倾听者：认真聆听，积极补充评价。	教师利用多媒体展示铅笔和钢笔速写等多种速写，最后告诉学生使用工具最简单的速写是钢笔速写和铅笔速写。
主问题 2 设计意图（主要从“知识重点难点”与“学科核心素养”两个角度分析）： 通过欣赏作品，说出自己的想法，开阔学生视野，同时激发学生的创作欲望。 **主问题 2 预设答案：** 大家知道了速写的种类，也知道了使用工具最简单的速写是什么，那么它们各自的特点是什么？ 铅笔速写和钢笔速写的特点？（学生讨论后回答）	利用多媒体展示铅笔速写和钢笔速写，同时教师把自己的作品展示出来，让学生在多媒体与现实中，对比出异同点。

	优点	缺点
铅笔速写	线条浓淡、轻重、粗细可以随感觉而变化。	不易保存
钢笔速写	黑白分明、线条肯定、笔触流畅，作品容易保存。	一旦落笔不易修改

画速写之前，应尽量对所描写的景物的历史背景多做了解，要有深刻的感受，情景交融，才能画得生动、深刻。欣赏速写图片，在欣赏中融入取景构图的知识，注意画面的主次关系。

第二学程

学习任务：示范引领，创作表现

观摩老师讲解、示范

讲解速写方法步骤，以及树的画法。技法上有线描、线面结合法。主体突出，构图合理。

1. 构图，首先根据构图找到大的结构关系，确定画面的视平线，画出物体在画面上的位置及其外形。

2. 确定主体物的位置。

3. 把握远、中、近的关系。

4. 调整画面，处理细部。（注意远近、虚实、透视关系）由主到次深入刻画，要处理好近景、中景和远景的关系，那么近景就是主要刻画的对象，中景次之，远景再次。

树的画法：首先把握住树干与树枝的生长规律，树叶的疏密关系和组合关系。

1. 根据树木的生长规律先画好树木的走势，并大胆取舍。

2. 根据树枝的走势添上一组组树叶。

3. 刻画细节，处理树叶、树枝的前后关系，调整画面。

主问题3： 根据教师发给你的革命旧址或革命遗址的图片资料，用铅笔画一幅风景速写，以表达对革命先烈的缅怀之情。

自学要求（"学法指导"设计）

1. 构图要合理。

2. 主体物要突出。

3. 远、中、近景的处理要情景交融。

4. 突出铅笔速写的特点。

主问题3设计意图（主要从"知识重点难点"与"学科核心素养"两个角度分析）：

教师演示风景速写的方法，使学生更好地掌握主体突出、构图合理这些要点。明确作业要求，鼓励学生大胆实践。培养学生学会美术评价语言，能够从美术的审美角度评价作品。

设计意图：让学生掌握基本的绘画技巧和对画面的表现能力，并对钢笔速写和铅笔速写进行更深刻的理解。

第三学程
学习任务：展示作品，引导评价
主问题4：分析如何用绘画的形式来表现自己对革命历史旧址和当年斗争历程的向往和缅怀之情，给同学作品提些建议。
学法指导4
展学要求（"学法指导"设计）
以小组为单位，推选优秀作品或有代表性的作品进行展学，3号同学分析作品情感，2号同学对作品创作步骤进行总结，1号同学做补充并提出创作中注意事项。其他小组成员及时作出评价并补充质疑。
1. 展示者：声音洪亮，条理清晰。
2. 倾听者：认真聆听，积极补充评价。
主问题4设计意图（主要从"知识重点难点"与"学科核心素养"两个角度分析）：
培养学生学会美术评价语言，能够从美术的审美角度评价作品。
三、教学拓展
除了利用画画的形式，我们还可以用什么形式来表达对革命历史旧址和当年斗争历程的向往和缅怀之情呢？
同学们课后可以多收集一些材料，我们下节课再举办一个"画当年"的比赛，看谁知道的历史故事比较多。

四、板书设计
画当年

风景速写
- 铅笔速写（层次感丰富，不易保存）
- 钢笔速写（线条肯定，易保存）

1. 构图。
2. 确定主题物的位置。
3. 把握远、中、近景的关系。
4. 调整画面，处理细部。

设计意图：通过竞争式的语言描绘提高学生的口语表达能力，同时分组竞赛的方式可以增强学生的竞争意识与团队的合作精神。

画当年（第2课时）

学习目标 >>>

1.知识与能力：学生基本掌握淡彩画的绘画方法和特点，更好地表达对革命历史遗址的感受。

2.过程与方法：通过教学提高学生以线造型和运用色彩表达自己感受的能力。

3.情感态度与价值观：激发学生对美的发现和追求，对生活、对自然的亲近和热爱，并对学生进行革命传统教育和爱国主义教育。

学习重点 >>>

了解掌握淡彩画的绘画形式、特点、技法。

学习难点 >>>

如何运用多种绘画形式来表现当年红军路上的革命遗址和旧址，通过学生的笔再次展示其傲人的风采。

工具准备 >>>

1.教师教具准备：多媒体、摄影作品、图片资料、范画、铅笔、钢笔、白纸。

2.学生学具准备：铅笔、钢笔、作业本、课本。

> **教学过程**

	备　注
一、教学导入 　　复习上节知识，温故知新。	
二、教学过程 　　第一学程 　　**学习任务：欣赏作品，理解情感** 　　**主问题1：** 欣赏大师淡彩画作品，与原图进行对比赏析，找出它们的区别。 　　**学法指导1** 　　**第一步：互学要求（"学法指导"设计）** 　　1.自主探究,根据教师出示图片《大渡河铁索桥》,分组欣赏作品,分析并解决问题。 　　2.说一说所看到的革命遗迹在自己心中是什么样的。 　　**第二步：展学要求（"学法指导"设计）** 　　1.声音洪亮，语言流畅，逻辑思维清晰。 　　2.认真倾听，质疑、提问、评价。 　　**主问题1设计意图（主要从"知识重点难点"与"学科核心素养"两个角度分析）：** 　　促进学生的自主探究能力，从而进一步启发学生思考和探究。 　　**主问题1预设答案：** 　　各抒己见 　　**主问题2：淡彩画的定义** 　　就是借助铅笔、炭笔、钢笔来表现物体的形体结构和基本明暗，然后罩上单纯明快的水彩色的一种画法。 　　**学法指导2** 　　**第一步：互学要求（"学法指导"设计）** 　　1.合作探究，小组讨论：同样是风景淡彩画，作品的表现却完全不同，作者分别用了什么样的表现方法？ 　　2.研究和分析风景淡彩画的两种方法： 　　（1）铅笔淡彩画。 　　（2）钢笔淡彩画。 　　3.准备分组发言。 　　**第二步：展学要求（"学法指导"设计）** 　　以小组为单位进行展学，其他小组成员及时作出评价并补充质疑。 　　1.展示者：声音洪亮、条理清晰。 　　2.倾听者：认真聆听，积极补充评价。	

主问题 2 设计意图（主要从"知识重点难点"与"学科核心素养"两个角度分析）：

通过欣赏作品，说出自己的想法，开阔学生视野，同时激发学生的创作欲望。

主问题 2 预设答案：

通过学习了解淡彩画的特点是什么（学生讨论后回答）

除掌握必要的透视知识外，作画时要分清远、中、近景的层次关系，加强明暗对比，省略中间调子。着色要薄，基本平涂，不要变化太多。如果效果不够理想，可待干后再补充画些线条。

第二学程

学习任务：示范引领，创作表现

观摩老师讲解、示范

讲解淡彩画方法步骤，主体突出，构图合理。

1. 确定画面主体，找出大致的位置关系。

2. 由近景到远景，逐步丰富。

3. 刻画细节，丰富画面。

4. 对描绘对象进一步敷色。

主问题 3： 根据老师发给你的革命旧址或革命遗址的图片资料，用淡彩画的形式表现出来，以表达对革命先烈的缅怀之情。

自学要求（"学法指导"设计）

1. 构图要合理。

2. 注意素描、色彩二者关系的适度把握。

3. 远、中、近景的处理要情景交融。

4. 突出淡彩画的特点。

主问题 3 设计意图（主要从"知识重点难点"与"学科核心素养"两个角度分析）：

教师演示淡彩画的方法，使学生更好地掌握主体突出、构图合理这些要点。明确作业要求，鼓励学生大胆实践。培养学生学会美术评价语言，能够从美术的审美角度评价作品。

第三学程

学习任务：展示作品，引导评价

主问题 4： 分析如何用绘画的形式来表现自己对革命历史旧址和当年斗争历程的向往和缅怀之情，给同学们的作品提些建议。

学法指导 4

展学要求（"学法指导"设计）

以小组为单位，推选优秀作品或有代表性的作品进行展学，3 号同学分析作品情感，2 号同学对作品创作步骤进行总结，1 号同学做补

充并提出创作中注意事项。其他小组成员及时作出评价并补充质疑。 　1.展示者：声音洪亮、条理清晰。 　2.倾听者：认真聆听，积极补充评价。 　**主问题4设计意图（主要从"知识重点难点"与"学科核心素养"** **两个角度分析）：** 　培养学生学会美术评价语言，能够从美术的审美角度评价作品。 **三、教学拓展** 　课后举办"画当年"淡彩画画展。	
四、板书设计 　**画当年** 　**淡彩画**　　1.确定画面主体，找出大致的位置关系。 　　　　　　　2.由近到远，逐步丰富。 　　　　　　　3.刻画细节，丰富画面。 　　　　　　　4.对描绘对象进一步敷色。	

第三节 《传统纹样》教学设计

传统纹样

>>> **学习目标** >>>

　1.知识目标：学习中国传统纹样，感受传统的魅力，并应用所学的知识积极地投入创造生活的活动中去。

　2.过程与方法目标：学习图案纹样的组成形式，掌握自由纹样、适合纹样、二方连续纹样、四方连续纹样的基本特点，并运用所学知识去美化自己身边的环境，提高生活质量。

　3.情感目标：培养学生热爱传统艺术的思想感情，学习劳动人民质朴的审美观。通过本课的学习，懂得美源于生活，更多地去了解和发现当地的传统文化，增强民族自豪感。

学习重点 >>>

通过欣赏、讨论、讲解，了解中国传统纹样的寓意和形式，感受传统纹样的美感和内涵。

学习难点 >>>

运用不同的纹样形式装饰生活用品，在实践中感受传统纹样的魅力。

工具准备 >>>

1. 教师教具准备：多媒体、教本、范作材料、作业纸。

2. 学生学具准备：彩笔、纸杯、纸盘、手绢、课本等。

教学过程 >>>

（结合课程标准或者单元目标进行简要分析）	备　注
本课选自江西美术出版社七年级上册第8课《传统纹样》，通过对几组生活中常见的传统纹样进行欣赏，引导学生接触并了解传统纹样实用、美观的设计原则，渗透优秀的传统文化，激起学生对中国传统文化的热爱，并使之融入自己的生活中。本课要求学生在了解和认识的基础上，学会设计传统纹样的方法，将传统纹样装饰于日常用品，体会创意的乐趣。	
一、教学导入 　　**学习任务：启发激趣，导入新课** 　　师：请同学们观察手中的工艺品，它是一件生活用品，大家猜猜看是什么东西？ 　　生：杯垫。 　　师：仔细观察杯垫上的图案，它漂亮吗？你从哪些方面观察到它的美了呢？（造型和颜色，可提示学生）这个漂亮的图案就是传统纹样。这就是我们这节课要学的内容。（板书，揭示课题） 　　接下来，我们欣赏图片中的传统纹样，带着一个问题去欣赏，传统纹样有哪些魅力？师生进行讨论。（造型美，色彩美，寓意美）	
二、教学过程 　　**第一学程** 　　**学习任务：欣赏作品、理解情感**	

主问题 1：欣赏一组图片，感受传统纹样在生活中的运用。听一听传统纹样的历史，说一说典型的传统纹样，以及传统纹样的定义。

学法指导 1

第一步：互学要求（"学法指导"设计）

自主探究，通过赏、听、说，感受传统纹样魅力，分析并解决问题。

第二步：展学要求（"学法指导"设计）

1. 声音洪亮，语言流畅，逻辑思维清晰。

2. 认真倾听，质疑、提问、评价。

主问题 1 设计意图（主要从"知识重点难点"与"学科核心素养"两个角度分析）：

促进学生的自主探究能力，进一步启发学生思考和探究。

主问题 1 预设答案：

各抒己见

主问题 2：赏一赏，探讨传统纹样的魅力。

通过云纹的演变动画，分析传统纹样的魅力，并通过生活中的运用感受其魅力。

学法指导 2

第一步：互学要求（"学法指导"设计）

欣赏，合作探究，小组讨论：传统纹样的魅力有哪些？

第二步：展学要求（"学法指导"设计）

以小组为单位进行展学，其他小组成员及时作出评价并补充质疑。

1. 展示者：声音洪亮，条理清晰。

2. 倾听者：认真聆听，积极补充评价。

主问题 2 设计意图（主要从"知识重点难点"与"学科核心素养"两个角度分析）：

通过欣赏作品，说出自己的想法，开阔学生视野，同时激发学生的创作欲望。

主问题 2 预设答案：

通过学习了解淡彩画的特点是什么。（学生讨论后回答）

除掌握必要的透视知识外，作画时要分清远、中、近景的层次关系，加强明暗对比，省略中间调子。着色要薄，基本平涂，不要变化太多。如果效果不够理想，可待干后再补充画些线条。

主问题 3：不同的装饰部位有不同的纹样组织形式，议一议：传统纹样的组织形式。

学法指导 3

第一步：互学要求（"学法指导"设计）

尝试给纹样起名字，小组讨论，遇到困难，从而引出纹样的组织形式。

第二步：展学要求（"学法指导"设计） 1. 声音洪亮，语言流畅，逻辑思维清晰。 2. 认真倾听，质疑、提问、评价。 **主问题 3 设计意图（主要从"知识重点难点"与"学科核心素养"两个角度分析）：** 　　促进学生的自主探究能力，进一步启发学生思考和探究。	
第二学程 **学习任务：示范引领，创作表现** 观摩老师讲解、示范 讲解方法步骤，主体突出，构图合理。 **主问题 4：** 1. 临摹一幅传统纹样。 2. 选择一种传统纹样装饰生活物品。 **自学要求（"学法指导"设计）** 1. 造型生动、美观； 2. 色彩鲜明，搭配合理； 3. 说出它的寓意。 **主问题 4 设计意图（主要从"知识重点难点"与"学科核心素养"两个角度分析）：** 　　教师演示其中一种方法，使学生更好地掌握装饰要点。明确作业要求，鼓励学生大胆实践。培养学生学会美术评价语言，能够从美术的审美角度评价作品。 **第三学程** **学习任务：展示作品，引导评价** 　　**主问题 5：**能否区分图案纹样形式，并将自己喜爱的形式运用于实物设计中，给同学作品提些建议。 　　**学法指导 5** 　　**展学要求（"学法指导"设计）** 　　以小组为单位，推选优秀作品或有代表性作品进行展学，3 号同学分析作品情感，2 号同学对作品创作步骤进行总结，1 号同学做补充并提出创作中注意事项。其他小组成员及时作出评价并补充质疑。 　　1. 展示者：声音洪亮，条理清晰。 　　2. 倾听者：认真聆听，积极补充评价。 　　**主问题 5 设计意图（主要从"知识重点难点"与"学科核心素养"两个角度分析）：** 　　培养学生学会美术评价语言，能够从美术的审美角度评价作品。	

三、教学拓展 　　课后举办"传统纹样展"。欣赏现代纹样在生活中的运用，感受纹样的魅力和其对中国传统的继承与发扬。	
四、板书设计 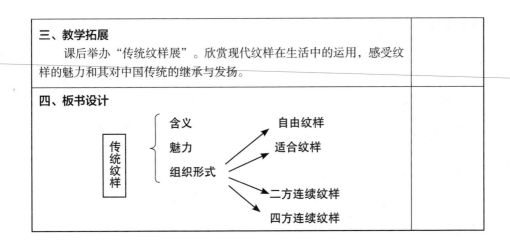	

第四节 《空间艺术的杰出创造》教学设计

空间艺术的杰出创造

学习目标 ▶▶▶

1.知识目标：（1）通过学习使学生知道中国古代雕塑的类别。（2）通过学习使学生了解中国古代雕塑的发展历程。（3）通过学习使学生知道不同时期雕塑的艺术特点。

2.能力目标：增长学生的阅历，沉淀专业修养，提高审美能力。

3.情感目标：培养学生的民族自豪感。

学习重点 ▶▶▶

了解中国古代雕塑的发展历程及表现形式。

学习难点 ▶▶▶

通过欣赏作品感悟其时代精神。

工具准备 >>>

多媒体课件、实物等。

教学过程 >>>

（结合课程标准或者单元目标进行简要分析）	备 注
本课是江西美术出版社的第一课，属于"欣赏·评述"领域。中国雕塑在题材内容、形式风格、雕塑技法上都具有鲜明的民族特色。古代雕塑作品主要是陵墓雕塑、宗教雕塑和民俗雕塑。本课教材选用的作品包括秦始皇陵兵马俑，汉、唐的陶俑和纪念性雕塑，以及唐代的佛教雕塑。这些具有代表性的作品对于引导学生了解中国古代雕塑的特点和成就非常重要。 　　说学情：虽然学生对古代雕塑的主要成就及主要雕塑作品有了解，但是认识不深。本节课利用多媒体带领学生了解中国古代雕塑中陵墓雕塑和宗教雕塑的艺术成就及艺术特点，开阔他们的眼界、提高认识、增进知识，培养健康的审美情趣和感受、体验、鉴赏艺术美的能力。	
一、教学导入 　　1.课堂开始，教师通过聊天的方式和学生聊起舞蹈：同学们学过跳舞吗？（学生自由发言）今天我给大家带来一段舞蹈视频，一起来欣赏。 　　（播放央视舞蹈大赛的参赛作品《说唱俑》片段） 　　教师：刚才的这段舞蹈中塑造的形象觉得眼熟吗，见过相似的形象吗？（出示汉代雕塑作品《击鼓说唱俑》图片，学生比较） 　　正是我国古代经典雕塑作品给了舞蹈家创作的灵感。"神情激昂一瞬间，完美凝固是永恒"，睿智而勤劳的中国古代劳动人民创作了许多精美的雕塑作品，堪称"空间艺术的杰出创造"，这节课我们一起来欣赏我国古代传统雕塑艺术，探讨课本第一课的内容。	设计意图： 这一环节主要引导学生欣赏舞蹈视频，然后通过这段舞蹈的最后定格形象和雕塑作品形象对比，让学生真切地感受到两种不同形式的艺术所表现的形象相似性，使学生认识不同艺术表现形式之间的关联性，并激发学生对本民族艺术的热爱之情。
二、教学过程 　　第一学程 　　学习任务：欣赏作品，理解情感 　　主问题1：交流并探讨，雕塑作品的表现形式有哪些？	

	设计意图：
学法指导 1 **第一步：互学要求（"学法指导"设计）** 自主探究，根据教师出示资料，学生学习总结。 　1. 屏幕出示文字——雕塑的概念。让学生自己大声朗读一遍，强化对雕塑作品的认识。 　2. 展示一组不同材料、不同技法完成的雕塑作品图片，教师参考这组图片讲述雕塑的常用表现技法。 　3. 用连线的方式，让学生清晰地认识雕塑作品的表现形式——圆雕、浮雕、透雕等。 **第二步：展学要求（"学法指导"设计）** 　1. 声音洪亮，语言流畅，逻辑思维清晰。 　2. 认真倾听，质疑、提问、评价。 **主问题 1 设计意图（主要从"知识重点难点"与"学科核心素养"两个角度分析）：** 　促进学生的自主探究能力，进一步启发学生思考和探究。 **主问题 1 预设答案：** 　各抒己见 **主问题 2：你所知道的雕塑作品的表现形式包含哪些？各自有什么特点呢？** **学法指导 2** **第一步：互学要求（"学法指导"设计）** 　1. 屏幕出示一组秦始皇兵马俑的作品图片，学生仔细观察后用自己的话描述他（她）眼中的秦俑形象。教师可以引导学生从形象的动态、五官造型、发型、衣着等不同角度进行描述。引导学生感受秦俑的细致刻画。 　2. 学生发言后教师进行补充讲述，并通过播放一段介绍秦俑细致刻画的视频资料强化学生对作品造型特点、刻画细致程度的认识。 **第二步：展学要求（"学法指导"设计）** 　以小组为单位进行展学，其他小组成员及时作出评价并补充质疑。 　1. 展示者：声音洪亮，条理清晰。 　2. 倾听者：认真聆听，积极补充评价。 **主问题 2 设计意图（主要从"知识重点难点"与"学科核心素养"两个角度分析）：** 　通过欣赏作品，说出自己的想法，开阔学生视野，同时激发学生的创作欲望。	本环节共设计了三个知识点——雕塑的概念、雕塑的表现技法、表现形式。这几个知识点学生以前都接触过，本环节知识通过大声朗读、连线等方式强化学生对基础知识的认识。

主问题2预设答案： 启发性提问：兵马俑为什么会有不同的装扮呢？引导学生思考认识兵马俑不同的身份、不同的兵种——将军俑、军吏俑、立射俑、跪射俑、武士俑、骑兵俑等。 通过学生讨论发言教师补充讲述的方式开展这一小节的教学内容。	
第二学程 **学习任务：** 教师提问，"数量如此之多，刻画如此细致的秦俑是怎么做出来的呢？" 课件出示两张残缺的兵马俑图片，引导学生细致观察，思考总结秦兵马俑的制作方法。教师在学生发言后补充讲述，模制与手塑相结合，然后涂上颜色的制作方法。 **主问题3：** 它们之间的异同点在哪里？ **自学要求（"学法指导"设计）** 1. 仔细分辨不同兵马俑图片。 2. 了解不同种类的代表作品。 3. 思考总结秦兵马俑的制作方法。 **主问题3设计意图（主要从"知识重点难点"与"学科核心素养"两个角度分析）：** 教师演示欣赏雕塑的方法，使学生更好地掌握欣赏要点。明确作业要求，鼓励学生大胆实践。培养学生学会美术评价语言，能够从美术的审美角度评价作品。 **第三学程** **学习任务：** 展示作品，引导评价 **主问题4：** 教师提问，"当时为什么要制作兵马俑？"引导学生联系自己掌握的关于秦朝的历史知识解释这个问题。 小组讨论后小组长发言，讲述对秦朝的社会政治特点、事死如事生的风俗，以及对秦始皇本人性格特点的了解，解读兵马俑的制作历史背景。 教师在学生发言后补充当时的社会经济条件和艺术水平的发展、兵马俑作品产生的必然性等知识。 **学法指导4** 由以上活动中对秦俑的认识与解读分析，引导学生用几个词、几个短语，或一句话评价秦俑。教师可以提示学生从作品的形象特征、历史价值、制作技法水平等角度进行评价。并出示法国前总统希拉克、美国前国务卿基辛格博士，以及任课教师自己的评价，激发学生大胆地说出自己的感受。	**设计意图：** 全面地了解一件作品并不重要，重要的是学生学会赏析作品的方法，自己能够独立地赏析遇见的所有雕塑作品，所以方法的传授很重要。因此这一环节是本课教学重点，通过教师的启发提问和作品的对比赏析，引导学生积极思考、交流探讨，学会分析欣赏雕塑作品的方法步骤。 **设计意图：** 学以致用，通过本环节检验学生对四步赏析法的掌握情况。学生通过参阅所赏析作品的历史文献资料，自己对作品的多角度观察，形成自己的认识，把自己对作品的感受与分析与小组同学进行交流讨论，以便能够更全面、更深刻地理解作品。

展学要求（"学法指导"设计）

以小组为单位推选代表进行展学。其他小组成员及时作出评价并补充质疑。

1. 展示者：声音洪亮、条理清晰。

2. 倾听者：认真聆听，积极补充评价。

主问题 4 设计意图（主要从"知识重点难点"与"学科核心素养"两个角度分析）：

培养学生学会美术评价语言，能够从美术的审美角度评价兵马俑。

第四学程

1. 总结以上所学的赏析雕塑作品的方法步骤，强化学生理解。

2. 屏幕出示五张古代雕塑作品的图片——特勒骠、菩萨像、伏虎、击鼓说唱俑、三彩骆驼载乐俑，每个小组选择一件作品，依据以上所学习的赏析雕塑作品的四个步骤展开交流讨论，并及时记录，填写教师分发的表格。（每个小组分发一个材料袋，为学生提供所选作品的相关历史资料和不同角度呈现的作品图片资料）

3. 小组长代表本组发言，参考所填写的表格讲述本组的赏析成果，其他小组成员可以补充讲述。教师对学生分析过程中的不当之处进行纠正并补充讲解。

课件出示两张图片——敦煌莫高窟第 45 窟彩塑菩萨像、古希腊维纳斯雕像。

引导学生从作品形象的动态、表情、色彩等角度进行对比分析。学生自由发言，讲述对作品的感受。总结敦煌 45 窟菩萨像在"S"形动态、面部表情的生动效果，以及色彩的丰富性方面的高超技艺，激发学生的民族自豪感。

第五学程

屏幕出示世界遗产分布图，教师讲述中国截止到 2017 年 7 月 9 日被联合国教科文组织列入世界遗产的有 52 项，其中传统雕塑有 6 项。这是中华民族的宝贵财富，也是世界人民的共同遗产。然而，生活中总是出现一些让人心痛的现象。出示文物被破坏的照片，激发学生行动起来，做华夏文明的保护者、传承者的意识。

设计意图：
古希腊的雕塑艺术是举世公认的古代雕塑艺术的高水平代表，将著名的维纳斯雕像与中国莫高窟彩塑菩萨像相比较，提高学生对雕塑作品的赏析能力，通过对比强化对作品本身艺术特点的理解。通过比较，更能够使学生清晰地认识中国传统雕塑艺术品的艺术价值，培养学生的民族自豪感和尊重不同文化艺术的态度。

设计意图：
为学生呈现中国的世界遗产分布图，使学生明确中国的世界遗产数目，激发学生热爱祖国、热爱传统文化的民族情感。通过触目惊心的图片，使学生认识到传统艺术品所遭受的破坏程度，引起学生重视，激励学生积极行动起来，加入保护传统文化、继承传统文化的行列。

三、板书设计

空间艺术的杰出创造

看——描述作品 （材料、色彩、造型、动态、神态、以及你的感受等）	
想——分析作品 （分析作品的表现手法）	
悟——解读作品 （时代背景，作品的主题与意义）	
评——评价作品 （你认为作品如何）	

第五节 《绿来自我们的手》教学设计

绿来自我们的手

学习目标 >>>

1.通过理解"绿色行动"的有关知识，使学生更加关注人类的环境问题，增强学生的环保意识。

2.使学生掌握版面设计的内容、基本原则和方法，提高学生的综合技能，培养学生的整体设计意识和审美能力。

3.努力激发学生积极参与"绿色行动"的兴趣，加深学生对美术与环境的认识。

学习重点 >>>

让学生学会板报设计的基本原则和方法。

学习难点 ▶▶▶

板报设计中版式的创新及图案、色彩与主题的联系性。

工具准备 ▶▶▶

多媒体课件、范作等。

教学过程 ▶▶▶

	备　注
（结合课程标准或者单元目标进行简要分析） 　　《绿来自我们的手》选自赣美版（江西省的美术教材）初中美术八年级上册第3课，属于设计应用的学习内容。初中生对美术课学习兴趣浓厚，形象思维向抽象思维转换，具有一定的表现欲和动手能力，但独立思考能力还有所不足。他们对于黑板报有了一定的了解，但是还不能独立完成一个黑板报的创造设计。所以我注重在教学中注重板报设计的技法指导，提高学生的实际操作能力。	
一、教学导入 　　通过观看录像、图片，让学生了解地球的危机状况，以组织学生讨论人类对地球的破坏而导致环境危机的方式导入，多方面、多角度地激发同学们加入"绿色行动"的兴趣，提高对美术与环境的认识。出示课题《绿来自我们的手》。	
二、教学过程 　　第一学程 　　**学习任务：欣赏作品、理解情感** 　　**主问题1：**交流探讨，我们设计过哪些主题的黑板报或手抄报？这些板报在生活中有什么作用？ 　　**学法指导1** 　　**第一步：互学要求（"学法指导"设计）** 　　1. 自主探究，学生交流学习总结。 　　2. 根据以前设计制作黑板报和手抄报的经验，小组内交流，总结出板报的作用：宣传。 　　**第二步：展学要求（"学法指导"设计）** 　　1. 声音洪亮，语言流畅，逻辑思维清晰。 　　2. 认真倾听，质疑、提问、评价。	

主问题1设计意图（主要从"知识重点难点"与"学科核心素养"两个角度分析）：

提高学生的自主探究能力，进一步启发学生思考和探究。

主问题1预设答案：

各抒己见

主问题2：板报的含义是什么？板报的组成有哪些？

一期报纸，主要是一期黑板报的创意稿，它是由哪几部分构成的，请同学们讨论一下。老师也跟随绿色行动的步伐，设计了两张板报。并仔细观察这两张板报有哪些相同点和不同点？

学法指导2：

第一步：互学要求（"学法指导"设计）

1. 合作探究，小组讨论。

2. 研究和分析板报的构成。

3. 准备分组发言。

第二步：展学要求（"学法指导"设计）

以小组为单位进行展学，其他小组成员及时作出评价并补充质疑。

1. 展示者：声音洪亮，条理清晰。

2. 倾听者：认真聆听，积极补充评价。

主问题2设计意图（主要从"知识重点难点"与"学科核心素养"两个角度分析）：

通过学生的活动表现，说出自己的想法，开阔学生的视野，同时激发学生的创作欲望。

主问题2预设答案：

题头、报头、标题、花边、正文、尾花、班级。

第二学程：

学习任务：

讨论和学习黑板报版面设计的要求，培养和提高学生的表达和分析能力，强化学生的整体设计意识，让学生掌握设计黑板报的基本原则和方法。

主问题3：板报设计的要求与原则是什么？

自学要求（"学法指导"设计）

小组分析作品，商议后回答。

主问题3设计意图（主要从"知识重点难点"与"学科核心素养"两个角度分析）：

通过一个黑板报案例，把板报设计中涉及的知识点一一做分解，让学生清晰地了解板报设计中的每一个局部。

第三学程:

学习任务:示范引领,创作表现

主问题 4:

看到这些漂亮的板报,老师也想动手设计一张。

我是根据这几张图片反映的主题设计的。

近两年由于雾霾严重,全市中小学生停课,影响了学习和健康,所以老师设计了《向雾霾宣战》的宣传板报,想看看我的设计吗?

学法指导 4:

第一步:教师示范,学生观摩后总结设计步骤:

1. 构思确定主题:我以"向雾霾宣战"为主题,说到宣战想到了拳头。雾霾天要戴口罩出行,汽车尾气的排放也会影响空气的质量,又考虑到和雾霾有关的四篇文章。

2. 构图分割版面:用铅笔把构思完整地呈现在版面上。

3. 设计报头和标题:把报头标题字再进一步整理涂色,接着设计报头画面,以及文章的标题。

4. 编排文字内容:采用的是横式的文字编排。

5. 装饰尾花花边:涂好背景色。

第二步:展学要求("学法指导"设计)

以小组为单位推选代表进行展学。其他小组成员及时作出评价并补充质疑。两个人一组,分工合作共同完成。学生设计,教师巡回指导。

师评:我们先看这幅有创意的作品,运用三个数字分割了版面,报头设计很漂亮,色彩搭配与主题一致。唯一的不足就是图案设计得太碎,有点乱,以后注意图案设计要适量。

自评:这幅作品是哪个小组的,请这位同学说一下创意。

互评:这位同学你喜欢哪幅作品,评价一下。

1. 展示者:声音洪亮,条理清晰。

2. 倾听者:认真聆听,积极补充评价。

主问题 4 设计意图(主要从"知识重点难点"与"学科核心素养"两个角度分析):

培养学生创造能力和动手能力,加深学生对美术与环境关系的认识,可以使学生的创造性、个性以较好的形式展现出来。

三、教学拓展

看到这么多好的作品,老师相信通过你们的行动,地球会重现美丽。希望大家用更好的作品来宣传我们的绿色行动,让我们一起喊出绿色行动口号"保护地球,人人有责",让绿色与我们同行。

四、板书设计

绿来自我们的手

板报含义：

板报的组成：

板报设计原则：

板报设计步骤：

第六节 《巧手编织》教学设计

巧手编织

▶学习目标▶▶▶

1.知识与能力：了解民间传统编织工艺的特点。增强民族自豪感，提高学生对民间工艺美术的审美能力。领悟编织材料及其造型、色彩与实用功能的统一，并学会把传统手工编织工艺巧妙地运用到现代生活中去。

2.过程与方法：通过学习，学生能掌握一种或多种中国结的基本结法，鼓励学生尝试把基本结加以变化，或者把不同的结饰互相结合在一起，引导学生运用其他具有吉祥寓意的事物与中国结搭配组合，做成装饰物品，体会中国结文化的深刻寓意和丰富内涵。

3.情感态度与价值观：锻炼学生的实践动手能力，发展学生的艺术创造力和表现力，增强创建美好生活的自信心，激发美化生活的愿望和对生活的热爱。

▶学习重点▶▶▶

中国结的基本结法，基本结变化，不同的结饰互相结合。

基本结变化方法和不同的结饰互相结合。

工具准备 ➢➢➢

1. 教具：教师范作、课件、彩色绳子、剪刀。

2. 学具：有色卡纸、彩绳、高粱秆、塑料管等可编织材料；剪刀、刻刀、细绳、小装饰品等。

教学过程 ➢➢➢

（结合课程标准或者单元目标进行简要教材分析）	备　注
教材通过让学生欣赏不同地域、不同材料的传统编织品，培养学生对民间美术的爱好和兴趣，增进学生对我国编织文化的了解。教材进一步展示现代编织艺术的特色，呈现传统编织与现代艺术、现代生活融于一体的美，让学生看到传统编织的发展变迁，激发自己动手实践的愿望。通过让学生了解并掌握一些基本的编织方法，尝试制作、使用美观的生活物品和装饰品，培养学生的动手能力，从而将传统编织艺术融入自己的生活。	
一、教学导入 　　教师出示彩色图片，首先映入学生眼帘的是几幅图片：颇具中国民间传统艺术感染力的草编金鱼、中国结、麦秸、毛线编的鸟和羊，街头老艺人用马莲草编织的小动物，由以上图片及其文字说明，使学生了解了原始编织的产生，以及传统编织的美，激发了学生的爱国情结。 　　1. 引导学生谈一谈。 　　让学生谈谈除图片中的编织作品，还了解哪些编织品。并从功能、造型、材料和色彩来评价它们，提高学生的审美评价能力。 　　引导学生在轻快、悦耳的音乐中观赏自己收集的编织品，从中体验生活中的传统艺术美。与学生进行朋友式的聊天，轻松地观赏作品，谈论自己喜欢的设计。 　　2. 激发学生兴趣。 　　导入课题：下面我们到"编织大观园"去看看，那里会有更多的收获。（放多媒体课件） 　　学生分组坐下，带着好奇，随着老师进入"编织大观园"。	

二、教学过程

第一学程：认识编织艺术

学习任务： 编织艺术在现代的运用及美化生活的作用

主问题 1： 同学们，你们在生活中都是在什么地方见到过编织艺术？想一想它们的存在有什么价值体现？

学法指导 1

第一步：自学要求（"学法指导"设计）

自主探究，根据教师出示问题，思考问题答案，并说一说自己的所见。

第二步：互学要求（"学法指导"设计）

1.声音洪亮，语言流畅，逻辑思维清晰。

2.认真倾听，质疑、提问、评价。

主问题 1 设计意图（主要从"生活中"发现编织艺术的作用，进一步体会编织艺术的艺术价值）

促进学生的自主探究能力，互相探究能力，进一步启发学生思考和探究。

主问题 1 预设答案：

各抒己见

知识总结：

教师出示彩色图片：编织服装、编织壁挂、与现代材料组合编织的藤椅的图片，使学生从中了解了编织艺术在现代生活中的运用及其美化生活的作用。通过图片欣赏，激发了学生美化生活的愿望。

主问题 2： 除了传统的编织材料，还发现哪些材料可用来编织？

学法指导 2：

第一步：自学要求（"学法指导"设计）

自主思考，自主探究。

第二步：互学要求（"学法指导"设计）

同学之间相互交流，交流所知，达到扩大知识面的目的。

第三步：展学要求（"学法指导"设计）

以小组为单位进行展学，其他小组成员及时作出评价并补充质疑。

1.展示者：声音洪亮，条理清晰。

2.倾听者：认真聆听，积极补充评价。

主问题 2 设计意图（主要从"生活中发现更多可编织的材料"）

通过视频欣赏，说一说自己从观看中获取的问题信息。

主问题 2 预设答案：

纸材料、塑料吸管、各种废旧包装使用的细绳等。

第二学程：探究编织方法

学习任务一：观看视频，观察编织方法。

主问题 3：看光盘，观察视频中演示了哪几种编织方法。

学法指导 3：

第一步：自学要求（"学法指导"设计）

根据所设问题，自主探究。

第二步：互学要求（"学法指导"设计）

以小组为单位进行互学，探讨编织方法，达成一致意见，并为展学做好任务分工。

第三步：展学要求（"学法指导"设计）

以小组为单位进行展学，其他小组成员及时作出评价并补充质疑。

1. 展示者：声音洪亮，条理清晰。

2. 倾听者：认真聆听，积极补充评价。

主问题 3 设计意图（主要通过"观看"使学生了解编织方法，为制作做准备。

主问题 3 预设答案：

拧扭法、交叉法、穿系法、捆扎法等。

学习任务二：观看老师范作，总结编织步骤和方法。

教师以制作"双环结"中国结为例示范。

学法指导

第一步：自学要求（"学法指导"设计）

根据所设问题，自主探究。

第二步：互学要求（"学法指导"设计）

以小组为单位进行互学，小组研讨教师制作步骤和采用的编织方法。

第三步：展学要求（"学法指导"设计）

以小组为单位进行展学，其他小组成员及时作出评价并补充质疑。

1. 展示者：声音洪亮，条理清晰。

2. 倾听者：认真聆听，积极补充评价。

设计意图（主要从观看老师制作，进一步学习编织步骤和编织方法，以达到学以致用的目的）

知识总结：

步骤：

一、B 端做压挑、压动作。

二、B端继续做包套、压挑动作，穿出。

三、拉紧，整形。

四、即成。

第三学程：同龄人作品欣赏及创作表现

学习任务一：同龄人作品欣赏

观摩学习同龄人作品的设计方法和亮点，可为自己编织用。

学习任务二：用自己准备的材料，根据本节所学的编织方法，动手编织一件小作品。

设计意图（学以致用）

教法指导：巡视编织有困难的学生，帮助解决编织过程中出现的问题。

第四学程：展示作品，评价

学习任务：展示作品，引导评价

学法指导

展学要求（"学法指导"设计）

展示要求：展示作品时，谈创作意图、制作步骤及方法。具体操作，以小组为单位推选优秀作品或有代表性作品进行展学，3号同学分析作品情感，2号同学对作品创作步骤进行总结，1号同学做补充并提出创作中注意事项。其他小组成员及时作出评价并补充质疑。

1.展示者：声音洪亮，条理清晰。

2.倾听者：认真聆听，积极补充评价。

设计意图（主要从"知识重点难点"与"学科核心素养"两个角度分析）：

培养学生学会美术评价语言，能够从美术的审美角度评价作品。

第五学程：教学拓展

课后，利用本节所学的编织方法，编织一些小物件用来装饰美化自己的家或是自己的衣、物，如草帽、服装、茶杯垫、篮子、包等。

三、板书设计	
巧手编织	
1. 编织在生活中的应用。	
2. 编织常用材料。	
3. 编织常用的方法。	

第七节　高中美术《中国古代陶瓷艺术》教学设计

中国古代陶瓷艺术

学习目标 >>>

1. 了解古代陶瓷艺术"南青北白"的含义；了解中国传统"四大名窑"的基本情况和景德镇在古代、现代陶瓷艺术中的地位。

2. 了解中国古代陶瓷最基本的类型特点、"四大名窑"的代表性产品形象。

学习重点 >>>

学习后，能基本分辨出古代"四大名窑"的产品特点。并由此为起点，逐步了解其他重要的陶瓷品类。

学习难点 >>>

通过各种陶瓷图片进行调研活动、信息检索或实物鉴赏练习，不能停留在文字概念、对特点描述的层面上，在掌握鉴赏方法的基础上深入理解陶瓷艺术的特点。

教学过程 ▶▶▶

一、情境导入

课前播放音乐，创设轻松环境。

1. 师生对话由学生们熟知的青花瓷作为切入点，引导学生关注到其他陶瓷种类。

2. 引导学生关注日常生活中的陶瓷用品，再深入关注博物馆中珍贵的陶瓷艺术品。

引发问题："你知道中国陶瓷有哪些重要的艺术成就吗？"

教师：下面我们一起走进生活，走进陶瓷世界去感受"中国古代陶瓷艺术"的魅力。出示板书：中国古代陶瓷艺术。

二、分享与交流

学习鉴赏陶瓷，首先要认识陶瓷。

活动 1：首先请同学们回顾初中所学，讨论交流一下什么是陶瓷。

活动 2：鉴别陶瓷（掌握辨别陶瓷的方法）。

（一）请同学们仔细对比桌子上的两件器物，看一看，摸一摸，轻轻地敲一敲，能不能辨别出哪个是陶器？哪个是瓷器？

（二）"瓷器"的英文名字是什么？ China 与"中国"的英文名是同一个词，在西方人的眼中，瓷器就是中国的代名词。从中我们可以感受到中国瓷器的地位和对世界的影响，那么中国古代的陶瓷是如何发展的呢？

活动 3：教师讲解，学生认知（陶瓷发展史）

简单来说，中国陶瓷的发展就是从百家争鸣到一家独大的过程。在新石器时代，我国就有了陶器。陶器的发明，预示着人们摆脱了野蛮时代走向文明时代。商代开始陶瓷技术有了新发展，可以烧制原始瓷。东汉制瓷技术相

对成熟，并烧制出了青瓷和黑瓷。到了三国、两晋、南北朝时期，陶瓷家族又添新宝——白瓷。到了隋代，青瓷的话语权越来越大，白瓷也厚积薄发。到了唐代，白瓷成功逆袭和青瓷抗衡，出现了"南青北白"的地域性差别，南方代表是浙江的越窑，北方的代表是河北的邢窑。大家都知道，唐代还有一个著名陶瓷品种"唐三彩"，这里需要注意的是，唐三彩并不是瓷器，而是低温烧制的陶器。到了宋代，白瓷和青瓷纷纷独立起来，形成名窑蜂起、名瓷迭出的时代。其中，以"四大名窑"——汝、哥、钧、定最具特色，被誉为瓷器发展史上的四颗"璀璨的明珠"。

小结：四大名窑艺术特点（小视频）

这一时期的欧洲国家还没有烧制出瓷器，对于他们来说，拥有中国瓷器是一种身份和地位的象征。因此，中国大批精美的瓷器通过海上丝绸之路流入欧洲，引发了欧洲贵族对中国的仰慕，称中国为"瓷国"。此外，瓷器成为丝绸之路贸易的主打产品，是政府财政收入的主要支柱。

师：中国有"瓷都"之称的是哪里？你知道景德镇的来历吗？

生：景德镇；来历不是很清楚。

（元代开始，瓷器百家争鸣的时代过去了，变成了景德镇一枝独秀。）

师：下面我们走进景德镇一睹景瓷的魅力（视频）

你们知道景德镇因什么一举成名的吗？

生：各种猜想。

最为重要的是烧制出了青花瓷，蓝白相映，明艳夺目；它一经问世便风靡一时，西方各国的皇室贵族纷纷到此定制和收藏这些充满异国情调、工艺精湛的美丽瓷器，在欧洲引发了疯狂的痴迷和收藏热。他们称中国瓷器是"白色的金子"，从此景德镇陶瓷成为世界认识中国的文化符号。

通过观看"四大名窑"的小视频，我们深刻地感觉到中国陶瓷艺术的博大精深，也领略了中国劳动人民的勤劳和智慧。在中国的陶瓷艺术发展

中，我们不仅看到了各个时期陶瓷艺术的种类和特点，还能看到中国社会经济的发展、中国对外贸易关系的发展，以及人们生活方式和审美观念的转变等。

活动 4：陶瓷器对比鉴赏

以"斜方格纹彩陶罐"和"清雍正斗彩团花纹天球瓶"为例进行对比鉴赏，引导学生掌握鉴赏陶瓷的方法。

教师推荐方法，可以从以下几个方面进行：

看：基本信息，包括器形、釉色和纹饰。

思：材质种类和烧造工艺。

评：艺术价值和社会价值。

悟：感受到什么？发现什么？受到什么启发？（对作品进行鉴赏升华——"再创造"）

		斜方格纹彩陶罐	清雍正斗彩团花纹天球瓶
看	器形用途	罐敞口，束颈，溜肩鼓腹，腹两侧饰一对錾，下部内收小平底。整体器形为圆形，表现了先民们力图追求圆的意识，因为圆所产生的圆满感和稳定感等因素，最易被人类所接受。	瓶（平安）原名为千秋瓶，象征着"千秋太平"之意。天球瓶小口直颈，腹浑圆似球，圈足，宛若天星球体从天而降，故名天球瓶，是明清时期皇帝最爱的大型陈设用瓷。
	釉色纹饰	中上部施低温釉，釉质淡雅。几何纹饰是古代陶器中普遍的一种纹饰。这件器物的颈部饰锯齿纹，肩腹部主题纹饰为连续的变形蛙纹和斜方格纹。以黑彩条勾勒出蛙的腿部，白色细窄的锯齿纹做装饰显得灵动活泼，斜方格纹中填圆点纹代表着蝌蚪。口沿内饰和腹部最下端绘水纹一周，像是青蛙在水中游动。这件斜方格纹彩陶罐堪称新石器时代的代表之作，具有很高的研究及收藏价值。	通体两次施釉，釉质滋润。通体绘斗彩纹饰，口沿绘万字绶带纹，颈部绘缠枝花卉托八宝，肩部绘折枝花卉纹和如意云纹一周，腹部正中绘四个团花花卉。期间用折枝花卉分割，近底部绘寿山福海纹，底部用青花书写"大清雍正年制"双行六字楷书款。雍正斗彩瓷器代表了清代斗彩瓷器的最高水平。

146

		斜方格纹彩陶罐	清雍正斗彩团花纹天球瓶
思	材质种类	胎质为暗红色陶土,施黑红彩低温釉。	优质高岭土,施多彩高温釉。
	烧造工艺	800～1000℃以下一次烧造而成的彩陶工艺。	斗彩瓷,是指在瓷器的表面,先以釉下青花描绘并留白,上釉后,经1300℃高温烧成后再用釉上彩料填绘其留白部分,再二次入炉经800℃烘烧而成。使得釉上的五彩与釉下的青花,产生争奇斗艳的效果,因此得名为斗彩。
评	艺术价值	彩陶纹饰开创了我国图案设计的先河,是现代绘画艺术的源泉,它为后人留下了极其丰富的图案资料。	整器形体高大,端庄秀美,工艺精湛。是斗彩中难见的大器,打破了斗彩向来少大器之说,标志着清彩瓷器生产的顶峰。
	历史价值	不仅是研究新石器时代先民们生活的重要实物,也是研究新石器时代社会历史的重要依据。	体现雍正时期政治安定,经济繁荣。
悟	为什么	1. 在原始社会,陶器纹饰不单是装饰艺术,也是氏族的共同体在物质文化上的一种表现。 2. 新石器时代的绘画,曾经强烈地显示出先民们的生活愿望和信仰,昭示出中国绘画史的黎明。 3. 这些人物、鱼、鸟、蛙,有网纹、波纹和几何图形,也有写实、有夸张,附着于器皿之上,为后人图案设计留下了宝贵的资料。	彰显国力富强,比如烧制斗彩天球瓶,用以表明国家对技艺的传承,象征雍正朝已赶超成化年间。
	时代特征	器形实用、纹饰古朴、釉色暗雅、工艺简单。 实用>美观	器形秀美、纹饰繁缛、釉色滋润、工艺精湛。 美观>实用
感		造型硕大、纹饰吉祥、釉质滋润、色彩艳丽、工艺精湛。	

活动 5：研讨互学

根据今天所学的鉴赏知识和方法，以小组为单位合作鉴赏陶瓷器。

要求：

1. 小组合作完成展学任务单。

2. 每组选一名同学讲解分享。

活动 6：展学交流

看	器形、用途	
	釉色、纹饰	
思	材质、种类	
	烧造、工艺	
评	文化价值	
	历史价值	
悟	感悟到什么	
	关键词	

三、课堂小结

听了同学们的讲解，大家或许已经学会去鉴赏一件陶瓷作品，了解这些瓷器的内涵。陶瓷是一个生活必需品，也是一个器物，更是我们优秀文化的载体。瓷器是我国伟大的发明，也是我们炎黄子孙的骄傲。

四、课后拓展

思接千载，视通万里。进入 21 世纪以来，全球经济与文化大融合的趋势日益明显，面对文化的大碰撞与产业的大竞争，再次树立中国陶瓷在全球陶瓷领域的领先地位，使陶瓷再度成为向世界输出中国文化的重要载体，实现中国陶瓷文化的伟大复兴，正是每位中国陶瓷人必须肩负起的历史使命。

《中国古代陶瓷艺术》导学单

学习目标 >>>

1. 了解古代陶瓷艺术"南青北白"的含义；了解中国传统"四大名窑"的基本情况和景德镇在古代、现代陶瓷艺术中的地位。

2. 了解中国古代陶瓷最基本的类型特点，"四大名窑"的代表性产品形象。

学习重点 >>>

学习后，能基本分辨出古代"四大名窑"的产品特点。并由此为起点，逐步了解其他重要的陶瓷品类。

学习难点 >>>

根据各种陶瓷实物图片（实物），通过信息检索、查阅资料等进行鉴赏练习，在掌握鉴赏方法的基础上深入理解陶瓷艺术的特点，用自己的语言描述鉴赏所得。

教学过程 >>>

一、情境导入

播放音乐，创设情境。

二、分享与交流

活动1：复习巩固初中知识，了解陶瓷的定义。

活动2：一起讨论陶器与瓷器的区别。

活动3：教师讲解，学生认知（陶瓷发展史）。

了解中国陶瓷艺术的发展史，并注重"南青北白"和"四大名窑"的学习。

1. "唐三彩"知识的复习。

2. 理解"南青北白"。

3. 四大名窑：汝窑、哥窑、定窑、钧窑。

在陶瓷的发展历程中，你有什么发现？或感触是什么？　　（自学环节）

粗糙——精美　单色——多色

单一——多样　实用——美观

通过互学探讨、查阅资料，运用自己的语言进行理解性的表述，切忌停留在概念文字的描述上。　　　　　　　　　　　　　　　（展学环节）

第八节　高中美术《文化变革，美术发展》教学设计

文化变革，美术发展

学习目标 >>>

1. 理解 20 世纪初中国美术变革的时代背景、变革的主要动力和提出的主要目标。

2. 根据对 20 世纪初中国美术变革的背景的了解，就那一时期新美术的代表性创作作品，谈谈自己的鉴赏体会。

学习重点与难点 >>>

重点理解 20 世纪美术变革的时代背景和代表性作品。

一、情境导入

同学们，你们熟悉中国画吗？

师：出示作品，《王时敏像》和《泰戈尔像》对比一下，你觉得哪个更生动？说一说这两幅作品的异同。（提示：观察背景、色彩、形体塑造等方面）

生：《泰戈尔像》更生动，更接近真实。

同：工具材料，以线造型、笔墨技巧。

《泰戈尔像》在素描的基础上再用水墨去表现人物，追求一种立体感、真实质感。

异：用传统中国画笔墨技巧表达光影结构、体积和质感，形成了与传统水墨写意画面貌迥异的中西融合风格的中国画。

徐悲鸿的人物画为什么与古代人物画有如此大的差别？

原因是20世纪上半叶，在新文化运动的影响下，中国美术发生巨大变革。在这一特殊时期，中国的美术还发生了哪些变化呢？今天我们来一起了解这一特殊时期的"文化变革，美术发展"。

二、新授内容

（一）传统中国画的中西融合

20世纪初，外国列强的侵略，民族危机的加深，唤醒了沉睡的中国。于是，新文化运动掀起了批判封建旧文化、提倡科学民主的大潮。这股大潮流影响了社会的各个方面，文化艺术界也展开了对传统中国画的分析批判。

1. 徐悲鸿（号召写实）

在美术领域，主张革新的美术家们纷纷响应号召留学海外，寻求改良中

国美术的方法。其中，徐悲鸿是中西融合的最典型代表。

简介：徐悲鸿（1895—1953 年），江苏宜兴人。中国现代画家、美术教育家。1919 年赴法国留学，反对形式主义，号召写实。一直提倡"素描是一切造型美术的基础"。

2. 蒋兆和（关注社会民生）

徐悲鸿的徒弟蒋兆和同为中西融合的典型代表。

下面我们通过蒋兆和的代表作品《流民图》，了解他的绘画风格。

活动 1：欣赏《流民图》完成导学单，组间分享收获。

《流民图》是一幅长卷，高 2 米、长 27 米，接近三间教室那么长。谈谈看完这幅长卷后的感受。

问题讨论：

（1）作者取材于哪些人物形象？他们在干什么？

（2）与传统中国人物画相比有哪些特点？（表现内容、造型、色彩等）

画卷右端，首先映入眼帘的是濒临绝境的老人，然后是背井离乡的北方农民，躲避轰炸的母子，断垣下横陈的尸骨，沿街乞讨的难民，他们神态各异，栩栩如生。

作者为这些流民画像的意图是什么？卖钱？娱乐？

（唤醒民众，激起民愤。）

《流民图》与古代人物画像相比，创新之处体现在何处？

（由文人士大夫审美情趣转换为"为民写真"的现实主义题材。）

（3）结合感受，对本作品做出评价。

小组交流探究：导学单分析作品（略）

因为蒋兆和与徐悲鸿的画风相同，人们便称他们为"徐蒋体系"。

3. 林风眠（融入 20 世纪西方现代派）

（示组图）比较"徐蒋体系"画风与林风眠的作品风格有什么不同？林

风眠与徐悲鸿同为 20 世纪新美术变革的开拓者，但是风格迥异，林风眠的作品最突出的特点是：其一，注重写实；其二，注重色彩。

林风眠的表现手法：满构图；大面积鲜艳的色彩；巧妙利用色彩反差来表现光感；尝试在宣纸上使用水粉颜料。

活动 2：出示林风眠的作品《瓶花》和马蒂斯的作品《金鱼》，让学生对比分析：

1. 保留了传统中国画的什么？借鉴了西方绘画的哪些方面？

2. 他的灵感来自哪里？（插入《灵感介绍》小视频）

中国画发展创新的根基是对传统文化精神的传承，这才有了林风眠画作中靓丽、饱满的中国画风格。

寻求变革的艺术家们不仅引进了西方的美术观念，还引进了他们的美术教育方法，兴办新式美术学校，一改过去师傅带徒弟的传授方式，加速了新美术思想和形式的传播，以及西方美术的引入。

（二）西方美术引入和新式美术学校的兴起

当时最为有名的艺术学校：1912 年，刘海粟等人创立了中国现代美术教育史上最早的专业美术学校"上海图画美术院"。1918 年国立北京美术学校（今中央美术学院）诞生，徐悲鸿担任第一任院长。1928 年高等美术学府国立艺术院成立于杭州西子湖畔（中国美术学院），第一任院长是林风眠。

新文化运动积极推动社会化学校教育，美术成为新型学校教育的重要组成部分。至今，"美育"是五育并举的重要方面。徐悲鸿、林风眠、李叔同、姜丹书、刘海粟、颜文梁等是中国现代美术教育事业的开拓者。

建议：同学们有机会，到这些城市旅游时，可以去这些美术学院感受一下它的艺术气息。

还有一些青年美术家，通过组织美术社团、举办美术展览等活动，把引进西方的美术观念、技法积极传播出去，形成了"学西方美术，改造传统美

术，改造旧式书画"的局面，掀起了传统教育的美术变革大潮。不仅推动了雕塑、油画、版画、水彩画等西方美术样式在中国的发展，也极大地拓展了中国美术的题材、风格、样式和手法。

（三）中国画的继承创新

除了中西融合派的画家，还有一批画家坚持在中国画原有基础上进行继承创新，代表人物有：陈师曾、黄宾虹、齐白石、陈之佛、张大千、潘天寿、傅抱石等。

在以上的画家中，我们最熟悉的当属齐白石。

活动3：出示代表人物作品，让学生根据任务单合作分析：

出示一组齐白石作品，根据题目赏析齐白石的作品并讨论回答：

1. 白石老人的画所选的题材内容是什么？

2. 他在笔墨技法上有哪些创新？

3. 试着总结出他的风格特点。

出示：陈师曾、陈之佛、张大千代表作品（让学生对比分析他们的继承和创新之处）

教师总结：

这些继承创新派画家们，通过在创作中注入新形象、新手法来更新传统绘画。尽管与中西融合派有艺术观点间的分歧和争论，但在时代精神感召下，在继承传统中国画的基础上，他们努力求新求变，推陈出新，在改造传统中国画的题材内容、表现技法、艺术风格等方面具有独特贡献，为现在中国画的百花齐放奠定了基础。

（四）时代造就新美术，美术表现新时代

20世纪初，新美术一直提倡：科学精神，关注社会民生，表现生活，传播"人生艺术化"的审美理想主义，适应时代需要。

然而，当1931年九一八事变爆发后，美术的发展就必须与国家和民

族的存亡密切相关。新美术，在特殊的风云洗礼下与时代生活的联系更加紧密。

思考：如果你是美术家，你会选用什么形式？表现哪些内容？

适应这一时代生活的绘画形式当属于木刻版画。木刻版画是一种便捷、可复制、高产出的美术形式。20世纪30年代，版画在鲁迅先生的推动下发展起来，并风靡全国。在抗日战争中，许多青年进入鲁迅艺术文学院。学习用版画的形式塑造时代的主人——战士和普通劳动者的形象。宣传先进的文化思想，激发人们的斗志。

当时最具有震撼力的作品之一是胡一川在1932年创作的《到前线去》，这一作品的重心在于画面右侧的青年，只见他神情坚毅，一手用力地向前挥舞着，仿佛在呼唤后面的同伴，张开嘴巴大声呐喊——到前线去。后面的人物群情激愤。画面中的人物没有任何美化，而是采用了简洁、粗犷的表现手法，给人以朴素、厚重、有力的感觉，把木刻艺术当作号召革命斗争的武器。它之所以成为经典是因为他响应了当时抗日救亡的时代号召。

与此同时，美术家们用他们最本质的为时代呐喊、为社会服务的责任，用美术形式集中表现相同的主题内容，表现了新时代的面貌，以此吹响了时代的号角。

三、课堂总结

（一）传统中国画的中西融合和继承创新。

（二）西方美术引入和新式美术学校的兴起。

（三）时代造就新美术，美术表现新时代。

在文化变革时期，我们美术的发展继承了什么？创新了什么？

中国画的笔墨没有变，中国的传统文化没有变，学习了西方的技法，糅合了中国传统的绘画形式，产生了历史上前所未有的丰富多样的新风格、新

美术，以独特的现代品格立于当代世界美术之林。

四、拓展提升

2014年10月15日，习近平总书记在文艺工作座谈会上指出，文艺是时代前进的号角，最能代表一个时代的风貌，最能引领一个时代的风气。

2021年12月14日，习近平总书记在中国文学艺术界联合会第十一次全国代表大会上指出，以文化人，更能凝结心灵；以艺通心，更易沟通世界。

第九节　高中美术《学画山水画》教学设计

学画山水画

课时：3课时

课业类型：模块课

授课教师：滨州市阳信县教科研中心　张军霞

第一部分　单元设计概述

一、单元课标分析

（一）美术课程标准的学科核心素养与课程目标

1.学科核心素养：既是学科育人价值的集中体现，也是学生通过学科学习而逐步形成的正确价值观、必备品格和关键能力。它主要包括图像识读、美术表现、审美判断、创意实践和文化理解。

2.课程目标：普通高中美术课程以立德树人为根本任务，通过以美育人，引导学生以自主、合作、探究的方式参与美术学习，学会在现实生活情

境中发现、提出和分析问题，综合运用美术学科及跨学科知识与技能解决问题，增强社会责任感，形成高中生必备的图像识读、美术表现、审美判断、创意实践和文化理解等美术学科核心素养。

（二）2017年版新课标对中国书画模块内容要求

在《普通高中美术课程标准（2017年版）》中国书画模块内容要求中这样描述：通过对中国画经典作品的赏析，了解中国画的不同门类、艺术风格，以及款识、题跋、钤印、装裱等在体现中国画艺术特征和审美趣味方面的独特作用；通过山水画、花鸟画和人物画的临摹和创作练习，学习中国画的笔法（如中锋、侧锋、顺锋、逆锋、点厾、皴擦等）、墨法（如渲染、积墨、破墨等）和布局等，加深对中国画特有的艺术语言的理解。

二、单元设计解读

本单元为本册《中国书画》的美术表现学习部分，分别对中国画、书法与篆刻的技法进行全面解读和指导。理论与技能是相辅相成的，本单元各部分的技能学习需要结合前面几个单元的理论部分开展综合教学，教师在讲解技能的过程中应渗透中国书画的内涵、形式及其与文化生活的关系，以达到"在用中学"的目的，使学生能更深地理解并传承中华优秀传统文化。

本单元依据核心素养课程设计的要求，明确提出了核心观念、基本问题，且每节课的"观察与分析"都采用较为综合的驱动性任务设计。是本册教材中绘画表现的第二单元课程，对前后两个单元起到了承上启下的作用。

三、单元所涉课标内容及其解读

本单元主要通过山水画创作学习的方式，使学生能够综合运用山水画基

本知识与技能进行美术表现。其中包括中国画、书法和篆刻的基本知识和技法，经典作品赏析、临摹，以及创作的过程与方法等内容，涉及 2017 版课标中的主要内容有：

1. 掌握中国书画必备的笔墨纸砚、中国画颜料、刻刀、印石和印泥等材料工具的使用方法，理解其独有的文化特性。

2. 赏析中国画经典作品，知道中国画的不同门类、艺术风格，以及款识、题跋、钤印、装裱等在体现中国画艺术特征和审美趣味方面的独特作用。

3. 学习中国画的笔法（如中锋、侧锋、顺锋、逆锋、点丢、皴擦等）、墨法（如渲染、积墨、破墨等）和布局等中国画特有的艺术语言，能够进行山水画、花鸟画和人物画的临摹和创作练习。

4. 选择合适的题材和主题，综合运用绘画、书法、篆刻等知识和技法，结合诗词意境进行中国书画创作，并运用中国书画的独特装裱方法，体验中国书画的完整创作过程。

5. 能运用所学的中国传统画论、书论基础知识和相关术语进行描述、分析、解释和评价，并在临摹与创作过程中加深对中国书画艺术的理解。

四、单元教材分析

本课为"中国画·山水画"部分的教学，主要内容是通过对中国山水画基本技法练习与指导，让学生能够理解"以艺术的手法，融合自己的感情，表现自然美景与人间万象"这一核心观念。本课通过山水画这一题材展开阐述，旨在解决两个基本问题。

1. 中国山水画艺术如何提炼自然中的树、石形象，并以笔墨加以表现？

2. 中国山水画如何表现远近空间感？

具体课程内容结构体现如下：

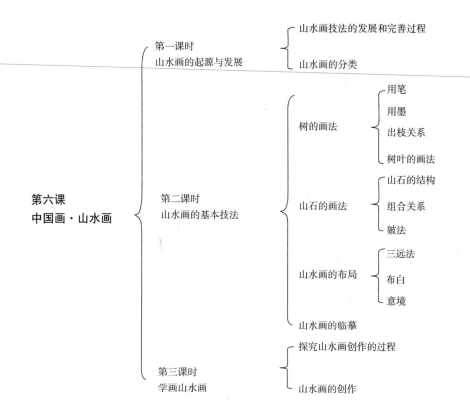

五、单元课时分配及实施

本单元的教学内容为以书画创作为驱动的山水画学习，通过对中国画、书法与篆刻的笔墨技法、布局等内容的学习和体验，了解山水画的基础知识、程式化特征、创作过程和展示方法，理解山水画与中国传统文化及姊妹艺术之间的关联。山水画教学不能只是单纯的技法训练，需结合书法的理论知识部分开展，使技法和理论自然融合渗透，在学习过程中发展学生的核心素养。例如，结合第 5 课花鸟画部分的笔法墨法进行讲授，使学生感受笔墨运用的不同效果，使学生了解其在中国书画艺术中的应用及其审美特点。

教学设计将学习任务设定在以"家园"为主题的情境下"完成一幅完整的书画作品",将中国画书法和篆刻这部分课程内容进行融合教学,从对名作的赏析、分析来展开中国画创作学习,通过书法学习完成题款任务,再通过篆刻学习完成钤印的任务,最后组合成为一幅诗、书、画、印具备的完整作品。

在整个课程实施中,注重学习的连贯性、层进性教学设计,按照山水画的发展历史与分类、山水画基本技法、山水画创作设计了3个课时完成本单元教学。引导学生开展主题性的研究学习,深化单元知识,提高学生对山水画审美判断的能力,增强创作体验感受。

六、教学资料开发

1. 教材。

2. 网络资源。

第二部分　单元教学目标

教学目标 >>>

本课的教学目标综合设定为:

通过了解山水画的起源与发展,学会鉴赏、临摹与创作,学生能够形成对中国山水画的审美感悟,并激发对中国传统文化的理解与认同。

学习综合目标:通过本课的学习,学生将能够分析如何借用山川之景抒发性情、营造意境;了解与掌握中国山水画树石的基本画法;能够运用中国山水画的笔法、墨法和布局知识进行临摹与创作;能够运用中国书画工具、材料创作作品表达自己的情感和思想。

教材重点 ▶▶▶

1. 运用一定的专业知识，对山水画作品进行描述、分析、解释和评价，掌握树、石的基本画法，通过所学知识临摹创作山水画作品，感受山水画的艺术魅力。

2. 学生能够对山水画有一定的了解，具备一定的作品鉴赏能力，理解山水画所蕴含的中国传统文化精神，在绘画实践中了解与掌握山水画基本的绘画方法，具备一定的临摹和创作能力，并感受、体验完整的绘画过程。

教材分析 ▶▶▶

本课首先围绕中国画中山水画的起源与发展、山水画的分类、山水画的基本技法展开内容。其次介绍了画树法、山石法、云水法、点景法、三远法，配以详细的文字解读与代表图例，使树与石的绘画步骤与方法更加直观，易于理解。在此，教科书探讨了山水画中的布局方法，介绍了"三远法"布白与意境，奠定了山水画的布局基础。最后是山水画的临摹与创作活动，以实践的形式展开，作为学习内容的检验与拓展。

本课共设计了两个问题：

一是中国山水画艺术如何提炼自然中的树、石形象，并以笔墨加以表现？

二是中国山水画如何表现远近空间感？

本课共设计了两个观察与分析：

一是观察身边不同树木枝干的生长规律，哪些适合用鹿角法描绘，哪些适合蟹爪法描绘。

二是观察与分析中国山水画和西方风景画分别反映出什么样的时空观，中国山水画和西方风景画在空间表现的方法上有何不同。

教学活动 ▶▶▶

本单元按照山水画发展历史与分类、山水画基本技法、山水画创作设计了3个课时。

第1课时，通过山水画的起源与发展的理论学习，激发学生对中国传统文化的理解，掌握山水画的理论知识。第2课时，通过学生对山水画基本技法的临摹学习，在学生间进行交流，分享心得，掌握对山水画中树、石的画法要点，使学生获得对山水画的体验和感悟，激发学生的学习兴趣。第3课时，教师引导学生探究大师作品，学习像大师一样去思考的创作方法，进行山水画小品的创作，以此来考查学生对技法理论知识的掌握程度。

第三部分　单元教学评价

（一）美术学科核心素养教学评价表

美术学科核心素养	评价内容	分值
图像识读	能通过赏析山水画作品，分析作品中山石、树木的画法和布局；能分析出中国山水画的笔墨趣味，如用笔方式与墨色层次的不同变化等。	10
美术表现	能掌握临摹山水画的一些基本画法；能通过学习绘制出具有一定笔墨趣味与想法的山水画作品；能运用所学的山水画艺术知识与技能，美化生活与环境。	30
审美判断	能通过感知、分析、比较、诠释等方法，对山水画作品中美的因素得出自己的理解与判断。	10
创意实践	1.能借鉴古今山水画家的技法和创作方法，通过临摹和吸收进行创作，并与他人交流学习体会；2.能创作出有一定形式美感与构思能力的山水画作品。	30

续表

美术学科核心素养	评价内容	分值
文化理解	1. 能说出山水画发展的基本脉络，了解山水画的基本知识； 2. 了解中国画艺术"以线造型，以形写神，追求神似，讲究意境"的造型规律和特点； 3. 能从文化角度，选择古今山水画家的作品进行研究，诠释和理解山水画作品所蕴含的文化内涵及其在现代生活中所具有的魅力，探讨其继承与创新的关系。	20

过程性评价采取学生自评、互评和教师评价相结合的方式，过程性评价方式如下表：

评价内容	自评	互评	教师评价	最终得分
课前准备情况，是否有目的、有结论、有问题？	☆ ☆ ☆ ☆ ☆	☆ ☆ ☆ ☆ ☆	☆ ☆ ☆ ☆ ☆	☆ ☆ ☆ ☆ ☆
是否理解了教学目标的要求并完成了学习任务？	☆ ☆ ☆ ☆ ☆	☆ ☆ ☆ ☆ ☆	☆ ☆ ☆ ☆ ☆	☆ ☆ ☆ ☆ ☆
能否运用学科知识解决本课的"思考与交流""活动建议"和教师提出的问题？	☆ ☆ ☆ ☆ ☆	☆ ☆ ☆ ☆ ☆	☆ ☆ ☆ ☆ ☆	☆ ☆ ☆ ☆ ☆
遇到本课教科书中没有提到的问题，能否主动搜索相关知识，积极进行思考探究？	☆ ☆ ☆ ☆ ☆	☆ ☆ ☆ ☆ ☆	☆ ☆ ☆ ☆ ☆	☆ ☆ ☆ ☆ ☆
是否积极参与小组活动并提出有价值的建议？	☆ ☆ ☆ ☆ ☆	☆ ☆ ☆ ☆ ☆	☆ ☆ ☆ ☆ ☆	☆ ☆ ☆ ☆ ☆
自己学习情况如何？	☆ ☆ ☆ ☆ ☆	☆ ☆ ☆ ☆ ☆	☆ ☆ ☆ ☆ ☆	☆ ☆ ☆ ☆ ☆

结果诊断性评价由教师根据学生提交的作业来进行，这些作业在课程结束后放入学生学习档案袋中。结果诊断性评价如下表：

课程名称：		
班级： 姓名：		
教学内容	教科书内容	个人理解
山水画的分类与特点？		
对山水画树法的理解。		
对山水画石法的理解。		
山水画如何借用布局营造意境？		
临摹树、石时需要注意什么？		
完成"活动建议"，填写作品分析及总结。（要求附一张作品）		

本课学业质量水平标准等级划分如下：

水平	质量描述
1	1-1 能区分中国山水画中设色和水墨等形式。（素养 1） 1-2 能临摹、掌握中国画山石、树木的一些基本画法。（素养 2） 1-3 能感受中国传统书画艺术的独特魅力。（素养 3、5）
2	2-1 能说出中国山水画发展的基本脉络，知道中国山水画的大体演变过程。（素养 1、3、5） 2-2 能借鉴古今山水画家的技法和创作方法，通过临摹和吸收进行创作，并与他人交流学习体会。（素养 2、4） 2-3 知道中国山水画艺术"以线造型，以形写神，追求神似，讲究意境"的造型规律和特点。（素养 3、5）
3	3-1 能选择自己喜欢的山水画家作品，分析其用笔和用墨，如中锋、侧锋、顺锋、逆锋、点乩、皴擦，以及墨色层次的不同变化等。（素养 1、3） 3-2 能运用传统的中国山水画技法，创作一幅山水画作品。（素养 2、4） 3-3 能从文化角度，选择古今山水画家的作品进行研究，探讨其继承与创新的关系。（素养 5） 3-4 能运用所学的中国山水画艺术知识与技能，美化生活与环境。（素养 2、3）

第四部分　教学设计

第 1 课时

活动主题 ▶▶▶

山水画的起源和发展过程。

活动简述 ▶▶▶

本课时通过对比中国传统山水画作品的风格演变，感受作品的历史发展轨迹，感悟画家对山水景致不同的把握及水墨笔法的传承。在悠久的历史长河中，山水画形成了不同的门类和画派，成为我们研究中国山水画的一条有效路径。通过一系列探究活动，让学生懂得一切艺术形式都与时代有着密不可分的联系，并与自己的生活经验相联系，以拉近艺术品与我们的距离。

活动目标 ▶▶▶

1. 中国传统山水画作品的风格演变，感受作品的历史发展轨迹。

2. 感悟不同时期画家对山水景致不同的把握及水墨笔法的传承，了解不同门派及其艺术主张。

3. 理解山水画分类标准和基本艺术特点。

活动任务 ▶▶▶

学生集体探究相关问题、发现山水画发展规律和分类标准。

活动关键问题 ▶▶▶

不同时期的画家如何用笔墨进行山水画创作？它们笔下的山水画风格一

样吗？

活动小问题 ▶▶▶

1.《游春图》和《明皇幸蜀图》画中的山石、树木是如何表现的？两幅作品分别给你什么样的感受？

2. 如何区分不同山水画的艺术种类？

教学环节	教师活动		学生活动	设计意图
一、情境创设	以《千里江山图》为蓝本的舞蹈节目《只此青绿》在春晚上惊艳亮相，让人感悟到山水画之中蕴含的舞蹈之美。你还知道哪些优秀的中国画作品？它们的风格一样吗？这种风格是如何形成的呢？		探究名画的历史渊源，找寻演变历程。	视频导入，激发学生的学习兴趣，出示学习任务。
二、探究山水发展史	用色和构图	展示《游春图》和《明皇幸蜀图》，问题：作品带给你什么样的感受？盛唐时期的山水画有何艺术特点？	小组讨论，盛唐山水画作品的审美感受，分析画中山水的表达方式，理解青绿、水墨不同山水画的艺术特点。	通过对不同时期山水画的对比观察，感受山水画的特点和画面内容组成，了解山水画创作的构思取景和造境方法，促进学生思考和分析历史行程中的艺术风格的变化。
		探究任务单		
		画面主色调是如何表现的？构图方面有什么样的区别？		
		根据任务单内容，引导学生对比探究画面。		
	时代脉络	【探究一】展示作品《踏歌图》《红岩》 师：不同时期的山水画作品风格有何不同？ 引导学生观察画面中对表现对象、用色、用墨、用笔的不同。 引导联系作者时代背景和艺术主张。	小组合作任务：整体观察画面构图布局、表现对象、色调、绘制方式等方面的差异。	通过进一步整体观察画面构图布局表现对象、色调、绘制方式等方面的差异，明白不同时代山水画作品的艺术主张各有不同，这与作者所处的时代、环境和个人生活经历密切相关。并联系自身时代特点，谈谈自己对当下山水画发展方向的预期和联想。将艺术问题生活化，为最后的艺术实践做好思想准备。
		【探究二】思考：你认为现代山水画应该如何发展？		

续表

教学环节	教师活动	学生活动	设计意图
南北差异	【探究三】对比观察《潇湘奇观图》和《踏歌图》。细致观察作品，探究画家笔下的树、石形象有何异同？出现这种不同的根本原因是什么？引导学生发现南北风景差异带来的笔墨表现的差异。	小组合作任务：细致观察树、石及大场景的不同，感受画面中的风景有何特点，分析南北画派的形成原因。	不同地域的画家因环境的不同，形成了不同的画派风格，尤其以董其昌的"南北宗论"影响为甚。
三、山水画的分类	问题：不同时期、不同地域、不同艺术主张导致了山水画不同的风貌，形成了门类丰富的山水画体系，你知道具体都有哪些分类吗？小组内讨论，汇报探究结果。	分组讨论，总结汇报。学会分享、交流。	通过组内讨论，成员汇报，用表格总结山水画的主要分类方式和艺术特点。
四、拓展	总结：通过学习，你是如何理解中国山水画发展和完善过程的？我们不仅要了解中国山水画的发展历程，还要认识它的基本分类方式。并为进一步学习运用山水画技巧、表现中国山水、传承中国文化做好准备。	谈谈对中国山水画发展历史的理解。课后准备山水画基本工具。	通过思维拓展，能激发学生对中国传统文化的热爱之情，形成迁移运用的能力，为下节课做好准备。

板书设计：

学画山水画

发展历史与主要门类 { 发展 / 流派

分类 { 1. 青绿山水 / 2. 浅绛山水 / 3. 水墨山水

第2课时

▶ 活动主题 ▶▶▶

山水画的基本技法。

▶ 活动简述 ▶▶▶

本课时通过教师示范和讲解，带领学生学习山水画的主要技法。通过对不同物象的临摹和练习，掌握山水画基本笔墨的技巧，为临摹完整作品和山水画创作打下坚实的基础。

▶ 活动目标 ▶▶▶

1.通过教师讲解和示范，让学生懂得山水画的基本技法，包括树法、石法、水法、云法等。

2.分别学习掌握树法、石法、水法、云法，并逐一练习掌握。

▶ 活动任务 ▶▶▶

学生分别尝试、探究体验结论，并逐一验证，掌握基本技巧。

▶ 活动关键问题 ▶▶▶

1.你知道山水画的基本技法有哪些吗？

2.如何用不同的笔法、墨法描绘不同形态的物象？

▶ 活动小问题 ▶▶▶

1.如何描绘枝条的穿插关系？

2.不同形态的树叶如何简化为经典符号？

3.云与水有类似，也有不同，如何用笔墨区别其特征？

教学环节	教师活动			学生活动	设计意图
一、情境创设	上节课我们通过对比中国传统山水画作品的风格演变，感受了各代名作的历史发展轨迹，感悟到画家对山水景致不同的把握及水墨笔法的传承。在悠久的历史长河中，山水画形成了不同的门类和画派，并形成了一系列经典的绘画技法。只有掌握这些基本技法，我们才能真正进入山水画的世界，体验大师们的心路历程。			回顾旧知，检查学具准备情况。（笔墨纸砚、临习范本）	谈话导入、回顾旧知、激发学生的学习兴趣，出示学习任务。
二、技法学习	树法	树干	起笔见势、注意穿插 起手：树分四岐	学生认真观察教师示范、分别临习。	通过认真详细的教师示范，让学生真正掌握基本画法，并留足练习时间，供学生揣摩、练习。
		树枝	 二岐变形　　二岐分枝　　多曲胜合		
		树叶	 点叶法　　　　　　夹叶法		
	山石法	钩斫	 起手：石分三面	学生认真观察教师示范、分别临习。	通过认真详细的教师示范，让学生真正掌握基本画法，并留足练习时间，供学生揣摩、练习。

教学环节	教师活动		学生活动	设计意图
	勾皴擦			
	点染			
云水法	云		学生认真观察教师示范、分别临习。	通过认真详细的教师示范，让学生真正掌握基本画法，并留足练习时间，供学生揣摩、练习。
	水			

续表

教学环节	教师活动	学生活动	设计意图
三、延伸内化	问题：中国山水画在传承过程中形成的基本技法范式，我们是应该继承还是有所创新？ 小组内讨论，汇报探究结果。	分组讨论，总结汇报，学会分享、交流。	通过组内讨论，成员汇报，用辩证思维思考所学知识，强化记忆，形成自己的观点并内化于心。
四、课堂小结	总结：通过本节课的学习，我们学习了基本的山水画技法，但这并不是山水画技法的全部，历代大师们"搜尽奇峰打草稿"，无一不是经过刻苦艰辛的练习，才将这些优秀的作品展现在我们面前。课下我们要勤加练习，下节课我们将把这些技法融合在一个画面中，体验山水画创作的过程。		布置课下作业，为下节课的山水画创作做好准备。

板书设计：

　　山水画的基本技法

　　　　▲树：树干
　　　　　　　树枝
　　　　▲山石：钩斫
　　　　　　　　皴擦
　　　　　　　　点染
　　　　▲云水：勾
　　　　　　　　烘
　　　　▲泉瀑：江
　　　　　　　　海
　　　　　　　　湖

第3课时

活动主题 >>>

学画山水画。

活动简述 >>>

本活动通过探究《富春山居图》中笔墨的运用，感受作品中传达出的意境和情怀，感悟画家用山水景致表达对国泰民安的期盼、对大自然的热爱和敬畏、人生的感悟，以及天人合一的境界。通过上一课时的技法实践活动的学习，掌握了山水画基本的表现技法，学生对画面的感悟能力逐渐增强，结合相关资源的搜索，能够更快地投入课堂之中。在本节课结合《富春山居图》，分组探究，对山水画创作解读，鉴赏并借鉴经典作品，学习艺术家的表现技法；搜集创作素材，构思构图，学生尝试运用山水画的创作方式完成一幅山水画作品，经历"像艺术家一样创作"的过程。不仅能全面发展五大美术学科核心素养，也落实了美术学科"过程与方法目标"。

活动目标 >>>

1. 了解山水画中创作过程、笔墨造型，明确"三远法"的运用，运用山水技法创作一幅山水画。

2. 结合任务单进行探究，组内观察、讨论、探究中国山水画用笔墨表达意境的文化内涵，了解各类技法的运用。

3. 分析中国含蓄的文化思想，感受画家通过画面借景抒情的情怀，感悟中国绘画的艺术。

活动任务 ▶▶▶

用本节课所学山水画创作知识表现一幅山水画，表达"家园"山水的意境之美。

活动小任务 ▶▶▶

1. 思考《富春山居图》的价值所在。

2. 寻找画面中树石法及笔墨造型的运用。

3. 感受画面构图布局带来的视觉感。

4. 创作一幅以"家园"为主题的山水画。

活动关键问题 ▶▶▶

画家如何用笔墨进行山水画创作？将"基本问题"分解为"小问题"。

活动小问题 ▶▶▶

1.《富春山居图》到底是一幅怎样的画卷？

2. 画中的山石、树木是如何表现的？

3. 空间表现手法能产生怎样的感受？

4. 你想用什么样的笔墨画一幅美丽的家园山水？

教学环节	教师活动	学生活动	设计意图
一、情境创设	《富春山居图》是如何创作出来的？	探究名画的魅力。	视频导入并思考，激发学生的学习兴趣，有效引导学生关注学科融合特点，突出名画的价值所在，出示课题。

教学环节		教师活动	学生活动	设计意图
二、探究山水	构思取景	展示《富春山居图》 问题：对比实景与画境的异同。 1. 实景与画境分别给你什么样的感受？ 2. 你从画面中看到了什么？ 3. 画中的山水是什么样子的？ 探究任务单 山石的皴法是怎么表现的？ 画中的水是怎样表现的？ 根据任务单内容，引导学生对比探究画面。	小组讨论，对比观察两种不同艺术形式带来的审美感受，分析画中山水的表达方式，理解山水画创作是"外师造化，中得心源"的创作过程。	通过对实景与画境的对比观察，感受山水画的特点和画面内容组成，了解山水画创作的构思取景和造境方法，生成有意义的创作主题的选择，有效打开山水画创作的思路和方法，避免学生创作时无从入手，巧妙突破山水画创作的难点。
	构图布局	【探究一】进一步探究画家是怎么构图布局？为什么这样布局？ 师：画中只表现了山水吗？ 引导学生观察画面中对人物、船只、风景的描画，感受画中生活情景的融入和高超的绘画技艺。	小组合作任务：整体观察画面构图布局，感受空间表达，分析空间表现手法。	通过进一步整体观察画面构图布局，感受画中景物布局的艺术性；明白山水画写生的观察方法；掌握山水画的空间表现方法，为山水画创意实践提供有益借鉴。
	笔墨造型	【探究二】走进画面细致观察，探究画家是如何提炼自然中的树、石形象，并以怎样的笔墨加以表现的？ 师：画中只表现了山石、树木吗？ 引导学生观察画面中对人物、船只、风景的描画。感受画中生活情景的融入和高超的绘画技艺。	小组合作任务：细致观察树、石的笔墨造型，感受画面中的生活场景。寻找画中画家情感寄托和画面传递的意境。	近距离细致观察画面，探究山石的皴法和树木的表现方法，感受中国画笔墨造型的特点。分析画面中画家情感的传递，感受画中的生活气息，了解山水画不仅是对画面的描绘，更是对内心情感的表达。对学生的创作实践起到有效的指导引领作用。
	题跋落款	题跋落款包含的内容。	分析其内容。	使学生了解山水画诗书画印于一体。

续表

教学环节	教师活动	学生活动	设计意图
三、感悟生活，创作家园山水	问题：你的家园美吗？如果用山水表现你的家园，你想画怎样的画面？小组内讨论，汇报创作思路。 作业要求： 运用本节课所学的皴擦方法，创作一幅表现美丽家园的山水画。	分组讨论，总结汇报，创作、展示。	通过组内讨论，成员汇报，用喜欢的一种皴擦方式表现山水画面。
四、拓展	总结：通过学习，你如何理解中国山水画的笔墨特点？我们不仅要了解中国山水画，更要学习运用山水画技巧，传承中国文化。	谈对中国山水画的理解。课后自主学习欣赏花鸟画。	通过欣赏活动，能激发学生对中国传统文化的热爱之情，形成迁移运用的能力。

板书设计：

学画山水画

创作步骤：

构思取景：

构图布局：

笔墨造型：勾、皴、擦、染、点

最终成效：

在学习本单元内容之前，大多数学生对山水画的了解并不多。通过本单元的学习，学生对山水画的发展史有了清晰的认识，基本掌握了本课所涉及的中国名家作品及其创作特点。课堂上，学生能够对重点作品进行细致分析，感受画家的创作意图，体会作品物象的形象特点。这种直接带领学生走进画面、自主赏析的课堂活动，比教师单纯讲解更有效。从课堂生成的效果看，学生能基本掌握欣赏山水画的创作方法，并能在讨论环节表达对山水画表现形式及其内涵的理解。在创作实践过程中可以感受到"智者乐水，仁者乐山"的情趣。

教学反思：

课堂上，我给学生提供了高清等大仿真作品图片资料，利用多媒体展示，帮助学生理解山水画的欣赏方法。关键问题的设计本着激发学生兴趣为主，鼓励学生在组内进行自主探究。通过画面"看、思、悟、讲"的形式，通过美术语言看文化。但也有不完善的地方，有的问题学生不敢回答，课堂活动内容偏多，时间不够用。针对这一情况，我也在进行着适当的调整。最终任务的达成需要一个循序渐进的过程，学生在短时间内难以达到理想的表现效果，但对如何创作山水画的意境，如何提炼自然山水中山石树木的方法进行表现等，有了新的认识和思考。

（2022 年获山东省优质课二等奖课堂教学实录）

第十节 高中美术《抒情与写意——文人画》单元教学设计

抒情与写意——文人画

课时：3 课时

课业类型：鉴赏课

授课教师：滨州市阳信县教育科学研究中心 张军霞

主题名称			抒情与写意——文人画
课程对象	高中一年级学生	课程类型	人民美术出版社版《美术鉴赏》
课时安排	3	学生数量	36 人／班
基本问题	文人画是如何做到抒情和写意的？	小问题。	1. 什么是文人画？ 2. 文人画的主要特点是什么？ 3. 文人画有着怎样的历史变迁？ 4. 文人山水画的艺术特点是什么？ 5. 文人山水画的主要代表人物有哪些？ 6. 文人花鸟画的艺术特点是什么？ 7. 文人花鸟画的主要代表人物有哪些？ 8. 如何看待和理解文人画在中国绘画史上的地位？ 9. 如何才能更好地保护古代绘画作品？
单元分析	课标分析	通过本单元的学习，引导学生以自主、合作、探究的方式参与美术学习，学会在现实生活情境中发现、剔除和分析问题，综合运用美术学科及跨学科知识与技能解决问题，增强社会责任感。形成高中生必备的图像识读、美术表现、审美判断、创意实践和文化理解等美术学科核心素养。 通过本单元的学习，学生能够识别图像的形式特征，分析图像的风格特征和发展脉络，理解图像蕴含的信息，运用多种工具、材料和美术语言，创作具有一定思想和文化内涵的美术作品及其他表达意图的视觉形象；依据形式美原理，分析自然日常生活和美术作品中的美，形成健康的审美观念，具有创新意识，运用创造性思维进行创意，并用美术的方法和材料予以呈现和完成，从文化角度分析和理解美术作品，认同并弘扬中华优秀传统文化，尊重人类文化的多样性。		

续表

主题名称		抒情与写意——文人画
	学情分析	本单元开始接触中国古代绘画，对中国古代绘画作品进行鉴赏学习，将人类美术历史进程长久的、宏大的内容浓缩在一个单元中。这单元信息量巨大，内容繁多，在主题的安排中，作品并不是按照时间顺序排列的，需要教师对学生做出深刻讲解，以便学生理解。面对诸多美术家的作品学习如何用作品表达自己对生活的感受，教师需引导学生提升图像识读能力、审美判断，并在鉴赏学习中深化自己的文化理解水平。
	教材分析	本单元首先对中国文人画发展做深入解读，将中国文人画的发展演变作为本单元的重点内容，带领学生们学习文人画中的各种技法、流派及其艺术特征。其次将山水、花鸟等画科进行横向对比，分析比较他们的异同点，加深对文人画的多角度理解，学会用包容的态度看待绘画形式。通过体验艺术家内心的情感世界，学会接纳多元文化，用辩证和发展的眼光看待美术作品和美术现象，培养积极的审美态度，树立正确的价值观。
单元设计思路		文人画也称"士大夫写意画""士夫画"，别于民间和宫廷画院的绘画，始于唐代王维。作者一般回避社会现实，多取材于山水、花木，以抒发个人"性灵"，其中也有对民族压迫或腐朽政治的愤懑之情。文人画讲究笔墨情趣和诗书画印综合修养的传统，风格简淡的境界追求，以及崇尚和谐仁爱的审美理想。 　　面对浩如烟海的文人画作品，很难一次将所有问题一一厘清，最好找到一个适合学生的切入点为突破口。因此，我们将本课作为大单元设计，安排 3 课时教学内容。分别为： 　　第 1 课时：文人画定义及基本艺术特征。 　　第 2 课时：文人山水画及主要艺术特征。 　　第 3 课时：文人花鸟画及主要艺术特征。 　　3 课时紧密相连，采用循序渐进、层层深入的学习结构，不仅可以让学生对文人画有较深的理解和认识，也能将学得的研究、鉴赏方法运用到生活之中。
单元学习目标		1. 通过探究不同表现语言的经典文人画作品，理解文人画独特的艺术传统和审美趣味；初步掌握鉴赏文人画的基本方法，以点带面，逐步提高鉴赏中国文人画的能力。 2. 在教师的引导和启发下，能对中国文人画经典作品进行判断评价，表达自己的感受和观点。同时，能在课下对自己感兴趣的作品进行自主探究，通过公众号平台发表自己的鉴赏观点。 3. 了解中国文人画所蕴藏的传统文化信息和审美趣味，增强对传统绘画的兴趣，培养热爱中国传统文化的情感及传承传统文化的意识。

主题名称	抒情与写意——文人画		
学习重点和难点	1. 借助经典作品的分析，使学生了解文人画的主要艺术特征和思想内涵。 2. 认识文人画的程式化特点，了解艺术家画为心声的价值追求和以形写神的审美意趣。		
教具准备	教案、课件、iPad（联网使用）、作品印刷挂图、临摹作品、物象模型等。		
学具准备	学习终端（iPad）、笔记本电脑、学前素材收集、问题卡片等。		

第1课时	抒情与写意——走近文人画		
时间	教师活动	学生活动	设计意图
3分钟	**一、创设情景，引发学生对文人画的思考** （一）品画 　　在课的开始，出示明代文徵明的《真赏斋图》，感受古代文人的生活。接着出示元代画家王冕的《墨梅图》。简单分析画面，引导学生思考：这个世界上并没有墨梅，画家是借墨梅表露什么情怀？ （二）咏诗 　　老师诵读画面题诗，同学们理解这首诗表达的是什么意思吗？画面诗情画意、交相辉映，通过诗、书、画、印的完美结合，寄托出作者高尚的情操和淡泊名利的胸襟。 （三）思考 　　中国古代的文人学士不仅有很好的学识修养，诗词文章俱佳，而且热衷于绘画。那么，文人参与绘画有什么样的价值追求？又给中国绘画带来了什么样的变化和艺术趣味呢？古代文人寄情于山水、花鸟，吟诗作赋，体现了他们怎样的精神追求和生活方式呢？	进入情境，积极思考探究、表达所思所感。	教师以"品画—激趣""咏诗—体会""思考—入题"三个环节，层层递进，让学生带着好奇心进入文人画的诗、书、画的情境。

续表

第1课时	抒情与写意——走近文人画		
时间	教师活动	学生活动	设计意图
1分钟	出示课题，并板书。	进入情境、做好学习准备。	
36分钟	二、设置问题，了解文人画有关知识 　　文人画一般泛指中国封建社会中文人、士大夫所作之画，是一种画中带有文人情趣、画外流露着文人思想的绘画形式。 　　古代文人寄情于山水、花鸟，吟诗作赋，体现了他们怎样的精神追求与生活方式？ 下面有4道关于文人画知识的选择题，我们来试试看。 （一）后世奉为文人画的"鼻祖"是谁？ 1. 王维 2. 赵孟頫 3. 苏轼 4. 倪瓒 　　唐代诗人王维因强调"诗中有画，画中有诗"，也表明文人画在唐代就已基本形成。 　　赏析王维《雪溪图》和清代画家禹之鼎根据王维诗意所绘作品《幽篁坐啸图》，感受"诗中有画，画中有诗""诗中有禅"耐人寻味的意境。 （二）"诗画本一律"的概念是谁提出的？ 1. 王维 2. 赵孟頫 3. 苏轼 4. 倪瓒 　　苏轼也是一位文人大家，他流传下来的画作并不多，这幅《潇湘竹石图》局部，作品长卷式构图，画面上远山隐约，江面浩渺，近处坡岸和竹丛逸笔草草的书写意趣，表达了作者不求形似的绘画理念。他提出了"诗画本一律"的概念，使文人画趋向成熟。这表明文人画在宋代就已趋向成熟。	积极投入思考，并参与作答。 一、什么是文人画？ 　　文人画是中国古代绘画史上一个重要的概念和特殊的现象。 　　文人画一般泛指中国封建社会中文人、士大夫所作之画，是一种画中带有文人情趣、画外流露着文人思想的绘画形式。 二、文人画的主要形成历史是怎样的？ 　　文人画是中国传统文化诸多因素促成的一种艺术现象，它的演进过程可以追溯到晋代顾恺之、唐代王维、郑虔等人。王维在画法上推进了水墨渲染的表现技法，被后世奉为文人画的"鼻祖"。两宋时期，苏轼提出了"诗画本一律"概念，使文人画趋向成熟。到元代，赵孟頫主张以书法入画法。文人常以书画遣兴抒怀，文人画逐渐兴盛。其后逐渐发展，诗、书、画、印始成一体，诗情画意相辅相成，标志着文人画的成熟。	这个环节将一些关于文人画形成、发展和主要特征的知识点包含在四个抢答题中，每道题后都有扩充知识，将文人画的重要知识点在学生激烈的竞猜活动中得到初步解决，为后面对作品进行深入探究打好基础。同时，这种趣味性的导向，可以进一步激发学生学习的积极性，引导学生在愉悦中进行更深层次的探究活动。

第1课时	抒情与写意——走近文人画		
时间	教师活动	学生活动	设计意图
	（三）"书画同源"是谁提出的？ 　1. 王维　2. 赵孟頫 　3. 苏轼　4. 倪瓒 　我国古代的许多书画家都承认"书画同源"之说。最早是由元代大画家兼书法家赵孟頫提出来的。 　分析赵孟頫《秀石疏林图》和《鹊华秋色图》，引导学生理解：书法与绘画本来是同为一体，笔法也基本相同。 　（四）以下哪一项不属于文人画所标榜的特征？ 　1. 书卷气　2. 笔墨情趣　3. 强调神韵　4. 重视形似 　通过分析梁楷《泼墨仙人图》和齐白石《三虾图》，学生了解了中国文人画家更强调精神与意趣的表达，而不追求真实的形似。	三、小组讨论探究 　文人山水画的艺术特点是什么？文人画一般讲究"书卷气"，注重书法用笔，强调笔墨情趣，以及书写性的表现要求，追求气韵生动的审美标准以及超越视觉表象的文化精神，造就了文人画独特的艺术风貌。经过长期的发展演变，文人画成为中国美术史乃至世界美术史上独树一帜的文化现象。	基于核心素养的综合探究，通过设置问题情境，引导学生思考作品的创作理念与评价作品的标准。培养学生对传统中国文人的鉴赏和评判能力。
	教师小节。	学生整理学习笔记，强化重难点。	
5分钟	**三、拓展延伸** 思考： 　中国历代画家中，文人画家占据了半壁江山，如果他们与画院中的御用画师们齐聚一堂，会不会产生新的火花？大胆联想并自由讨论。	讨论并思考： 1. 不同身份的画家描绘对象有何异同？ 2. 画面呈现的艺术效果有何不同？ 3. 可用小辩论的形式分角色阐明各自的艺术主张。	
	四、布置预习，出示二维码。	扫描二维码，下载资料包。	

续表

第2课时	抒情与写意——《鹊华秋色图》		
时间	教师活动	学生活动	设计意图
3分钟	**一、导入** **【真实情境】** 　　同学们请看大屏幕，这是哪里的房子？躺在客厅沙发上就可以看到如此风景？视觉独占"华不注"，一湾池水映黄河。地产开发商如此利用当地文化资源，果真让购房者蜂拥而至。此情此景会让700多年前的思乡者、画作者目瞪口呆！不仅仅是因为此房此景，更是因为一幅画作《鹊华秋色图》。（出示课题文字《鹊华秋色图》） 　　为什么这张图会如此受到人们的看重呢？这要从作品的历史背景说起……	依据课前预习内容，回答真实情景中的问题。听故事了解作品的创作背景，开启新课程的学习。	从现实生活发生的真实情景，思考文化资源与商业产品之间的关系，引起学生对这一现象的关注，同时为本课循序渐进地展开问题埋下伏笔。
38分钟	**二、新授** 　　**（一）画家的创作风格和其生活时代背景有怎样的关系呢？** 　　问题情境： 　　▲为什么这张图会如此受到人们的看重呢？这要从作品的历史背景说起…… 　　（故事描述） 　　**（二）活动主题** 　　**主题一：云端赏鹊华** 　　**【图像识读】** 　　济南的湖光山色给他带来了怎样的眷恋？他能为好友解思乡之苦吗？他是怎样把这些情感体现在他的画面之中的呢？下面让我们一起来赏析《鹊华秋色图》，去感受它的抒情与写意。出示课题：抒情与写意——鹊华秋色图 　　▲让我们了解赵孟頫是怎样的一个人。	思考问题，积极回答。 学生回答。 学生演示。	**【图像识读】** 1. 通过视频观看增加学生对赵孟頫的进一步认识，为理解赵孟頫的创作风格做铺垫。 2. 根据学生知识储备，紧扣重难点，进阶式创设问题，引导学生增强图像识读能力。

第2课时	抒情与写意——《鹊华秋色图》		
时间	教师活动	学生活动	设计意图
	视频：《赵孟頫》。 从这个视频中可以获取到关于赵孟頫的哪些信息呢？ **展卷展示：** 今天我把《鹊华秋色图》带到了现场，他是一件手卷形式的古画，古人欣赏手卷的打开方式是怎样的？ 这是一件怎样的作品？ 下面让我们一起云端赏鹊华。 我们将分三段仔细观看这幅作品，首先我们按照古人的观画方式，先看第一段： ▲画面中画了什么？除了主体景物，还有什么？历历可数的"舴艋舟"点缀其间…… 不由得使我们想起李清照的"闻说双溪春尚好，也拟泛轻舟。只恐双溪舴艋舟，载不动许多愁"。诗情画意油然而生…… 我们再看第二段： ▲再仔细看，画面中还描绘了什么？ ▲第三段呢？再想想，还会有什么？ ▲从整体来看，他是怎样表现秋天的？ ▲画作给你什么样的感受？ ▲呈现出作者对什么的眷恋？ ▲作品表达的主题意义是什么？看看上面的跋文。（课件跋文）请一位同学到大屏幕前朗读画作中的题跋。 提醒学生及时完成课堂测评。	学生自主学习、赏析并做好记录。 思考、讨论，并积极参与回答。 完成：活动一的课堂测评。	★体验古代文人的观画方式，分段分块让学生们近距离赏析，根据核心素养达成任务目标。 ★通过由浅入深的小问题的创设，循循善诱引导学生深入观察，及时进行跨学科互动，掌握欣赏作品的方法，提高分析判断能力。

续表

第 2 课时	抒情与写意——《鹊华秋色图》		
时间	教师活动	学生活动	设计意图
	《鹊华秋色图》几经辗转，在清代流入皇宫。乾隆皇帝对于名家书画钟爱有加，他折服于赵孟頫的才华，把这幅画视为珍宝，并亲提御笔为该画写下"鹊华秋色"。 这幅能让善于品画的乾隆皇帝看中的画作，到底还有哪些独到之处呢？ **主题二：兹山何峻秀** 【分层分析】 1.《鹊华秋色图》是赵孟頫的代表作，画幅虽不大，但对于客观景物的描绘十分细腻，笔法苍劲，色彩鲜明，这样一幅怀念故乡、描绘祖国美好山河的作品，也是开元代画风之作。 下面让我们再深入探究，作者是如何运用绘画语言来表现主题的呢？ 活动设计：请根据任务单，结合老师给你们的资料包进行小组研讨，并分享交流任务单中提出的问题。 **完成任务单 1**		★学生上台朗读展示，体现语文学科素养，渗透美术与语文之间的紧密联系。 【分层分析法】 基于核心素养的综合探究，进行任务驱动学习，通过设置问题情境，引导学生利用分层分析法，探究写意山水画的各种表现方法，理解风格演变的原因，拓展学生的深度学习思维。
		小组合作，问题探究，积极展示。	
	  	小组合作，问题探究，积极展示。	

第2课时	抒情与写意——《鹊华秋色图》		
时间	教师活动	学生活动	设计意图
2分钟	2. 过渡：赵孟頫依靠对齐鲁山川的记忆，用图绘的方式呈现了济南风光。我们对照画境与实景，看一看，能否满足挚友思乡的心境？ **完成任务单2** **【创意实践】** 依据物象模型拼摆出你们心目中的《鹊华秋色图》，并表达出主题意义。 播放《鹊华秋色图》数字媒体动画视频。 **总结：**周密的思想心境，赵孟頫的画外之意。 **创设问题：** 1. 赏析至此，《鹊华秋色图》给你什么样的启示？ 2. 你能理解课堂开始展示的楼盘为何如此畅销了吗？ **主题三：回首论古今** **【文化理解】** 	学生根据模型进行组合摆放，并表达自己的主题。 学生深思， 展示交流。 1.学生讨论，各抒己见。 2.完成课堂测评并上传终端屏幕指定资料夹。	**【创意实践】** 了解山水画的创作过程和空间布局方法，尝试模型拼摆，模拟古人造境抒情。 让学生们体会传统文化的魅力。 ★利用数字多媒体技术视频，直观感悟作者"画为心声"的价值意义，巧妙突破难点。 ★走出作品，升华我与《鹊华秋色图》，达成"立德树人，以美育人"的目标。 回首真实情境，理解传统文化魅力。

续表

第2课时		抒情与写意——《鹊华秋色图》	
时间	教师活动	学生活动	设计意图
	大家现在看到的这幅作品是老师事先对作品图像经过处理之后的，去除了历史鉴藏、评价痕迹的作品复原件图像。但是，如今珍藏在台北故宫博物院中的此作品，竟然是另外的样子。画上皇帝、名人印鉴之多，为历史古画之最。 板书：回首论古今 小组讨论：你怎样理解这种收藏现象？ ▲完成本节课课堂测评。 【课堂小结】 小结：今天，我们通过云端赏鹊华，分析了兹山何峻秀、品周密的象外之境、得赵孟頫的画外之意，辩证理解了古今的文化现象，学习了文人山水画的鉴赏方法，真正理解了文人画"画为心声"的含义。 【拓展】 下节课我们将对文人花鸟画进行分组鉴赏，请大家扫描屏幕上的二维码，下载资料包进行提前预习，谢谢大家，下课。	完成本节课课堂测评。 扫描二维码，下载资料包。	【文化理解】 ★引发学生思辨，辩证理解古今文化现象。 ★提供学习资料包，为下节课顺利进行做准备，可以提升课堂效率。

第3课时	抒情与写意——文人花鸟画		
时间	教师活动	学生活动	设计意图
3分钟	一、导入新课 上节课我们通过鉴赏赵孟頫的代表山水画《鹊华秋色图》，尽情领略了文人山水画的无穷魅力。但是文人画这一个重要的概念和特殊的现象，不仅仅表现在山水作品之中，在这之后更是涌现出一大批杰出的文人画画家和艺术作品。为了进一步认识中国传统绘画和绘画精神，	认真聆听。	承接第2课时的学习内容，明确本节课的具体任务，设置问题，驱动学习动力的产生。

第3课时	抒情与写意——文人花鸟画		
时间	教师活动	学生活动	设计意图
	了解文人画的内涵和艺术特征，本节课我们继续探究文人画，来学习和鉴赏精彩纷呈的文人花鸟画。 　　出示课题：抒情与写意——文人花鸟画。		
38分钟	二、讲授新课 　　**探究问题一：** 　　展示王冕《墨梅图》。 　　历代有很多文人雅士喜欢在中国画中借助植物来抒发自己的情感，下面就来看一张元代王冕的作品。 　　《墨梅图》这幅作品中的梅花是作者对客观物象的简单呈现吗？花鸟画的生机意趣除自然层面外，还与作者哪些思想情感紧密相关？ 1.从梅花的枝干和形状中分析中国画的用笔技法，对梅花的表现手法有个初步的认识与理解。 2.对墨梅画面中的颜色进行分析，从而了解作者为什么选择淡雅的墨色来塑造，引导学生从细节中寻找答案。 3.结合梅花在文学中的象征性意义以及作者所处的特殊历史时期，分析画面的内在含义。	观察画面，思考问题，并分析回答。 根据教师引导，结合色彩规律做分析。 根据教师的提示，挖掘画面的内在含义。	对王冕的作品进行分析，说明文人画借物寄情的手法。
	探究问题二： 　　传统花鸟画是如何"缘物寄情""托物言志"的？ 展示朱耷的《荷石水禽图》。 1.从画面的构图及动植物的姿态中，分析作者是如何运用中国画的笔墨特点来表现整张画面的。 提问：画家在构图中如何安排荷花？荷花在画面中的处理是什么样子的？水鸭的姿态是什么样的？	学生聆听并思考。观察画面，小组探讨、回答：两枝荷花互相穿插；	从朱耷的作品入手，从思想、技法及创作中得出"意趣"的趣味，从而更好地理解以形写神的理念。引导学生进一步探究，结合朱耷的生平事迹和时代背景，挖掘画者的绘画意图。

续表

第3课时	抒情与写意——文人花鸟画		
时间	教师活动	学生活动	设计意图
	根据学生回答总结：画面笔墨大胆有趣，奇特又怪异。 2.进一步引导观察，从细节处分析，画面中水鸭眼睛与一般鸟兽的眼睛的区别，对比现实中的鸟禽类图片。 　　归纳：中国传统花鸟画借助笔墨韵味和情趣抒发画家精神追求与情感表达，既是"缘物寄情"也是"托物言志"。	荷叶的处理并不写实；水鸭似拉长脖子，甚至有点扭曲。学生思考探究，根据画面细节理解并回答作品的内在含义。	
	探究问题三： 　　为什么文人画画家们喜欢选择这些景物作为自己的绘画题材？ 1.展示作品《墨竹》与《墨葡萄图》，重点对比两幅画作，分析两幅作品在形式、技法、情感上的区别，总结学生指出的不同点。 2.总结特点，书写板书内容：借景抒情，画为心声。 3.提问：再看画面，从笔墨技法中，你能否比对出什么线索？ 　　让学生结合中国古代诗词中常用的修辞手法——比兴，总结出原因：在画中，这些自然景物不再是单纯的自然景物，而是文人抒发他们内心情绪、表达自身清高文雅的一个载体，画家们借描绘这些自然景物抒发心灵感受。	学生参与互动。上台找出不同点，指出区别，找出特征。学生聆听并思考。学生结合诗词内容，思考并总结特点。总结特点：笔情墨趣，不重写实。	引导学生探寻画中的寓意。梅兰竹菊既是品格象征，又宜笔墨挥洒，因此极受文人画家的青睐。 进一步理解作品。通过作品之间的对比，了解文人画的特点。
2分钟	课堂测评： 1.文同的《墨竹图》，写修竹数竿，顾盼有情，疏爽飞动，浓淡相映，虚实相照，傲气风骨，让人感慨。	学生积极讨论并提交答案。	巩固学习知识，通过课前测评数据，课中测评数据，检测学生学习效果。

第3课时	抒情与写意——文人花鸟画		
时间	教师活动	学生活动	设计意图
	这种借物抒情，表现自我，追求神韵意趣是什么绘画的特点？（　　　）A.原始岩画 B.汉代帛画 C.中国文人画　D.民间绘画 2.中国文人画自汉末至唐代经过长期酝酿，兴起于宋代，清代达到鼎盛。"士人画"改称"文人画"，并出现文人画理论是在____。A.唐代 B.宋代 C.明代 D.清代 3.被古代文人画家誉为"四君子"的是____。A.竹、梅花、兰花、菊花 B.松、梅花、兰花、菊花		
2分钟	**课堂总结：** 中国文人标举士气，推崇逸品，强调自娱，其中蕴含着浓郁的诗情和禅味，绘画之于中国文人不是谋生的手段，而是探索心灵奥秘，以实现自由的凭借。 中国的文人画源远流长，是中国古代的哲学、宗教、诗文、书法等多种文化形态所滋育的一种特殊艺术，它是中国文化所垒成的高塔。艺术家们以简单的笔法以形写意，或含蓄内敛，彰显了东方人的审美情趣和人文智慧。	表述对中国传统花鸟画、人物画特点的自主探究式学习活动的收获。	启发、引导学生通过课堂所学形成自己对文人花鸟画、山水画的审美判断，提升对中国传统绘画的文化理解。
	学习评价： 提出本课学习评价的参考问题：1.能否通过画作的构图、笔墨特点分析画家表现了什么样的情感与精神？2.能否根据他们所处的历史背景和生活经历，结合作品的题跋，分析他们是如何通过自己的作品来托物言志的？	依据教材附录中的"学生学业水平综合评价表"进行自我评价。	进一步巩固所学知识并灵活运用。

续表

第 3 课时	抒情与写意——文人花鸟画		
时间	教师活动	学生活动	设计意图
	拓展学习： 试着评赏清代金农《荷塘忆旧图》中国画（册页），并撰写赏评小记。请你读一读金农作品上的题诗，体会诗、书、画、印的结合对作品意境的形成起了什么作用。	搜集查阅资料，完成自主学习。	
	教学设计与教学反思： 在之前的美术教学中，我教授学生侧重以美术学科知识和技能为主，大大忽略了学生创新实践及深度分析解读作品。但是，这样的教学并不能发展学生对学科的理解，至多可以发展为浅表而幼稚的理解，因为学生从未对美术学科知识和技能进行过深度探究，更谈不上形成美术学科核心素养。 我在本课题的教学设计中，紧密结合以大观念为主旨的落实核心素养目标，进行教学设计整合，让每一个美术学科核心观念均与真问题情境相联系，形成多种探究主题，帮助学生在主题探究过程中运用美术学科核心观念，通过主题的深度探究而发展学生的美术学科思维与深度理解；对每一个美术学科核心观念及相应探究主题内容，根据教学目标进行纵向连续设计，分层式分析图像，使每一个学生的美术学科思维与深化理解能够前后相继、螺旋式发展，达成"立德树人，以美育人"，帮助学生在美术学科核心素养、自主问题探究、深度学习方面达到良好教学效果。 本节课中，我选择了经典的、有代表意义的文人山水画作品《鹊华秋色图》，通过本件作品赏析解读，引发学生对本地文化资源的关注，培养他们对博大精深的中国文人画的热爱。在教师的引导下，尽管学生们探索到了文人山水画的特点和鉴赏方法，但作品背后更深层的育人意义，多数学生还不能积极表述或者是还不能进入深度思考，暴露出学生的鉴赏还停留在作品的表面。此外，最后的课堂活动中，留给学生动手参与的时间不太充足，学生的推理也不够大胆。在以后的课程中，可以多尝试以对比的方法对作品展开深度解读，丰富学生创意实践的内容，旨在通过清晰完整的鉴赏过程让学生收获认知，充分表达自己的观点。 在第 3 课时选择了经典的、有代表意义的文人画作品，如王冕的《墨梅图》徐渭的《墨葡萄图》、朱耷的《荷石水禽图》等，通过这些优秀作品，引导学生在任务驱动下进行自主交流学习，加深对文人画的理解，探究作品背后更深层的美学意义，培养他们对中国文人画的热爱之情。		

（2023 年山东省优质课一等奖课堂教学实录）

第六章　论文发表

第一节　新时代背景下中小学美术名师工作室建设及教师培养策略

　　摘要：现阶段，我国中小学美术名师工作室的建设还存在着一些不足之处。比如在管理、职责，以及功能等方面均不够明确，在此情况下就会影响到中小学美术名师工作室的建设效果，同时也会对教师的培养产生一定的影响。所以针对上述情况，在新时代背景之下，务必要重视开展中小学美术名师工作室的建设和教师培养工作，以防产生不必要的问题。

　　关键词：新时代背景　中小学美术　名师工作室　建设　教师培养　策略

引言

　　在新时代背景之下，更为强调构建良好的教师培训体系。通过良好的培训方式来提高教师的专业素质及能力，使得学校不但能够成为学生进步成长的重要场所，也能够成为教师进一步发展的重要平台。若想提高中小学美术教师的素质及能力，则应积极构建中小学美术名师工作室，做到充分培养中小学美术教师。基于此，本文主要探讨在新时代背景下中小学美术名师工作

室建设及教师培养策略。

一、新时代背景下中小学美术名师工作室建设

1. 严格把控中小学美术名师工作室的审批流程。

对于我国中小学美术名师工作室的建设来说，其正处在初级建设阶段，在此阶段若仅为追赶时髦而进行建设，那么将难以保障中小学美术名师工作室的建设效果。所以，务必要严格把控中小学美术名师工作室的管理、审批等环节。

以其所需具备的条件来说，则在于中小学是否具备建设名师工作室的资格，是否能够获得相关部门的支持，名师是否具备较高的专业素质，主要体现在号召力、资历，以及影响力等方面。同时，也需了解名师是否具备较高的团队合作意识与能力，是否具备超高的教学水平，在教学领域是否获得了突出的成绩。例如，在近些年的公开课中获得业界的一致好评，或是在评优课，以及创新活动等比赛之中获得了良好的成绩。具备上述条件才能够促进中小学美术名师工作室的良好建设。

2. 中小学美术名师工作室的建设应做到齐抓共管。

建设中小学美术名师工作室的过程，会涉及教研室、培训院校以及中小学等相关单位。因此，各个单位及人员之间的良好配合就显得尤为重要，但从目前的情况来看，各个单位和人员在配合方面还存在着一定的问题，若想顺利实现建设中小学美术名师工作室，就务必做到齐抓共管，促进各个单位及人员之间的良好配合。

二、新时代背景下中小学美术名师工作室教师培养策略

1. 名师指导，专家引领。

在中小学美术名师工作室之中的学员和名师之间，处在一种导师制的师

生关系，并不是要求导师按部就班地向学员讲述知识，而是应做到有的放矢地引导学员主动去获取解决问题的方式与技巧，让学员能够站在正确的视角去看待与解决问题。所以，在新时代背景之下，若想有效地培养中小学美术教师，就应充分发挥出名师指导、专家引领的作用，并有效利用驱动式的教学方式，启发学员进行有效性思考，挖掘其个人潜力，从而提升学员的认知水平、专业素质及教学能力等。

此外，对于中小学美术名师工作室来说，还需针对相关成员的真实情况，了解不同学员的不同发展方向，而后有针对性地对学员加以培养。例如，有些学员尤为擅长进行理论研究，那么则需引导其向科研方向前进。有些学员专业素养及能力均较高，则应指导其向名师方向前进。

2. 聚焦课堂，研磨教法。

在新时代背景之下培养教师的过程中，还应做到"聚焦课堂，研磨教法"，由工作室名师进行执教示范，而学员对此进行深入性钻研与探析，科学设计教法，做到集体共勉，在最大程度上激发教师的创造性能力，促进其更新自身的教学观念，在共享知识及智慧提升之中渐渐提高教师的专业能力及水平。

3. 课题研究，反思实践。

在新时代背景之下，中小学美术名师工作室教师培养期间，还需注重进行课题研究及反思实践。从具体内容来说，应积极指导教师形成良好的研究意识，并在研究之中加以体会和感悟，不断提高自身的综合技能，从而促进教师获得更好的发展。同时，还应将相关的动作要领讲述给学员，例如运笔方式、书写的正确姿势等，从而使学生也能够获得良好的认知。另外，还应多进行反思，了解自身在实际工作之中的不足，而后针对实际情况加以改正。在上述过程中，能够逐渐提高教师的专业能力、素质与技能，使教师能够紧紧追随时代发展的脚步，更好地投身于教育事业。

结语

总而言之，由于中小学美术名师工作室的建设在我国的起步相对较晚，所以还有许多问题需进行深入的探析和研究。伴随着教师教学难度的逐步提升，建设中小学美术名师工作室的过程也愈发具有挑战性。对此，在新时代背景之下，应积极探索中小学美术名师工作室建设及教师培养的策略，从而保障中小学美术名师工作室的建设效果，实现对于教师的有效培养。

参考文献

[1] 石鑫. 名师工作室助力美术教师专业化发展 [J]. 文化产业，2019（17）：61～62.

[2] 丁蕾. 长沙市区美术名师工作室联片互动教研模式探索 [D]. 湖南师范大学，2019.

[3] 郭志平，郭轶琼，唐旻. 艺术，提升和滋养生命 [7]. 人民教育 .2014（13）：55～57.

2021 年 6 月发表于《新时代教育》

第二节 关于"教育振兴行动"背景下名师
工作室建设的探究

一、探究的背景

习近平总书记在全国教育大会上明确指出：教师是立教之本、兴教之源。必须从战略高度认识加强教师队伍建设的重大意义，习近平总书记在全国教育大会上的讲话是新时代中国特色社会主义教育的指南，将教师队伍建设提到了一个新高度。

《国家中长期教育改革与发展规划纲要（2010—2020 年）》明确提出："建设高素质教师队伍。教育大计，教师为本。有好的教师，才有好的教育。""完善培养培训体系，做好培养培训规划，优化队伍结构，提高教师专业水平和教学能力。"近年来，国家越来越重视教师的发展问题。

名师工作室正是基础教育教师学习的共同体资源，从众多教师成长路径中脱颖而出，它将一批教学理念先进、教学水平出色、教学理论扎实的名师作为工作室的主持人，再组织同一学科领域、拥有发展意愿和教育理想追求的年轻教师汇聚在一起，以名师为榜样和示范，不断进行信息传递、技能交流和智慧碰撞。名师工作室不仅是打造培养优秀教师的聚集地和发源地，更是促进教师专业发展的优质"孵化器"，名师工作室无疑是教师职后教育提升的一种有益尝试，它有力地回应了教育改革和发展中对教师队伍的要求。

我县名师工作室是在阳信县教体局（教育和体育局）教科研（教育科学研究）中心指导下，以名师及其指导团队为引领，以学科为纽带，以提升教育教学理念和方法为核心，以教学实践和研究为主要形式，集教学、科研、培训等职能于一体的教师共同体。

二、探究内容

1. 以国内外先进经验及教育部、省、市等有关文件精神为指导，进行名师工作室的工作体制机制科学性、有效性研究。

2. 研究名师工作室各学科优质资源的甄选与共享策略，以及优质资源的共建、共享平台的建设及应用等。

3. 积极发挥名师工作室示范、引领、辐射和带动作用的策略研究，以实现县域教育均衡发展、优质发展。

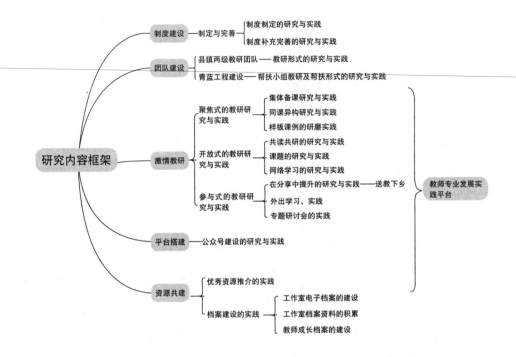

三、研究的目标及意义

通过该研究，实现以下几个目标：

1.基于我们县名师工作室建设，探索适合我县名师工作室建设的实践和路径。

2.通过县名师工作室建设，发挥我县名师专业成长步伐及在全县学科的辐射、引领作用，从而加速全县学科教师专业成长步伐。

3.通过工作室运行，积累丰富的资源，为全县教师搭建成长平台。

我县名师工作室是集教学、科研和培训等职能于一体，由我县骨干教师通过申报、评审参加的合作共同体。利用县名师工作室促进我县教师队伍建设的优势和策略资质提升，提升教师素质，努力造就一支师德高尚、业务精湛、结构合理、充满活力的高素质专业化的教师队伍。通过本课题的研究，

提高我县教师教育的内生力，能有效地引领我县教师队伍建设，促进阳信县义务教育阶段教师的专业发展，提高全县教学质量。

其一，有助于提升教师队伍的专业发展水平。名师工作室作为一个教师学习共同体，为参与其中的教师提供自我提升的机会，这些教师在名师工作室的带领下端正学习态度、不断学习，在发展自身的同时也能够为学校营造良好的氛围，促使更多的教师相互学习、共同成长，从而提升整体教师队伍的专业发展水平。

其二，促进工作室成员共同成长。名师工作室在活动开展中，通过教师之间的对话与交流，实现知识共享，促进本土化的经验和理论的生成，实现知识的增值和创新，促进工作室成员共同成长，从而在全县更好地发挥好引领、辐射作用，从而引领我县教师队伍建设。充分发挥县名师工作室的示范引领作用，激活县域内教师发展的创新力。

其三，有助于开拓名师工作室建设的新思路。通过结合我们县名师工作室运行的实际情况，分析其运行过程的特点，不断梳理我县名师工作室建设的成功经验理论，可以更好地指导名师工作室建设，成功经验的梳理将为我县工作室建设提供可借鉴的建设经验，从而助力我县教学改革，为振兴阳信教育贡献工作室智慧。

1. 构建了工作室的文化，以先进文化凝聚共识，激活工作室力量。

团队愿景：学本教学推进的先锋队，教育质量提升的生力军。

工作室目标：引领专业发展，搭建成长平台；立足教学一线，推进学本教学；提升教学素养，打造高效课堂；创新教育方式，研发课程资源；提高教育质量，打造教育高地。

在工作室精神文化的基础上，各名师工作室也根据学科特色，确立了属于自己工作室的文化，彰显学科特色，体现团队个性。目前，各工作室在各自文化的引领下，进一步凝聚了共识，成员发展愿望强烈，成长目标明确，

工作室呈现出朝气蓬勃的发展势头。

2.开展了读书工程，以阅读的方式厚植工作室理论。

阳信县名师工作室在暑期开展了集中读书活动，工作室领导小组为各工作室购买了价值10万余元的书籍，供工作室成员阅读，各工作室利用暑假时间采取集中阅读与分散阅读的方式，开展了内容丰富的读书分享活动，期期有主题，次次有领读人与分享人。每一次阅读都有总结，并通过美篇、公众号进行宣传，在全县营造了浓厚的阅读氛围，在阅读中开阔了视野，净化了心灵，提升了境界。

3.开展了学本备课教研活动，为全县教师高效课堂建设提供支持。

县名师工作室充分发挥各工作室的资源优势，基于全县开展的学本教学改革，开展了扎实有效的学本备课教研活动。各工作室利用寒暑假、周末时间开展了集中与分散相结合的学本备课教研活动，老师们认真对待每一节备课，精雕细琢，精益求精，从主问题设计、教学流程设计、文本细读等方面仔细研究，举一反三，如期完成了学本备课任务，确保了学期初为全县各学科老师们提供了一份高质量的学本备课内容，为全县学本教学改革奠定了扎实基础。

4.开展了高质量的教学教研活动，为高效课堂建设赋能助力。

在县工作室领导小组确立的实施方案指引下，各工作室每周都定期开展教研活动，内容包括学本备课、课堂打磨、课题研究、读书交流等，每次教研活动都有明确的主题，有研讨，有思考，有总结，有宣传。通过扎实的教研活动，各工作室教研氛围浓厚，研究风气盛行，老师们的教研水平得到普遍提升。截至目前，各工作室组织的教研活动约500余次。

5.辐射引领，提升了阳信县名师工作室的美誉度和影响力。

名师工作室最大的效益就是充分发挥自身的辐射引领作用，感召更多的老师们积极成长。各工作室按照既定的计划与任务，通过送课送研、课例研

讨等方式，深入各学校，进行同课异构、课例分析等活动，辐射引领作用明显，真正实现了发展一个团队、带动一个学校、壮大一个学科的目标。

6. 开展了课题研究，提升工作室整体教研水平。

阳信县名师工作室在各工作室开展了课题申报工作，课题申报分为重点课题和一般课题。各课题以工作室发展为背景，针对学科特点及研究内容，确立各自的研究方向。各工作室都有了自己的研究课题，激励广大教师在课题引领下、在教学教研中进行扎实研究，积累研究成果，提升工作室整体水平。

山东省滨州市阳信县教育科学研究中心 张军霞

2022 年 11 月发表于《科教创新与实践》

第七章　课题研究

在疫情背景下中小学美术教学创新的研究

摘要：创新教育是以培养人们创新精神和创新能力为基本价值取向的教育。当代教育人讨论创新更着眼于思想的启示。中共中央、国务院《关于深化教育改革全面推进素质教育的决定》中明确指出，素质教育"以培养学生的创新精神和实践能力为重点""激发学生独立思考和创新的意识""培养学生的科学精神和创新思维习惯"。

关键词：疫情　美术教学　创新

一、问题提出

2020 年春节期间，新型冠状病毒肺炎疫情骤然而至，并大范围蔓延，打破了春节的祥和气氛和社会的正常生活秩序。针对日益严重的疫情，教育部及时作出"延迟开学"和"停课不停学"的决策。为此，各级各类学校教师都开始参与应用网络及移动设备开展在线教学的全新尝试。对于广大教育工作者来说，网络教学模式成为这个特殊时期迫切而重要的任务。

特殊时期的学情，学生缺乏自主学习意识，因持续居家隔离存在不同程

度的安全焦虑，因此难以专注学习，并滋生了其他情绪和心理问题。教师不仅要依据教材和网络资源及学生情况做好教学设计与组织实施的创新，更要注重广义的心理抚慰、学习引导、方法指导等方面的创新。教师不仅要把握教材重点创新使用，创新教学模式，创新教学方法，还要引导学生结合疫情改变学习行为，紧扣疫情的正能量主题精心设计作业，及时为学生提供在线反馈和个别化指导。

二、研究依据

疫情当前，大爱无声，为爱前行。为保障"停课不停学"的顺利实施，时下的中小学美术课程教学，应以"立德树人"为主线，用创新教学引导学生充分发掘疫情防控期间发生的感人的人和事背后所蕴含的教育意义和价值观念。将美术教育与思想政治教育相融合，把疫情主题教学融入美术课程中，将防疫抗疫所体现出来的"一方有难、八方支援"的家国情怀和人道主义精神等要素有机地融入课程。

美籍经济学家熊彼特在 1912 年的《经济发展理论》中首次从经济学角度提出了"创新理论"，其核心概念是"创新""新组合""发展""企业家"。

"创新"一词既有革新、创新之意，也指新观念、新方法、新发明。创新教育则是以培养人们创新精神和创新能力为基本价值取向的教育。当代教育人讨论创新更着眼于思想的启示。中共中央、国务院《关于深化教育改革全面推进素质教育的决定》中明确指出，素质教育"以培养学生的创新精神和实践能力为重点""激发学生独立思考和创新的意识""培养学生的科学精神和创新思维习惯"。以史为鉴，回顾中国 20 世纪美术教育思想及实践，那是中国美术教育事业的发展期、成熟期，各个时期的教育家、思想家的教育思想对美术教育思想产生了很大的影响。清末时期，书画家李瑞清倡导"国学、艺术并重"的教育思想，由此促成了中国学校美术教育的创立。梁启超的以培

养"新民"为宗旨的教育革新主张，王国维的以培养"完全之人物"的美术教育主张，都促成了清末"育人、改良社会"的美术教育思想的形成。

辛亥革命后，当"民主"与"科学"成为文化教育领域的主流时，教育家们开始追求以人为本、塑造健全人格的美术教育思想，此时的美术教育思想则偏重于对符合国情的美术教育思想的探索。如蔡元培的以"美育代替宗教""五育并举""培养共和国国民健全人格"成为当时美术教育思想的指导思想，这是一种将爱国主义和美育相结合的崇高追求。同时，鲁迅也提出"美术可以表见文化。美术可以辅翼道德。美术可以救援经济。"此外，徐悲鸿和林风眠也是中国现代美术教育的奠基人，提倡中西合璧。徐悲鸿认为"倡智之艺术，思以写实主义启期端"；林风眠认为"真正拯救中华民族、提高国民素质必须从美术教育入手"。

三、研究内容

美术教育内容蕴含着丰富的德育和思想政治教育因素。在教学过程中，要紧紧围绕德育目标，让德育渗透于美术课堂中，以达到"润物细无声"的良好效果。综上所述，在当前疫情防控的社会背景下，中小学美术教学无论从课程设计上还是主体引导上都有待创新。因此，应用美术创新教学的成果，结合美术的教化功能，指导学生把身边或媒体、网络上的疫情防控期间涌现的人物和故事收集起来，以这些有付出、有坚守、有奉献、有爱心、有感动的人或事作为素材，用画笔讴歌时代英雄，弘扬抗疫工作者的大爱精神，为祖国培养能担当民族复兴大任的时代新人做出应有的贡献。

（一）研究对象：在疫情背景下中小学美术教学创新

1. 理论意义。

（1）疫情防控期间，"美术空中课堂"的在线教学实践，有利于形成系统的美术教学素材应用策略，创新美术课教学模式和主题作品相关疫情的深

度研究，为后来研究者提供一定的借鉴。

（2）本课题将进一步拓宽传统的创新教学理论研究，用创新思维充分发掘疫情防控期间发生的感人的人和事背后所蕴含的教育意义和价值观念，对教师和学生"教与学"起到积极的指导。

（3）本课题不仅有利于与其他学科知识的有机融合，锻炼学生与其他学科自主整合的能力，还可以进一步深化学生美术作品的创作意义。对于完善德育贯穿美术教学的研究具有重要意义。

2. 实践意义。

（1）通过本项目研究，形成一系列优秀美术作品有效应用于教学中，包括教学设计、微课设计、作业设计等，为各学段美术教师进行创新教学起到启发作用。

（2）通过本项目研究，促进一线美术教师深入研究教材与时下热点的融合，创新教学方式，增强专业素养，实现德育教学目标。

（3）通过本项目研究，有利于学生关注社会，关注生活，关注热点问题，养成在欣赏和创作作品的同时进行挖掘作品背后的教育意义和价值观念的习惯，培养有责任、有担当的社会责任感。

（二）总体框架

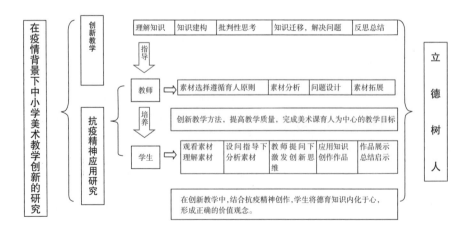

（三）研究重点、难点

重点问题：运用创新教学模式选择相关课题，结合当前疫情，运用媒体教学，多角度渗透教育，合理选择和有效应用相关素材，通过创作美术作品体现吃苦耐劳、勤奋好学、坚韧不拔的奋斗精神，提高学生用绘画来记录和表达的能力。

难点问题：战"疫"时期，师生间的互动受限，教师不能及时关注到学情。总结研究经验和不足，形成创新教育理论指导下的热点教学素材应用，才能深化作品主题思想，提升作品质量。

（四）研究目标

从学生主体性出发的课程理念，整合课程观念、方法和资源，以实时动态调整课程内容及实施，使"空中课堂"在持续优化中具有多元性、适切性和创造性，增强学生学习兴趣、激发一线教师们的课程研发热情，促进教师群体专业化发展，在减轻师生负担的同时可以提高学习效益与质量。在课程内容、课程设计、课程实施上加以创新，在这场疫情中，组织教师们主动参与、积极作为，体现出了教育人的觉悟、担当、反思与调整，实现了应对特殊时期教育的本质意义、核心要素、实施路径的探索、论证、优化。

四、思路方法

（一）基本思路

美术课程标准中明确指出：美术以视觉形象承载和表达人的思想观念、情感态度和审美趣味，丰富人类的精神和物质世界。美术课程以社会主义核心价值体系为导向，弘扬优秀的中华文化，力求体现素质教育的要求；将学习活动方式划分为"造型·表现""设计·应用""欣赏·评述"和"综合·探索"四个学习领域。加强学习活动的综合性和探索性，注重美术课程与学生生活经验的紧密关联，使学生在积极的情感体验中发展观察能力、想

象能力和创造能力，提高审美品位和审美能力，增强对自然和人类社会的热爱及责任感，形成创造美好生活的愿望与能力。

美术新课程标准的制定，体现了素质教育的要求，为中小学美术课程创新教学提供了重要依据。由于美术具有实践性的特点，"造型·表现""设计·应用"在美术课堂中占有相当大的比重，我们将从这两个学习领域甄选出与当前疫情相关联的教学内容，通过美育提高学生的德育，以"立德树人"为主线，把"抗疫精神"主题教学纳入美术课程中，如防疫抗疫所体现出来的"一方有难、八方支援"的家国情怀和人道主义精神，利用创新教学重新设置课程内容，选择合适的时机穿插德育和思想政治教育，激发学生的创作欲望。在具体的教学中，根据每个学习领域特点做以下创新教学实践的探索：

1."造型·表现"学习领域。

新课程标准在"造型·表现"领域中有这样的说明："本学习领域不是以单纯的知识、技能传授为目的，而是要贴近学生不同年龄阶段的身心发展特征与美术学习的实际水平，鼓励学生积极参与造型表现活动。"根据其标准，结合当前新冠肺炎的疫情情况，在具体的教学中，根据绘画主题有以下几点值得探索：

如在人物画教学中：把"抗疫精神"主题教学融入美术课程中，指导学生把身边或媒体、网络上的疫情防控期间涌现出的人物和故事收集起来。面对新型冠状病毒肺炎疫情，医护人员、专家学者、军人、警察、社区工作者、志愿者、农民工等群体义无反顾，走向"战场"。这些感人的人和事汇聚成了伟大的抗疫精神，他们是这个时代的英雄，他们无畏的精神和科学素养是人类进步的力量。

激发和引导学生以这些有付出、有坚守、有奉献、有爱心的人和事作为素材，以画传情、挥笔致敬，绘画出奋不顾身、战斗在抗疫一线的英雄们，

以此发挥美术教育功能，弘扬抗疫工作者的大爱精神。

总之，以爱国情怀、无私奉献、团结一心、不畏艰难、爱护动物、敬畏自然、珍惜生命、遵纪守法等相关主题进行"造型·表现"模块的教学，培养学生树立正确的世界观、人生观、价值观和爱国为民、信念坚定、敢于担当的优秀品质。

2."设计·应用"学习领域。

"设计·应用"是指运用一定的物质材料和手段，围绕一定的目的和用途进行设计与制作，传递、交流信息，美化环境与生活，逐步形成设计意识和实践能力的学习领域。"设计·应用"课程是美术教育的重要组成部分，是培养学生创造性思维，提高学生创造力和动手能力的重要途径。

在教学内容中渗入民族意识、环保意识的设计理念，从而更好地完成教学，培养中学生的社会责任感和服务意识，使学生发展成为一个完整的人。在具体的教学中，选用富有感染力的招贴画、宣传海报、手抄报等专题，设计创作新型的医疗垃圾降解车，以求最快速地处理垃圾废物，多功能病床、机器等科幻画之类作为教学内容，以独特的美术形式与抗疫战士们并肩作战。

疫情防控期间的课程开设步骤

（1）主题：疫区疫情牵动着全国人民的心。值此疫情防控的关键时刻，全体师生，心手相牵，众志成城，用手中的画笔讴歌抗击疫情的英雄事迹和模范代表，描绘我们这个时代的精神图谱，为时代画像、为时代立传、为时代明德，为夺取抗击疫情的最后胜利贡献力量。

（2）作业要求：发挥想象，利用身边材料和工具，围绕主题，创作一幅独具创意的海报，表达自己的思想感受。

（3）老师录制微课讲授制作方法，推送给学生。

（4）线上交流指导，讲评作业。

（5）总结发布，落实课程价值观。

附学生作业：

（二）具体研究方法

1. 文献资料法。

课题组教师通过各种方式集思广益，多渠道、多角度地收集国内外相关的研究成果，使课题研究的内涵和外延更加丰富、科学；在理清基本理论和操作层面主要问题的基础上，梳理出了一些对于本课题而言有价值、可供课题研究参考的资料，撰写文献综述，为课题研究提供理论依据和实践借鉴，为创新性研究奠定基础，争取在现有的研究水平基础上有所突破和提高。

2. 问卷调查法。

采用问卷调查的方法，选择不同年级的教师和学生，对其教学素材应用现状，以及学生的思想状况进行相关调查，发现了其中存在的一些问题，以期通过研究提出针对性的建议。

3. 理论与实践相结合的方法。

本课题针对目前发生的疫情热点与美术教学相融合，通过组织网上美术作品展览，观看效果。比如作品的质量、学习兴趣、参与度等，这些都必须紧密结合学生实际，希望取得一定的研究成果。

4. 课堂观察法。

主要通过听课、观察、自查、作品呈现等实践方式，对热点素材的选择和使用进行观察分析，发现问题，寻求解决问题的途径和方法，为素材的选择和应用策略研究添砖加瓦。

（三）研究计划

1. 准备阶段。（2020 年 3 月）

（1）建立项目组，查阅相关资料，论证研究价值，进行可行性分析，确定研究方向，撰写申报书。

（2）进行创新理论指导美术创新教学研究的学习。搜集相关参考文献，查阅有关研究资料，对资料进行整理、分析和学习。

（3）根据研究需要编制调查问卷，项目组对教师和学生调查问卷进行讨论、修改、完善、下发、收集和分析问卷结果。

（4）撰写开题报告。

2. 实施阶段。（2020 年 4 月—2020 年 9 月）

（1）召开项目研究工作会议，制订项目管理办法，公布课题实施方案。

（2）继续深入系统地创新美术课堂教学研究，举办头脑风暴创新思维的培训活动，鼓励大胆创新，记录收获。

（3）根据调查问卷反映的教师应用素材过程中的问题和学生对素材应用的反馈情况，将前期探索的创新理论、指导热点素材应用的策略进行教学实践。将研究放到平时的备课和上课中，届时举办基于在抗疫背景下中小学美术创新教学研究的应用观摩课、听评课、教学设计大赛等活动。以活动促科

研，积累经验和优秀素材应用于教学设计。

（4）各个教师结合自身实际，写出美术创新教学研究应用的心得体会，项目组召开会议，加以系统整理和总结，完成阶段性项目研究报告，并对其成效进行分析。

3. 课题总结鉴定阶段。（2020年10月）

（1）整理研究过程中一系列资料，包括教师活动系列照片，研究过程中的学习心得，搜集到的优秀素材、优秀作品应用教学设计、公开发表的论文和学生活动资料等。

（2）对课题研究期间的资料进行分析总结，撰写完善项目研究总报告。

（四）可行性

1. 前期工作基础。

项目组成员都认真学习和钻研了美术创新教学研究和热点教学素材应用相关内容。教师们在教学的过程中，一直在探索如何合理有效应用时下的热点素材，特别是热点素材的选择和应用分析，积累了一定的实践经验和教学案例。

2. 研究人员保障。

本项目研究人员均为学校专职骨干一线美术教师，都具有丰富的教学经验、先进的教育观念和很强的科研意识和科研能力。特别是大家的团结合作，这都为研究工作打下了坚实的基础。

3. 科研制度保障。

建立完善的教科研相关机制，实行教科研统一管理，尤其强化过程管理。研究过程中，组长和成员之间定期进行交流研讨，每个成员都要本着求真务实的态度，按阶段汇报课题进展情况。此外，课题组成员还要不断学习充电，提升科研能力。

4. 物质基础保障。

学校领导高度重视教育科学研究，投入专门经费为教师的各项研究保驾护航，确保课题研究的正常进行。此外，学校还为教师们订阅了各种学术期刊，为科研项目研究提供了坚实的物质保障。

五、创新之处

1. 研究内容创新。

研究内容以中小学美术教学素材与抗疫精神热点素材相融合为切入点。前期美术课的一些研究从思政、微课、艺术素养等角度进行，疫情属于突发事件，也属于美术社会生活的范畴，但是疫情热点与美术教育相结合尚属新尝试，必将创新教学展现学科魅力，服务于当前"疫情"背景下的教学。

2. 研究视角创新。

运用创新教学理论来指导美术教学，选择和应用抗疫热点素材进行创作美术作品。用创新思维指导学生选取抗疫精神素材走进美术课程，这是当前教育研究的一个空白。面对突如其来的新冠疫情，响应"停课不停学"的号召，这是摆在我们面前的新问题、新挑战，必须进行教学创新保障学生的居家学习，坚决打赢这场疫情防控阻击战！

六、预期成果

（一）预期效果

1. 希望学生成为有发展想象能力、实践能力和创造能力，以德为先"五育"并举的社会主义建设者。以创新为理论指导，依托美术课深化疫情当前的德育教学内容，从而真正达到立德树人的目标。

2. 希望在创新教学实践中，在指导热点素材广泛应用方面，形成比较系统的教学素材应用策略，助力教学改革，丰富美术课教学内容，促进教师专业水平的提高。

（二）具体成果

1.理论方面：理论资料学习心得、调查研究报告、开题报告、阶段研究报告、研究总报告和教师相关研究论文。

2.实践方面：形成一系列优质的中小学美术优秀素材集和应用抗疫精神热点素材的教学设计集。

（三）社会效益

本项目研究的问题具有普遍性，其最终形成的理论研究成果和教学设计案例集，各学校可以结合各地的热点问题进行修改完善，为己所用，具有很高的推广应用价值和社会效益。

参考文献：

[1] 陈瑞林.美术教育历史研究.清华大学出版社，2006.

[2] 陈瑞林.20世纪中国美术教育历史研究.清华大学出版社，2006.

[3] 张小鹭.现代美术教育学.西南师范大学出版社，2002.

[4] 符易本.对高等师范美术专业教改的一些想法和体会.美术教育，1986（05）.

[5] 王德聚.林风眠与中国美术教育.辽宁教育行政学院学报，2005（05）.

第三编 ——

团队引领

心有繁花，一路芳华

提升教育质量的关键在于教师。教师的专业发展，是教育质量稳步提升的不竭动力。教师素养的提高，需要一个向心力强、教育信仰明确、成长愿望强烈、有奉献意识的团队。正是在这样的背景下，阳信县名师工作室应运而生。

名师工作室的定义：是全县教育教学工作的先进团体，是在县财政局、县人社局的大力扶持下，由县教体局倡导建立并进行组织管理的非行政性工作机构。根据区域均衡原则，按学段、学科遴选确立了 26 个名师工作室，涉及学前教育、小学、初中三个学段，每个工作室由 1 名主持人和 10 余名核心成员组成，共 263 人。

名师工作室的工作宗旨：以先进的教育思想为指导，以教师发展为根本，以提升教育教学质量为核心，以教研训一体为主要模式，立足前瞻项目研究，广泛开展教育教学重点问题的行动研究，搭建名优教师自我提升和学科教师专业成长的平台，使之成为教育成果的促生地、教育资源的集聚地、名优骨干教师的孵化地。

名师工作室的愿景：成为一支课改先锋队，在教育教学改革中率先垂范；成为一支兼职教研力量，对专职教研力量形成有效补充；成为一个名师

孵化器，培育更多卓越教师和教育专家。

自工作室成立以来，各名师工作室积极参与读书分享活动，引领了全县教师的读书工程。积极践行学本教学改革，暑期集中进行了学本备课，为全县中小学各学科老师提供了规范的学本教学设计，服务了全县学科建设。各工作室每周一次的教研活动，主题明确，思考深入，推动了学本教学改革进程，也增强了各学校的教研氛围。名师工作室逐渐成为学本教学改革的生力军，提升教育质量的先锋队。

相信在教体局领导的关心支持下，在各工作室成员的共同努力下，阳信县名师工作室一定会茁壮成长，定能为擦亮阳信教育名片，续写阳信教育辉煌，打造阳信教育之城贡献更大的力量。

（阳信县教师业务研修中心主任 张军霞）

第一章 成立阳信县名师工作室学科团队的初衷

为认真贯彻落实国家、省、市教育规划纲要，充分发挥我县各级各类名师的指导、示范、引领、辐射作用，根据《滨州市教育局关于组建滨州市名师工作室的通知》要求，结合我县教育实际，组建阳信县第二批名师工作室。

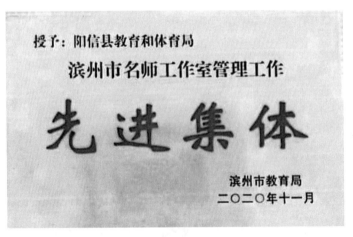

收获荣誉

滨州日报头条报道

　　阳信县第二批名师工作室的组建，是按照阳信县教体局、阳信县财政局、阳信县人力资源和社会保障局《关于组建第二批阳信县名师工作室的实施意见》（阳教函〔2021〕第 12 号）文件要求，经过严格的遴选程序组建完成的，旨在发挥学科名师的示范引领作用，通过业务学习、专题培训、课例打磨、课题研究等多种形式，促进名师团队的成长，实现带领一个团队，振兴一个学科，造就一批名师，提升教学质量的目标。

第二章 阳信县第二批名师工作室正式组建

第一节 阳信县名师工作室公众号的简介

阳信县名师工作室标志寓意解读：

此标志主体颜色以蓝色为主，蓝色代表着智慧和梦想，给人以清新、沉着、安静的感觉，传达着一种理智、准确的意向。主视觉图案运用"阳信名师工作室"中的"阳"和"名"的首字母来设计（中间是 Y，空白处是M），组成一个"花束的变形"，代表着"祖国的花朵"——学生。另外，"Y"

的变形又代表着绿色幼苗，昭示着祖国的花朵和幼苗，在教育的培育和呵护下苗壮成长；花朵运用"橙色"，这是阳光的颜色，预示着幼苗在阳光下健康成长。

整个图形是内方外圆，寓意无规矩不成方圆。我们名师工作室秉承着《阳信县工作室的实施意见》和《阳信县名师工作室管理办法》，以教书育人为己任，以提升教育教学质量为核心，全身心地呵护浇灌着祖国的花朵，为实现中华民族伟大复兴贡献力量。

第二节　阳信县举行第二批名师工作室启动仪式

5月27日，阳信县举行第二批名师工作室启动仪式。各乡镇（街道）学区、义务教育学段各学校相关负责人，教科研中心和名师工作室全体成员共计400余人参加。

县财政局、人社局有关领导列席仪式并为26个第二批名师工作室授牌，名师工作室主持人代表随后做了表态发言，北京鸿儒文轩文化传播有限公司为名师工作室捐赠了价值6万余元的图书。仪式结束后，市教科院教师业务研修中心主任梁芳作了题为《建设名师工作室，培育教育高质量发展新动能》的专家报告。

阳信县第二批名师工作室，是按照阳信县教体局、阳信县财政局、阳信县人社局《关于组建第二批名师工作室的实施意见》（阳教函〔2021〕第12号）文件要求，经过严格的遴选程序组建完成的，旨在发挥学科名师的示范引领作用，通过业务学习、专题培训、课例打磨、课题研究等多种形式，促进名师团队的成长，实现带领一个团队，振兴一个学科，造就一批名师，提升教学质量的目标。

阳信县第二批名师工作室启动
仪式现场

北京鸿儒文轩文化传播有限公
司总经理崔付建捐献书籍

梁芳主任作报告

与会领导集体合影

全县教育系统领导干部参会

县委教育工委常务副书记、县教体局党组书记、局长刘兆忠要求名师工作室全体成员，要统一思想认识，增强责任担当，切实发挥示范引领作用，真抓实干，努力提高工作实效，以优异的成绩向建党 100 周年献礼。

（阳信县第二批名师工作室建设重大活动及报道详见附录）

第三章　课题研究

第一节　课题《"互联网＋教育"背景下名师工作室的引领作用及建设策略研究》申报

一、课题背景

"互联网＋教育"是国家战略"互联网＋"的重要组成部分，是教育改革发展的先锋和新锐，是加快教育现代化进程的有力引擎。2015年以来，国家先后出台《关于积极推进"互联网＋"行动的指导意见》《国家教育事业发展"十三五"规划》《中国教育现代化2035》《教育信息化"十三五"规划》《教育信息化2.0行动计划》等政策文件，推进落实"互联网＋教育"战略部署，推动教育信息化事业以前所未有的速度快速发展，并取得了全方位、历史性成就。伴随着实践的深化和发展，"互联网＋教育"的内涵和外延也发生了很大变化，从侧重关注对学生的教育，扩大到关注教师的专业成长。

2018年1月，中共中央、国务院印发《关于全面深化新时代教师队伍建设改革的意见》，明确提出实施教师教育振兴行动计划。之后，教育部、国家发改委等五部门又出台了《教师教育振兴行动计划（2018—2022年）》，

采取切实措施建强做优教师教育，推动教师教育改革发展，全面提升教师素质能力。以促进教师专业成长为着力点，创建名师工作室，引导优秀教师"抱团"开展教育教学研究与实践，构建起优势互补、密切合作、互助互动的学习共同体，成为各地加速优秀教师成长、提升教师队伍整体素质的有效路径。

自新冠肺炎疫情暴发以来，互联网教育打破地域限制，高效配置教育资源，特别是实现"无接触式教育"等优势进一步凸显。互联网教育成为疫情防控期间教师教育的重要方式。网上听课、研讨、观摩等方式在应对疫情、促进名师专业成长等方面发挥了积极作用。如何以互联网思维更充分发挥互联网的技术支撑作用，有效整合名师工作室建设的资源力量，加强名师工作室建设、优化名师工作室工作体制机制，让名师工作室真正成为集学术研讨、课题研究、教师培训于一体的学习共同体，并辐射带动整个教师队伍提升专业素养，成为新时代给教育行政部门提出的新课题。

本研究旨在以本县名师工作室建设的实践探索为例，回应以上时代课题，从理论和实践层面探索解决县域名师工作室建设存在的互联网思维不强、互联网技术发挥不足、建设力量协同性偏弱、工作体制机制不完善等问题，推进名师工作室建设取得新成效，迈向新水平。

二、课题现状与趋势分析

（一）国内同一领域研究现状

作为教育改革与发展过程中出现的一种新模式，名师工作室自从诞生之日起便受到学术界的密切关注。中国学术期刊全文数据库（CNKI）的数据显示，截至 2020 年 10 月 18 日，共收录以名师工作室为关键词的论文 3220 篇，涉及学术期刊 591 家，包含学位论文 50 篇，会议论文 32 篇。该网发表年度趋势图显示，对于名师工作室的研究从 2002 年左右开始，一直到 2019 年，

学术成果呈现逐年递增趋势，其中以 2019 年收录的最多（527 篇），"被引频次"最高的一篇论文为全力的《名师工作室环境中的教师专业成长——一种专业共同体的视角》（发表于 2009 年第 13 期的《当代教育科学》）。可见，名师工作室已成为学术界关注的焦点问题。

从已有的学术成果看，目前国内名师工作室研究呈现出以下几个特点：从研究着力点看，"地域化""技术化""操作化"倾向明显，关注顶层设计、聚焦系统、制度层面的研究偏少；从采用的研究方法看，大都采用个案研究、调查研究，采用文献分析研究、调查问卷研究较少，未见有实验研究；从研究领域看，关注基础教育和中职教育的研究多，关注高等教育领域的研究少；从研究内容看，关注实体名师工作室的多，关注网络名师工作室的少。

目前，我国名师工作室的研究呈现如下趋势：一是学术界集中研究名师工作室的热度只增不减；二是研究方法不断更新会促进名师工作室的有关研究提升水平；三是研究从关注名师工作室本身，拓宽到其生成的文化和社会场域；四是名师工作室强化教师教育信念的功能越来越被关注。

（二）国外同一领域研究现状

1.国外教师资源共享理论的研究。

美国对于教育资源共享的理论研究比较早，其代表人物是乔纳森·T.休斯和达克沃斯，他们结合实践对教育资源的理论作出了系统的阐释。美国的乔纳森·T.休斯通过长期的一线教育管理工作获得了宝贵的实践经验，并充分结合研究的理论经验，对美国的教育资源共享成果进行了全面的概括，最终整理出一套教育资源共享的系统理论。教师资源是教育资源的重要组成部分，休斯的教育资源共享理论包含教师资源共享。达克沃斯在此基础上，进一步对教师资源共享理论进行研究。达克沃斯通过美国哈佛大学实施的资深教师项目，对参与教师交流的资深教师进行研究，总结教师

交流共享的经验和问题，提出建议和对策，在《教师互动：交流与学习》中有系统的研究。

2.国外教师资源共享实践的研究。

在国外，优质教师资源网络共享经过长期的实践，在共享制度和具体实施方面比较完善。通过分析国外教师资源共享实践，可以为本研究提供借鉴。

在网络共享方面，美国和日本对网络共享的研究和实践都比较早。美国通过设立一系列的具体项目和计划，充分利用信息技术和网络平台，构建远程网络教育体系，实现教育资源的共享。如密苏里州实行的 ERZ 计划和阿拉斯加州实施的 PT3 项目，这些都是利用网络共享的方式。通过远程教育对弱势地区教师进行教师培训，实现不同地区教师共享优质资源，提高教师整体质量。日本早稻田大学从 1886 年开始利用网络远程教育的方式进行教师培训，至今已经一百三十多年。经过不断的探索和改进，日本的网络远程教育系统日益完善，逐步成为日本教师培训的重要方式。

三、课题研究创新

（一）研究领域的创新

一线城市和沿海城市依托基础教育资源公共服务平台，在发挥名师的引领与示范作用方面统筹规划，经过艰辛的实践探索取得了一定的成效。但经济相对落后的县级城市，在此方面的研究较少。本课题依据国家政策，结合我县实际，探究"互联网＋教育"背景下适合本地实际的名师工作室建设策略，发挥本县名师对区域内广大教师的引领和示范作用。

（二）教师教育的本土化创新

我国地域辽阔，各地区自然环境和文化传统不一样，因此教育基础和教育需求也存在很大的不同。为了更好地促进教学，教师就应该针对当地实际

情况进行有针对性的教学设计，这就要求教师具备相应的教学技能。名师工作室就是这样的学习型组织。在名师工作室中，成员可以针对具有共同特征的教学问题进行反思和研究，剖析面临的共性问题，提出解决策略，形成独特的教学实践，而这个过程，就是教师教育的创新。

四、课题研究价值

（一）提高教师个体专业能力

在名师工作室的项目建设中，我们以发挥名师引领作用、促进教师专业能力成长、培养更多的名师为关键目标。各个工作室有序开展的教学实践探究，结合教师成长规律，专注于教师的重要能力，以教师的专业发展为导向，不同程度地提高了工作室成员的专业能力。

（二）促进工作室成员共同成长

名师工作室在活动开展中，通过教师之间的对话与交流，实现知识共享，促进本土化的经验和理论的生成，实现知识的增值和创新，促进工作室成员共同成长。

（三）引领区域内教师队伍建设

各个名师工作室每学期开展的一系列积极而卓有成效的活动，取得的丰富的成果，通过整理之后，形成了一份可供学习和借鉴的素材，再上传工作室公共服务平台进行推广，能有效地引领区域内教师队伍建设，从而发挥更大的作用。

总之，与传统的教师教育方式相比，"互联网＋教育"背景下名师工作室建设，更能够满足教师专业成长的需求，发展和创新区域教育教学经验，更能提高县区教师教育的内生力。

五、课题研究设计报告

（一）课题界定与研究依据

1. 核心概念。

互联网＋教育： 利用网络技术、多媒体技术等现代信息技术手段开展的新型教育形态，是建立在现代电子信息通信技术基础上的教育，它以学习者为主体，学生和教师、学生和教育机构之间主要运用多种媒体和多种交互手段进行系统教育和通信联系。

名师工作室： 由地方教育行政部门组织和管理，集教学、科研和培训等职能于一体，由教师、班主任及校长等教育工作者志愿参加的合作共同体。利用名师工作室促进区县教师队伍建设的优势和策略资质，提升教师素质，努力造就一支师德高尚、业务精湛、结构合理、充满活力的高素质专业化教师队伍，主张"通过研修培训、学术交流等方式造就一批教学名师和学科领军人才"。为了促进教师专业能力的发展，特别是培养一批能够起到引领作用的高素质骨干教师队伍，激发教师专业能力发展的内生力。

2. 研究依据。

（1）人本主义理论。

人本主义心理学是20世纪五六十年代兴起的一种心理学流派，主要代表人物是马斯洛、罗杰斯等人。人本主义心理学强调学习过程中人的因素，关注教学中学生情感、兴趣、动机的发展规律，注重对内在心理世界的了解，以顺应人们的兴趣、需要、经验，以及个性差异，达到开发学生的潜能、激发起其认知与情感的相互作用，重视创造能力、认知、动机、情感等心理方面对行为的制约作用。

（2）最近发展区理论。

最近发展区理论是维果茨基社会文化理论的重要组成部分，特别关注决

定儿童未来潜能的发展水平。该理论强调了每个人的最近发展区都会因为不同个体的年龄、性别、需求、动机、所处的社会环境、文化背景、教育背景等不同而不同；同一个体在不同情境中也可能有不同的最近发展区。

（3）多元智能理论。

多元智能理论是由美国哈佛大学霍华德·加德纳在 1983 年提出，简称"MI"理论，它的主要内容是阐述了智力"在某一特定的文化情境或社群中，所展现出的解决问题或制作生产的能力"。其中所提及的多元智能主要是以下八种能力：语言智能、数学逻辑智能、空间感知智能、音乐智能、肢体运动智能、人际交往智能、内省智能和自然观察智能。

（4）建构主义学习原理。

这一理论是由哲学理论而来，主要研究的是认知主义的发展。建构主义认为，世界是客观存在的，是以自己的经验为基础来构建现实，或者说是解释现象。我们所建构的知识体系是在接受外界信息之后，不断更新或者完善自己原有的知识体系的过程。学习的过程就是学习者主动学习的过程，故而每位学者的知识体系是不同的。

（二）理论假设与研究目标

在阳信县教育和体育局的支持下，我县名师工作室于 2017 年 10 月成立，共 23 个，覆盖中、小学全学段全学科。三年来，各工作室扎实开展学科专业建设和教育教学研究，促进教师专业发展和课程改革，以名师为核心的高素质骨干教师团队正在形成，推动阳信教育质量稳步提升。

1. 课题研究总目标。

"示范引领专业发展，辐射带动学科成长"，名师为引领，学科为纽带，组建教师专业发展共同体，搭建教师发展平台。方向是打造一支师德高尚、业务精湛、以身为范、充满活力且具有家国情怀的高素质专业化教师队伍。

2. 具体研究目标。

（1）通过名师工作室的组建，形成一支高素质的教师团队。

（2）通过优化名师工作室工作体制机制，使名师工作室真正成为集学术研讨、课题研究、教师培训于一体的学习共同体。

（3）通过互联网思维进行学科专业建设和教育教学研究，促进教师专业发展和课程改革。

（4）通过名师工作室活动与引领，实现"示范引领专业发展，辐射带动学科成长"，推动阳信教育质量稳步提升。

3.研究内容。

研究内容：

（1）研究名师工作室建设的所有资源力量的有效整合。

（2）研究名师工作室的工作体制机制，以省市文件和先进经验为基础。

（3）研究各学科优质资源的甄选与共享策略，包括优质资源的形式和共享平台的建设。

（4）研究名师工作室示范引领、辐射带动的作用的有效策略，真正实现县域教育均衡发展。

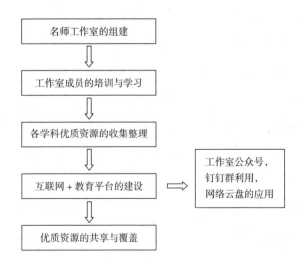

子课题：

（1）教师队伍整体素质提升路径的研究与实践。

（2）优秀教师"抱团"开展教育教学的研究与实践。

（3）各学科名师工作室优质资源共享机制的探索与实践。

（4）名师工作室理念构建与实践策略。

（三）研究过程设计

课题实施工作分为三个阶段：准备阶段、研究阶段、总结阶段。

1. 准备阶段。（2020.10—2020.12）

负责人：张军霞 马晓黎

（1）成立课题研究组，明确思路，确定课题研究的指导思想。

（2）学习"互联网＋教育"背景下名师工作室的引领作用及建设策略相关资料，结合学科实际，对课题的可行性进行分析。

（3）课题负责人指定课题实施计划，拟定课题实施方案，课题组成员了解课题的指导思想、研究内容、重要意义和实验步骤。

（4）名师工作室建设的所有社会场域资源力量的有效整合。

2. 研究阶段。（2021.1—2022.6）

负责人：张军霞 马晓黎 张延娥 樊雷 董雯雯

（1）课题组全体成员全面收集研究资料、整理调查数据，并搜集有关"互联网＋教育"背景下名师工作室的引领作用及建设策略的资料。

（2）课题组成员对搜集的资料进行对比、分析，完成原始材料积累。在课题研究过程中，积累资料，形成中期报告；根据课题的开展情况，及时发现问题并调整充实。

（3）各学科优质资源的甄选与共享，优质资源收集和共享平台的建设。

（4）逐步完成相关论文撰写。

（5）完成中期报告。

3.总结阶段。（2022.7—2023.2）

负责人：张军霞　马晓黎　张延娥　魏艳玲　劳爱君　孙婷婷　曹新跃

（1）整理材料，形成课题研究终期报告。

（2）提交成果鉴定。

（四）研究方法设计

1.课题研究准备阶段。主要采用文献法、调查法、网上查资料法，做好课题论证。采用问卷调查法，借助文献资料，做好课题背景调研，为课题制定提供事实依据。

2.课题实施阶段。主要采用行动研究、比较研究、个案研究和文献资料研究等方法相结合的方式，创设真实情景，开展精品课研究等多种拓展活动，为课题研究做好过程积累，形成研究成果。

3.课题总结阶段。主要采用文献法和网上查资料法，总结提炼课题成果，形成课题结题报告。

第二节　"互联网＋教育"背景下名师工作室的引领作用及建设策略研究总报告

课题名称："互联网＋教育"背景下名师工作室的引领作用及建设策略研究

课题类别：滨州市教育科学规划课题

课题编号：BJK13520-030

负责人：张军霞

专业技术职务：中小学高级教师

课题组成员：马晓黎　张延娥　董雯雯　樊雷　魏艳玲　劳爱君　孙婷婷　曹新跃

本课题于 2020 年 12 月由滨州市教育科学研究院批准立项,在本课题研究中,课题组教师在阳信县教育科学研究中心及 27 个县级名师工作室的大力支持下,按照课题研究的步骤和要求开展了研究,并在实践中不断修正、完善。在课题负责人及课题组全体成员的共同努力下,经过两年的研究与实践,已顺利完成各项研究任务,并取得了良好的研究效果。现将课题组自课题批准立项以来对该课题的研究作结题报告。

一、简介部分

1. 标题。

"互联网 + 教育"背景下名师工作室的引领作用及建设策略研究

2. 序言。

为了回应时代课题,课题组开启了"互联网 + 教育"背景下名师工作室的引领作用及建设策略研究。通过调查研究、学术研讨、课题带动、教师培训等方式,课题组在整合名师工作室建设的资源力量、加强名师工作室建设、优化名师工作室工作体制机制方面取得了突破性的进展。

3. 摘要。

课题《"互联网 + 教育"背景下名师工作室的引领作用及建设策略研究》,经滨州市教育科学规划领导小组审批,于 2020 年 12 月被列为滨州市"十三五"规划办研究课题。本课题以名师工作室建设的资源整合、工作室工作体制机制建设、优质资源共享平台的建设、名师工作室示范引领作用、县域教育均衡发展等方面为研究对象,通过组建名师工作室教师团队、优化名师工作室工作体制机制、探索教师专业发展和课程改革路径、名师工作室活动与引领,实现了"示范引领专业发展,辐射带动学科成长",推动阳信教育质量的稳步提升。

4. 内容结构图。

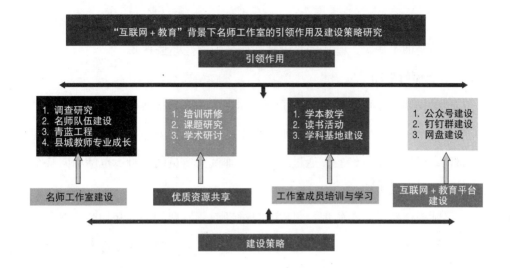

二、主体部分

（一）研究问题

"示范引领专业发展，辐射带动学科成长"，以名师为引领，学科为纽带，组建教师专业发展共同体，搭建教师发展平台。方向是打造一支师德高尚、业务精湛、以身为范、充满活力、具有家国情怀的高素质专业化教师队伍。各工作室扎实开展学科专业建设和教育教学研究，促进教师专业发展和课程改革，以名师为核心的高素质骨干教师团队正在形成，推动阳信教育质量的稳步提升。

1.1 研究目的

1.1.1 教师培优

培养学科骨干教师、名师是工作室的基本使命。探索名师的成长过程是名师获得不断提升的过程，是工作室成员成长为骨干教师及名师的学习实践过程，也是名师工作室获得可持续发展的强大动力。

制定骨干教师及名师培养计划和发展目标，实施专业帮扶，关注教师的成长过程和成功经验，提炼优秀教师教育理念、教学经验和方法，逐步形成

系统化、个案化、特色化的教师培训课程，定期承担各级骨干教师及名师培养对象的培训工作等，是培养骨干教师和名师的好办法。

1.1.2 辐射带动

辐射作用是名师工作室存在价值的体现。辐射是指将已获得的某种成果推广至某个领域的特定对象。名师工作室的辐射作用就是要将先进的教育理念和教育科研成果、经验，通过工作室名师及其成员的自身示范活动向某个领域的特定对象推广。

名师工作室的示范辐射，可以有效推动教育发展的公平和均衡。在影响教育公平的诸多因素中，教师是最为核心的，区域、学校间教育发展的最大差距并不是学校的办学设施而是师资水平。缩小师资水平差距是教育公平和教育均衡发展的最大挑战。要通过名师带领薄弱学校的教师提高教育教学业务能力水平，从而有效推进教育均衡发展。

1.1.3 示范引领

示范引领是先进理念传播、理论指导和具有丰富实践经验的名师的职业技能示范、帮扶。名师工作室可以邀请相关学科的领军人物通过讲座、座谈交流、学习指导、直接对话与互动等形式向工作室成员及相关学科教师传播先进的学科教育理念和学科前沿知识；以名师的丰富经验和先进技能通过示范和帮扶，引领教师职业技能的提高和可持续发展。

名师工作室示范引领，是引领教师关注教育发展现状和未来；是通过示范课、听课评课、微格教研等同伴互助式的活动，引领教师职业技能的专业发展。

1.1.4 课题研究

课题研究的成果推广，是名师工作室教育研究的最终目的。工作室的示范辐射可以有力地保证研究成果的推广和应用，而课题研究者在各自学校教学中的示范则是研究成果推广和应用的首要途径。只有将研究成果付诸教学实践的检验，才能证明教育研究的价值，也必将使研究成果直接转化为教育

发展的推动力。

1.1.5 教育论坛

工作室要利用自身的资源优势，积极为学校和地区的教育教学改革建言献策，组织专题探讨，使之成为激发创新思维、评点教育现实的论坛。

1.2 研究意义

1.2.1 理论意义

通过本课题的研究进一步丰富名师工作室建设方面的研究成果，研究名师工作室各学科优质资源的甄选与共享策略，以及优质资源的共建、共享平台的建设及应用等；探索"互联网＋教育"背景下名师工作室运行的基本范式，积极发挥名师工作室示范、引领、辐射和带动作用的策略研究，以实现县域教育均衡发展、优质发展。为全国的名师引领工作提供借鉴和参考，在教师专业发展领域形成了值得推广的学术成果。

1.2.2 现实意义

名师工作室是由地方教育行政部门组织和管理，集教学、科研和培训等职能于一体，由教师、班主任及校长等教育工作者志愿参加的合作共同体。利用名师工作室促进区县教师队伍建设的优势和策略资质，提升教师素质，努力造就一支师德高尚、业务精湛、结构合理、充满活力的高素质专业化教师队伍，主张"通过研修培训、学术交流等方式造就一批教学名师和学科领军人才"。为了促进教师专业能力的发展，特别是培养一批能够起到引领作用的高素质骨干教师队伍，激发教师专业能力发展的内生力。

通过本课题的研究，与教师教育振兴行动计划接轨，应用"互联网＋教育"促进工作室的高效建设与运行，满足教师专业成长的需求，发展和创新区域教育教学经验，提高县区教师教育的内生力。能有效地引领区域内教师队伍建设，从而发挥更大的作用。在促进阳信县义务教育阶段教师的专业发展，提高全县基础教育教学质量方面具有现实意义。

初心与梦想

（一）研究发现或结论

2.1 调查阶段

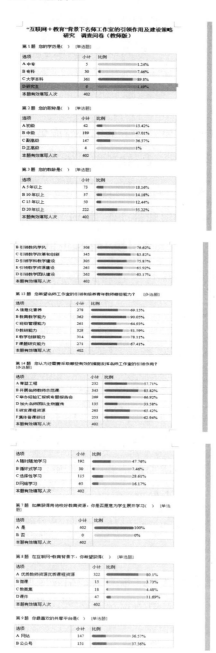

"互联网＋教育"背景下名师工作室的引领作用及建设策略研究 调查问卷（教师版）

借助阳信县各学科名师工作室平台，对名师工作室成员所在学校的部分教师（402人）通过调查问卷，针对该课题的课题研究实际情况进行深入调查了解，共涉及16个问题，发现老师们有以下共同期待：

在"互联网＋教育"中，大约有一半的教师期待可以通过网上的材料随时随地地学习，百分之百的教师认为，如果可以获得他校较好的教育资源，都愿意为学生展开学习；同时，老师们更期待可以从网站、公众号获取优质教师资源课程；最后，老师们一直期待我们的名师工作室团队可以拥有多项能力，同时期待他们能在县域内发挥更大的引领作用。

鉴于此，我们召开名师工作室主持人会议，发现了以下几个问题：

2.1.1 教育科研能力不均衡

在名师工作室中，既有来自城区的教师，也有来自边远农村的教师，首先是认识不均衡，城区教师特别是一些示范学校，科研起步早，整体素质相对较高、认识到位，科研氛围浓厚；但在农村教育科研成为"盲点"，教师们科研意识薄弱，对科研认识不明确，认识程度不高，在思想上不够重视。其次是科研实践不均衡，有的教师已经有很丰富的科研经验，科研成果丰硕；而有的教师从来没有做过科研，不知道如何做科研，没有科研课题。

2.1.2 缺少教育科研的知识储备

教师缺少有关教育科研的知识、程序、方法等基础知识的储备，缺少教育科研的训练，不会选题，不会开展研究，不会总结科研成果。教育科研整体上停留在表面描述上，科研行为不规范，研究成果科学性差。

2.1.3 成员间课题联系不紧密

在对工作室成员科研课题的分析中，发现成员间的课题联系不紧密，存在各自为政的情况，缺乏共同交流学习的基础，不利于互相的交流与促进。基于此认识，制定下一阶段的研究任务。

2.2 实践阶段

我们一共按照课题研究计划，开展了系列活动：

2.2.1 构建了工作室的文化，以先进文化凝聚共识，激活工作室力量。阳信县名师工作室确立的团队愿景是：学本教学推进的先锋队，教育质量提升的生力军。工作室目标是：引领专业发展，搭建成长平台；立足教学一线，推进学本教学；提升教学素养，打造高效课堂；创新教育方式，研发课程资源；提高教育质量，打造教育高地。在工作室精神文化的基础上，各名师工作室也根据学科特色，确立了属于自己工作室的文化，彰显学科特色，体现团队个性，目前，各工作室在各自文化的引领下，进一步凝聚了共识，成员发展愿望强烈，成长目标明确，工作室呈现出朝气蓬勃的发展势头。

2.2.2 开展了读书工程，以阅读的方式厚植工作室理论。阳信县名师工作室在暑期开展了集中读书活动，工作室领导小组为各工作室购买了价值10万余元的书籍，供工作室成员阅读，各工作室利用暑假时间采取集中阅读与分散阅读的方式，开展了内容丰富的读书分享活动，期期有主题，次次有领读人与分享人，每一次阅读都有总结，并通过美篇、公众号进行宣传，在全县营造了浓厚的阅读氛围，在阅读中开阔了视野，净化了心灵，提升了境界。

2.2.3 开展了学本备课教研活动，为全县教师高效课堂建设提供支持。县名师工作室充分发挥各工作室的资源优势，基于全县开展的学本教学改革，开展了扎实有效的学本备课教研活动。各工作室利用寒暑假、周末时间开展了集中与分散相结合的学本备课教研活动，老师们认真对待每一节备课，精雕细琢，精益求精，从主问题设计、教学流程设计、文本细读等方面仔细研究，举一反三，如期完成了学本备课任务，确保了学期初为全县各学科老师们提供一份高质量的学本备课，为全县学本教学改革奠定了扎实基础。

2.2.4 开展了高质量的教学教研活动，为高效课堂建设赋能助力。在县工

作室领导小组确立的实施方案指引下，各工作室每周都定期开展教研活动，内容包括学本备课、课堂打磨、课题研究、读书交流等，每次教研活动都有明确的主题，有研讨，有思考，有总结，有宣传。通过扎实的教研活动，各工作室教研氛围浓厚，研究风气盛行，老师们的教研水平得到普遍提升。截至目前，各工作室组织的教研活动约 500 余次。

2.2.5 辐射引领，提升了阳信县名师工作室的美誉度和影响力。名师工作室最大的效益就是充分发挥自身的辐射引领作用，感召更多的老师们积极成长。各工作室按照既定的计划与任务，通过送课送研、课例研讨等方式，深入各学校，进行同课异构、课例分析等活动，辐射引领作用明显，真正实现了发展一个团队、带动一个学校、壮大一个学科的目标。

2.2.6 开展了课题研究，提升工作室整体教研水平。阳信县名师工作室在各工作室开展了课题申报工作，课题申报分为重点课题和一般课题，各课题以工作室发展为背景，针对学科特点及研究内容，确立各自的研究方向。各工作室都有了自己的研究课题，激励了广大教师在课题引领下，在教学教研中进行扎实研究，积累研究成果，提升工作室整体水平。

在课题研究的带动下，教师们都变成了研究者，以研究者的眼光来审视已有的教学理论与现实问题，使自己的日常工作变成了研究过程，而参与活动的过程中也获得了理论知识和实践性的知识，对教学研究有了新的认识，研究意识有所增强，研究方法与技巧逐步深化，总体研究能力明显得到提升，研究者所在的班级或学校教学质量、教学效益也得到实质性的提高。

2.3 研究发现或结论

2.3.1 丰富了研究者的理论知识与实践性知识

一方面，教师确立研究目标后，便需要去查阅大量的相关文献资料。在此过程中，教师不仅在一层层地明确和解决自己提出的问题，同时也在一步步地丰富和完善自己的理论性知识，为日后的教育教学和科研活动夯实理

论基础，增加知识储备量；另一方面，整个研究过程让研究者，尤其是那些从未接触过课题研究的教师们逐渐明确了确定选题、准备开题、参与研究过程，以及撰写结题报告等一系列活动的操作流程与操作方法，培养了他们日后承担课题研究的独立性和有效性，这对于教师的专业成长是极其快速和有效的。

2.3.2 增强了参与者的研究能力

刚开始的时候，面对课题，很多老师束手无策，不知道查阅相关文献资料的渠道与方法，不知道如何编制调查问卷，面对庞杂的问卷数据资料不知如何处理。这就需要专家团队对研究者进行提升研究能力的相关培训。项目组充分利用区位优势，积极争取了相关领域的专家及教师们参与培训及研究指导工作。至今，工作室成员已经完全具备查阅各种资料的能力，利用多种办公软件独立处理数据的能力，以及撰写研究报告、研究论文的能力。

2.3.3 促进了教师之间的交流

思想之间不断地碰撞才会产生创意的火花。在以前，教师之间的合作意识不强，水平高的教师不愿意与别的教师进行交流，怕别人学习或效仿他的智慧，水平低的教师又羞于和其他教师进行交流，惧怕其他教师发现自己的不足，于是教师间很难形成一种真正的合作氛围。课题开展过程中，我们建立学习共同体，教师在课题研究的过程中有什么疑问，可以向其他的教师请教，通过共同探讨，研究和参与合作性的实践来生成自己的教学知识和实践智慧，从而实现自身，以及整个团队的专业发展。

2.3.4 减轻了教师的教学负担

前面提到，影响教育水平和教学质量的因素中有一条是课时量大，教师没有时间和精力备课。而在这次的课题研究中，我们开发了教师备课系统，给教师提供了一个巨大的资源库，教师们将自己的教学资源上传到资源库，其他教师便能很快地找到自己需要的资料。资源共享为教师备课节省了大量

的时间，也就让教师们有更多的时间进行教育教学的研究。此外，我们创立了教师学习共同体网站，为教师提供一个跨时空的相互学习和交流，以及共同发展的平台，让教师在遇到困难时，可以及时地与其他教师交流，探讨。

2.3.5 提升了一定范围内学校的教学质量

教师必须深入其中，亲自去经历教育教学过程中遇到困难和问题的解决过程，才会把问题当作自己的困难来解决，也就是将他人的任务变为自己的任务，从而提高研究者参与教学实践研究的积极性和主动性。只有教师主动自觉地参与这个过程，才能够为其研究提供强大的动力源，才能够快速、准确地获取直接经验，并得出切实有效的解决办法，从而作用于教学实践，进而有效提升研究者所在班级或学校的教学质量。将研究成果在实际情况相近的学校加以推广后，教学效益也明显得到提高。

（三）分析和讨论

通过本课题的深入研究，我们针对名师工作室的团队建设引领作用及其建设策略，有了如下的发现：

3.1 分析出了当前制约工作室高质量发展的诸多因素

3.1.1 工作任务繁重

大多数工作室成员工作任务相对繁重。主要表现在：兼职太多，既要担负着教学任务，还担任着学校的管理工作或教研工作，甚至身兼数职，导致无暇顾及工作室分配的任务，分身乏术，心有余而力不足。

3.1.2 学习资源较为缺乏、高端学习机会少

学校缺少供教师学习的优质图书、报刊等资源；缺少优秀教师的同伴引领，也很少能得到教学专家的关注和有效指导。受资金支持和疫情环境的影响，工作室成员参加高端学习的机会较少。工作室成员一岗多责，身兼数职，外出培训会扰乱学校正常的教学活动，即使有培训机会，校长也常常是

采取迂回的方式阻止教师外出，本就有限的发展机会也被剥夺。

3.1.3 培训内容缺乏针对性

针对工作室建设及发展的培训方案较少，不仅培训机会少之又少，即使有机会参加培训，收获也微乎其微，培训内容都是针对学科教学的，没有专门的针对工作室的培训，所学方法难以在实践中运用。

3.1.4 激励机制的失衡、评价机制的偏差

"互联网＋教育"的建设策略机制仍需继续完善。激励机制是指通过特定的方法与管理体系，将员工对组织及工作的承诺最大化的过程，包括物质激励和精神激励。工作室平时开展的带有竞赛、评选性质的活动较少，缺乏激励手段，导致工作室成员的活力与积极性得不到激发。评价工作室及成员的方案及机制较为单一，内容也较为单薄，存在"一刀切"的现象，不能根据工作室的个性特质进行多元的评价。

3.2 探究出了促进工作室示范引领、辐射带动的实施策略

针对以上制约因素，通过课题的研究与实施，我们总结出如下的促进工作室健康发展的策略：

3.2.1 组建导师团队，进行同伴引领

我们根据工作室的需求，组建导师团，由导师带领工作室内成员一起备课、研课，共同读书、交流分享等，通过学区导师团的带动，引领各工作室抱团成长，解决"孤军作战"的难题，在团队成员的互相激励下，激发各成员专业发展的积极性。

3.2.2 吸引名师嵌入，组织高端培训

积极为各工作室实现与专家结对，实行嵌入式培训，教学专家进入工作室参与研究，与学校教师、校长进行深入交流、座谈，掌握教师的愿望和实际需求，根据学校实际和教师需求设计出符合工作室特点的培训方案，采用体验式、参与式培训方式，培训者进行现场教学示范和指导，整个培训不是

断裂的点点培训，是固定的名师系统跟进连续地跟踪培训指导，固定的高水平培训教师，跟踪研究，结合特点和需求，精准指导，系列化培训，同时解决学校教师无时间外出参加培训的问题。

3.2.3 跨区域联盟，谋工作室发展

努力实现跨省市区域工作室结为同盟，借助互联网技术，通过网络教研、网络备课、网络课堂、网络读书沙龙等活动共研问题、共享资源，解决工作室教研内容匮乏、教研资源有限的问题，实现工作室联盟的智慧共享。

3.2.4 "互联网 + 教育"，建构更有效的网络教研

在工作室领导小组的统一部署下，构建跨校教研共同体，借助网络技术，利用 ZOOM、腾讯会议、钉钉、京东云、QQ、微信等软件开展同盟校同学科或同年级教师在线教研，在线教研可以跨时空地进行虚拟化的"面对面"交流互动，通过教研、交流、讨论等活动，共享教学经验，相互学习、相互激励，形成浓厚的学习氛围。

3.2.5 借助"线上教学"，同步"网络课堂"

疫情防控期间，全国各地大中小学为居家学习的学生开通了"线上教学"，实现了全市或全省学生的同步教学、同步课堂、同步资源。今后，工作室将借助"网络课堂"，与全国教育资源库等平台建立联系，或发起工作室创新教学行动，专门为工作室设立网络培训平台，为工作室开设线上优质培训课程，让各工作室成员不出家门就能接受全国最高端的培训。

3.2.6 "多元评价"，促进名师工作室持续发展

针对工作室及成员的评价，力求多元，在教育质量评价、课堂模式评价、教师的评优树先、职称评聘等方面都单列标准、单成系列，肯定他们的努力，让他们有获得感，找到作为工作室成员的存在感和职业幸福感，激发他们专业学习的意识和工作积极性。

（四）建议

课题经过两年的研究，取得了一定的成绩，达到预期目标。随着研究的深入，也发现有些可进一步优化或者改进的地方，主要体现在以下两个方面：

（1）本课题研究过程中发现工作室活动经费不足。由于学科名师工作室数量较多，活动经费相对较少，这样导致很多有价值的活动难以有效开展，制约了工作室的引领作用，建议教育行政部门申请专项资金助力工作室的建设。

（2）"互联网＋教育"背景下各学科名师工作室开展了系列活动引领县域内学科发展，但各学科整体发展不平衡，存在着认识不统一、水平不够高、效果不理想等问题，建议借助网络平台持续开展名师工作室通史和专项知识培训，以期待大幅度、快速提高教师整体化水平。

参考文献

[1] 王安琪. 科技创新助推文化产业转型升级的动力机制与战略路径 [J]. 青海社会科学.2019（3）

[2] 傅琳雅. "互联网＋文化产业"的新业态及发展趋势 [J]. 沈阳工业大学学报（社会科学版）.2016.9（4）

[3] 聂凯. 移动网络课堂与信息化教学资源的传播分析 [M]. 四川大学出版社，2018.121-193.

[4] 李建红. 聚名师资源扬团队智慧——谈职教名师工作室的建设 [J]. 江苏教育研究，2014.（09）

[5] 陈建源. 构建"教研训一体化"的名师工作室研修机制 [J]. 福建教育学院学报.2017.（11）

研究成果

发表类

2022年8月张军霞论文《关于"互联网＋教育"背景下名师工作室建设的探索》在《炫动漫 教学与创作》发表；

2021年7月张军霞论文《新时代背景下中小学美术名师工作室建设及教师培养策略》发表于《新教育时代》；

2021年11月马晓黎论文《巧用动画助力学生核心素养》在《山东教育》发表；

2020年1月樊雷论文《发表"六个一"活动放飞创新梦》在《发明与创新》发表；

2021年4月樊雷论文《"光是绿色植物进行光合作用不可缺少的条件"一节的实验教学设计》在《生物学教学》发表；

2021年11月樊雷论文《一次关于金蝉的探究之旅》在《发明与创新》发表；

2021年11月樊雷主编《从教室走向生活深处》由黑龙江教育出版社出版。

课题类

2022年3月张军霞主持县课题《疫情背景下中小学美术教学创新的研究》已结题；

2022年11月张军霞主持市课题《"教育振兴行动"背景下名师工作室建设的研究》已结题；

2021年4月马晓黎主持县课题《学本理念下小学课堂学习共同体构建策略研究》立项；

2021年8月樊雷主持市课题《基于核心素养的初中1416高效课堂模式

的探索和实施》结题；

2021年9月樊雷主持市课题《基于身边生物现象的初中生科学探究能力培养的研究》立项；

2022年3月董雯雯主持县课题《预习导学单在小学英语课堂教学中的策略研究》已结题；

2022年5月董雯雯参与省课题《小学生学习策略形成的家庭因素研究》已结题；

2022年12月董雯雯主持的《课堂教学改革：学本理念下的自学互学展评学》获滨州市教育教学成果三等奖；

2020年10月劳爱君参与的市课题《小学道德与法治教材中优秀传统文化的应用研究》已结题；

2021年7月劳爱君参与的市课题《"支架式"小学作文高效课堂教学模式研究》已结题；

2021年10月劳爱君主持的市课题《小学道德与法治课程资源的开发与利用的研究》已结题。

教学类

2021年7月张军霞执教的《中国古代陶瓷艺术》获滨州市优质课一等奖；

2021年11月张军霞申报的《学画山水画》获滨州市"一师一优课一课一名师"优课；

2022年8月马晓黎申报的道德与法治教学案例获全省首届思政教学设计大赛评选一等奖；

2021年11月樊雷申报的《绿色植物的光合作用》获滨州市"一师一优课一课一名师"优课。

成果类

2021年2月樊雷申报的创新教育案例获全市中小学优秀德育工作典型

案例评选一等奖；

2021年3月樊雷申报的创新教育案例获滨州市优秀自然科学成果三等奖；

2022年12月樊雷申报的《基于项目化学习的基础教育创新人才培养模式的探索》获滨州市教学成果奖二等奖；

2021年8月魏艳玲、樊雷申报的《体验种植快乐探究太空奥秘》获山东省中小学劳动教育典型案例优秀奖；

2022年7月 魏艳玲、樊雷申报的《三步走基础教育创新人才培养模式的探索和实施》获山东省省级教学成果奖二等奖。

第四章　阳信县各学段部分学科名师工作室述职总结

第一节　让思考为行动导航，用行动传播美好

小学语文名师工作室述职报告

一群真诚智慧的语文人在县教科研中心名师工作室的统一部署和田春燕主任的引领下走到了一起，本着对语文教学的初心，追寻着简约朴实而又内蕴丰盈的学本诗意语文课堂。我们聚焦学本、读书反思、研讨交流、示范引领、同伴互助，充分体现了名师工作室的能力和在教学中的担当。回顾第二届工作室 5 月份自成立以来开展的各项工作，大家用思考和行动在教育的方田里传播美好！

一、做好顶层设计，打造优秀团队

1. 建章立制，增强工作室的凝聚力。

为确保工作室良性运转，根据教研中心《名师工作室管理办法》的精神要求，工作室就计划、宗旨和发展目标、考核办法、工作室选址等进行了

认真地论证和分析，最终确定：

·宗旨：研究的平台、成长的阶梯、辐射的中心、师生的益友。

·目标：提升小学语文教师素质，提高小学语文教学质量，推进小学语文教学改革。

·策略：以"理论学习、决战课堂、课题研究、活动开展"等形式，打造骨干教师的团队力量；以"公开教学，现场指导、专题研究、公开课讲评、观摩考察"等形式，发挥示范、指导和辐射作用，帮助全县小学语文教师更新教育教学理念，改进课堂教学方法和策略，提高教师教学能力和教学研究的素质。

2.设置专属徽标、开辟公众号，根植文化。

文化是一个团队的灵魂。2021年5月，自工作室成立后，我们迅速召开会议，研究、设置工作室的徽标。工作室徽标的主体颜色以蓝色为主，蓝色代表智慧和梦想，给人以宁静的感觉。有橙色小圆点点缀，蓝橙互补，和谐共生。小学语文名师工作室关注儿童成长，关注学科特点，培养学生语文核心素养，积极发挥名师效应。因此，主体视觉图案是阳信的"阳"和语文的"语"的拼音首字母Y的变形，形似一本打开的书，开卷有益，得阅读者得语文，预示阅读在语文教学中的重要性。又形似双手，上方橙色圆似太阳，代表儿童，教书育人，双手托举起明天的太阳。整体造型又似蓬勃生长的儿童，表明小学语文的教育对象是儿童，落实儿童的主体性地位。主体视觉图案中有阴文小篆体"文"字，标明语文学科特色，显示中国文字的历史悠久，中华文化的源远流长。

二、以学本教学为契机，追求诗意的课堂

课堂是教师的主阵地，我们以县"学本教学"改革为契机，努力探索"学本教学"下的小学语文诗意课堂。

1. 以严谨、高效的态度集体备课。

在县教科研中心田春燕主任的带领下，我们探索"学本教学"备课的有效性，根据活动计划安排，定期和不定期开展"学本教学"设计研讨活动，从学习目标的制定到主任务的设计。大家认真研读每一个细节，不断完善、修改教学设计，对一线教师负责，对学生负责，对自己负责。

2. 共生共长，发挥辐射引领作用。

以工作室成员为基础，发挥辐射引领作用，实施"领航工程"，以各工作室成员所在的学区为单位，强化年轻骨干力量，让他们不定期参加工作室的活动，为他们的成长搭建平台。

三、最是书香能致远，让阅读成为自觉

最是书香能致远，悦读·悦美·悦生活。根据县教研中心的指导意见，我们对读书的格式、要求进行了统一和部署，明确分工，确定每次的领读者，并结集印刷成册。为此，我们先后组织了：

·从 1921 年到 2021 年，百年风雨兼程，辉煌伟业。为庆祝中国共产党成立 100 周年，传承红色基因，弘扬革命精神，阳信县小学语文名师工作室开展了"不忘初心跟党走·同心共筑中国梦"2021 年庆祝建党 100 周年红色经典诗文线上诵读活动。6 月 16 日召开了启动会，6 月 26 日将朗读的音频上传到公众号，为建党百年献礼。

·品读经典、品味人生。为积淀丰厚的学养，我们工作室从 12 月 14 日开始开展走进经典系列活动之品读《学记》线上诵读活动。品读经典、品味教育智慧。

·王志刚老师作为省、市全民阅读会的会员，也积极参与各种朗诵活动，传播经典，弘扬主旋律。我和部分工作室成员参演了 2021 年教师节晚会县工作室原创节目《学本春意》，工作着、快乐着、幸福着。

·研究制定学生读书计划，让阅读浸入心灵。在田老师的引领下，通过制定学生读书计划，认真甄别、筛选适合学生阅读的经典书籍，为全县小学生提供了一份份高质量、有营养的阅读书目。

四、且行且思，回望 2022

一路走来，一路收获。在岁末年初，根据考核计划，各成员提交学期总结，盘点教科研成果，工作室各成员在专业成长、课堂教学、辐射引领等方面取得了一定的成绩。我们对各项成绩进行归类汇总，其中，综合表彰类 19 项，课题研究及成果 11 项，专题发言、设计比赛等 20 项，省、市、县优秀课例 3 项，辅导类 4 项。过去的 2022 年，我们曾努力做了以下工作：

1.抓好团队，抱团成长。

有效推动工作室成员的专业成长，力求使工作室成员和其帮扶教师在课堂教学上出精品，课题研究做出成果，实现工作室成员的专业发展，达成自身认同与完成，推动学科教学发展。

2.聚焦学本，立足"双减"。

立足"双减"，瞄准新课程实施和学本教学课堂改革前沿，以课堂为阵地，以课题研究为抓手，带领本工作室成员开展有效的教科研活动。针对当下的防疫形式，根据教科研中心的部署、安排，为全力做好线上教学做好准备，确保"停课不停教、停课不停学"。

3.示范引领，资源共享。

以研讨会、报告会、名师论坛、公开课、现场指导等形式，有目的、有计划、有步骤地传播先进的教育理念和教学方法，充分发挥名师工作室的示范作用，从而形成"名优群体"效应，实现优质教育资源共享。

4.拿出成果，提炼智慧。

工作室教育教学、教科研、管理等成果转化为精品课堂教学实录、个案

集（含教学设计、课件、教学评析）、论文、讲座、课题报告等形式，工作室成员定期进行成果交流，提炼出值得借鉴和推广的经验。

心有繁花，一路芳华。日后的工作中，我们全体成员将继续坚守"为党育人、为国育才"的初心使命，培根铸魂、启智润心，在县教科研中心名师工作室的指导下，谱写新的篇章！

第二节 行远自迩，踔厉奋发

小学数学名师工作室述职报告

自工作室成立以来，在县局领导的大力支持和统一布局下，在工作室顾问的精心指导和引领下，在工作室全体成员勠力同心、团结协作下，圆满完成了2021年度的既定目标和工作。

小学数学名师工作室现有助理2人、核心成员9人。工作室现有市级教学能手4人，市级教坛新星4人，县级教学能手7人，县级教坛新星6人，市级优质课获得者5人，县级优质课获得者11人。

回首这一年，我们倍感骄傲自豪。工作室以数学核心素养为导向、以学本教学改革为载体，以教学研究、线上线下交流为平台，初步建设了一支高起点、高品质、高发展的数学教师团队。这里有敬业乐群的名师成员，有卓有成效的团队活动，有如日方升的梨乡教育事业缩影。现将工作室一个阶段的工作梳理、总结如下：

一、强化常规建设，推进工作室机制完善。

为了发挥工作室成员的特长，使活动能扎实有效地开展。在工作室成立之初，我们制定、通报了工作室三年发展规划、年度工作计划、管理制度，

工作室于阳信一实（阳信县第一实验学校）按照配备标准建立了工作室活动场所。我们建立了成员成长档案，确定了工作思路、总体目标，明确了成员职责。在每一次团队活动中，我们做好考勤记录，工作室公众号记录了我们工作室的活动印记、传达了一些教育前沿动向和先进教育理念，工作室朝着我们美好的愿景发展。

二、搭建成长平台，引领专业发展。

1. 读书引领成长。

没有专业阅读，无法造就真正的教师。一位教师的阅读史，不仅是他的精神底色，也是他的教育蓝图。自工作室成立以来，我们工作室坚持专业阅读与拓展阅读相结合，个人阅读与团队共读相结合，理论阅读与案例剖析相结合。我们工作室利用暑期先后共读了《龚雄飞和学本教学》《做中国立德树人好教师》两本书籍，后期分散阅读了《增广贤文》《小学数学核心素养》《小学数学教材中的大道理》《第 56 号教室的奇迹》《教室里的正面管教》《给教师的建议》等书籍；工作室成员通过个人阅读、共读活动，拓宽了教育视野，提升了专业素养。在这样的氛围下，成员们渐渐养成了自主、自发、自觉阅读的习惯。此外，我们还定期召开读书交流会、交流读书感悟、分享教育智慧，伙伴们且读且思，且思且行。

2. 学习引领成长。

为了拓宽大家的视野，我们组织了多次学习培训活动。

5 月 13 日，工作室全体成员参加了滨州市小学数学"名师送教送研暨高效课堂新成果进乡村"现场活动；

7 月 22 日，组织参加了滨州市教研工作专题培训线上活动；

10 月 25 日，组织参加了全市小学生数学核心素养培养与发展研究基地学校专题教研现场活动；

11 月 21 日，滨州市数学文化引领下的小学数学高效课堂建设——数的运算大单元教学观摩研讨会在博兴县博奥学校举行。本次研讨会以数学文化为引领，以小学生数学核心素养培养和发展为目的，促进了教师教学方式转变，为持续推进小学数学高效课堂建设注入新的活力。工作室全体成员线上观摩整个活动。

12 月 7 日，第 22 届华东六省一市小学数学课堂教学观摩研讨活动因疫情原因采用线上播放的形式，这也给我们提供了千载难逢的学习机会，通过观摩交流课堂改革成果，助力和引领教师专业成长。我们小学数学名师工作室全体成员参加本次线上学习活动。不仅扩宽了我们的视野，也扶正了我们的前行方向。

三、立足教学一线、推进学本教学

1. 自工作室成立以来，积极践行学本教学改革，暑期集中进行了学本备课，为全县小学数学老师提供了规范的学本教学设计，得到了广大教师的一致好评。

2. 8 月 30 日，在全县小学数学《聚焦高效课堂、学本教学先行》学本教学备课暨名师工作室专题研讨活动中，6 位成员解读学本教学设计和导学单案例，交流设计思路、意图及设计过程中的思考和感悟；交流学本教学实践经验。老师们对进行学本教学的导学案和导学单如何设计有了更深的认识，同时也对教材有了更深入的理解。

3. 为促进小学数学名师工作室成员专业化成长，提高教学水平，交流学本教学实践经验，更好地发挥县小学数学名师工作室在全县的辐射、引领作用，同时加快我县名师工作室骨干力量的专业成长步伐。我们工作室于 11 月 16 日和 12 月 6 日开展了基于学本教学理念下的小学数学无生试讲活动。此次教学教研活动，为教师搭建了一个畅谈教学思想、交流教学设计和展示

教学精彩的平台，促进了教师之间的相互学习、相互借鉴，达到了优势互补的目的。小学数学名师工作室必将乘学本之春风，航育人之远程。

四、提升教学素养、打造高效课堂

1. 5月12日，滨州市小学数学"名师送教送研暨高效课堂新成果进乡村"活动（阳信会场）在温店镇中心小学举行。核心成员尚美英老师执教展示课，高效的课堂和学本教学的理念得到了市教研员的好评。

2. 为推进学本教学改革，打造高效课堂，保证小学数学研讨会的顺利开展。5月初，工作室成员不忘初心，怀揣热忱，先后两次齐聚劳店镇中心小学，开展了基于学本教学理念下的高效课堂打磨活动。高宇老师执教打磨课例《异分母分数的加减法》。老师们还对学本教学实践过程中的疑惑进行了交流，在交流中碰撞出火花。

五、收获喜悦、见证成长

付出终会收获，我们的目的不是一纸证书，但一张张证书见证了我们团队的成长，也赋予了我们继续前进的动力。

尚美英执教滨州市中小学送教下乡展示课；孙婷婷在滨州市教学能力提升活动中执教研讨课；李佃霞等8人在本年度全县小学数学研讨会中作专题报告；孙建辉在山东省小学数学优秀作业设计评选活动中获二等奖，在滨州市小学数学优秀作业设计评选活动中获一等奖并推省；孙婷婷参与的市级课题《基于能力提升的小学数学高效课堂教学模式研究》顺利结题；李佃霞、孙建辉被评为滨州市教育系统教育教学工作表现突出个人；杨宁宁被评为阳信县优秀教师；姚秀娟被评为阳信县优秀班主任；马元芙被聘为阳信县同爱共育专家。

"坐而言，不如起而行！路虽远，行则将至；事虽难，做则必成。"成长的路上，感恩有你们的相携与相伴，未来数学名师工作室创建的路上，让我

们一起面向远方，追梦同行！做好学本教学推进的先锋队，争创教育质量提升的生力军，为促进阳信教育高质量发展做出应有的努力和贡献。

第三节　引领奉献，追求卓越

小学英语名师工作室述职报告

小学英语名师工作室自成立以来，一直秉承"奉献引领、研究提升、责任担当、追求卓越"的工作理念，不断增强团队凝聚力、担当力及执行力。下面我们从以下几个方面分享。

一、制度引领，文化构建

1. 成立工作室组织机构。

为统一思想，增强团队凝聚力，我们构建了工作室组织结构，名师工作室的所有工作既有分工又有合作。

2. 制定工作室规章制度。

结合我们小学英语名师工作室实际情况，制定了工作室规章制度。

3. 起草工作室年度工作计划。

我们在工作室建设初起草了工作室年度工作计划。

4. 制定工作室考核办法。

为切实提高我们小学英语名师工作室教师的奉献意识、团队意识，制定了工作室考核办法。在学期末，工作室成员按照工作计划提交自己的相关教研成果，并将其作为最后工作室成员的考核成绩。

5. 设计徽标。

在工作室建设初期，我们根据小学英语学科特点设计了工作室的徽标。

在主图案中，用大气醒目的黄色书写的"人"字，寓意着英语学科教学不仅仅教授学生语言知识与能力，还要不断挖掘学科背后所蕴含的育人价值。通过英语学科学习拓宽学生视野，实现立德树人。

6. 创建了工作室公众号平台。

为了更好去宣传、推介我们工作室的工作，我们还成立了阳信县小学英语名师工作室公众号。在与工作室老师的相处中，我注重以"激情"点燃"激情"，营造了浓厚的"不是一家人，不进一家门""一家人、一条心、一件事"的工作室文化，点燃了大家今后携手前进、共铸辉煌的激情。

二、团队建设，凝心聚力

为充分发挥县小学英语名师在全县的专业引领作用，我们成立了县、镇两级教研团队，由县名师工作室成员在所在乡镇或学校（县直学校）建立教研组，将全镇（校）小学英语教师纳入工作群，引领教研组与县名师工作室同步扎实开展教研活动，助力全县小学英语教师加快成长步伐。

三、共教共研，助力提升

自工作室成立以来，我们围绕工作室制定的工作计划，扎实开展英语学科教研活动。

1. 开启口语打卡活动。

我们注重工作室教师专业基本功的训练，尤其注重英语教师口语水平的持续提升，我们开启了口语练习打卡，全县英语教师通过公众号练习口语并在群内分享打卡，互相学习，互相监督，互相提高。

在 2021 年 5 月，我们名师工作室、学区教研组同步开启了英语口语常规打卡练习。

2. 开启"悦读·悦分享"暑期读书活动。

在暑期，我们集中研读了《龚雄飞与学本教学》《小学英语课程标准》，按时组织读书成果分享，以阅读提升全体成员的理论水平和思维品质。

3. 学本备课，助力改革。

暑期，我们进行了小学英语学科学本教学备课，为了将该项工作最大限度地做实、做细，在董雯雯老师的带领下，我们在 7 月 12 日召开了学本教学设计部署会议。我们尝试探索了适合小学英语学科各个课型的学案及导学单设计，助推了小学英语学科学本教学改革。

4. 观摩优秀课例。

我们工作室充分利用优秀课例资源，与全县教研组开展同步听评课活动，我们把英语公众号优秀课例、历年全国优质课例作为学习资源，工作室的老师要按时提交听课记录表，各教研组老师需要在群内分享听课记录。

5. 开展无生试讲活动。

我们还开展了无生试讲活动，"实战演练"加速了教师专业成长步伐，为接下来的学本教学样板课例打磨奠定了基础。

6. 开启小学英语学本教学样板课例的打磨及录制。

本学期，我们开展了学本教学样板课例打磨与录制，并通过线上指导、听评课等形式，成功打磨了学本教学理念下的小学英语词汇课、对话课、阅读课的样板课例，并录制了视频，为确保录制效果我们与样板课例执教教师随时进行线上交流与指导。

四、示范引领，辐射带动

1. 勇挑重担，助力全县研讨顺利开展。

在全县大型教研活动中，我们名师工作室发挥着积极作用。在董雯雯老师的带领下，我们组成了一支骨干团队，群策群力，体现了集体智慧。

5 月 12 日，在全市小学"名师送研暨高效课堂新成果进乡村"活动中，执教观摩课的老师磨课；5 月 14 日，在全县小学英语专题研讨会上执教了学本教学课例的老师磨课；8 月 30 日，全县小学英语学本教学集体备课暨名师工作室专题研讨，董雯雯老师带领我们工作室展开了线上线下研讨。

2.注重资料积累，及时梳理工作经验。

为了便于积累经验，总结成效，在工作中注重名师工作室档案资料收集、积累，我们还注重工作室电子档案的建设；同时每位名师都要建立自己的成长档案（包括成长规划、代表课例设计、课件、报告、参加教研记录、获奖记录等），考核结业时，每位名师提交个人成长档案一份存档以备考核。

五、学习、工作部署

为了更好地引领教师成长，我为老师们制定了假期学习清单，在 12 月 30 日集体教研时，我们工作室已对下学期集体备课做了详细部署安排，为了进一步规范格式，起草了有关备课规范的详细文件。

新学期，我们继续跟紧步伐，结合我们小学英语学科特点，扎实开展高效教研活动，让每次教研力争实现价值最优化、最大化，让老师们学有所获。对此，我们阐述了以下几项重点工作：

1.假期集体备课的集中审核与修订，确保为全县小学英语教师呈现我们最高水平的备课成果。

2.鼓励每位老师上好一节"移植课"。

3.让观摩优秀课例、口语练习成为我们工作室常规化的学习活动，并且最大限度地引领推动全县的小学英语教师同步做好。我们的所有资料在推送时会一并推送给全县的教师。

4.扎实开展读书活动，新学期组织读书报告交流会。

5.学本教学样板课例打磨持续推进，我们还会在全县范围内征集优秀案例进行推送，为更多老师搭建成长的平台。

第四节　共识、共情、共振、共舞

中小学心理健康教育名师工作室述职报告

阳信县中小学心理健康教育名师工作室紧紧围绕阳信县名师管理办公室制定的发展目标，坚持"以人为本，助人自助"的教育价值观，以"搭平台、勤合作、促研究、助成长"为宗旨，以"立足课堂、依托课题、开发课程"为载体，努力推动我县中小学心理健康教育课程的全面发展和提升。

一、团队成立——提升组织力

阳信县中小学心理健康教育工作室正式成立于 2021 年 5 月，县教科研中心副主任黄春燕担任顾问，翟王镇学区主任张海珍担任主持人，现有主持人助理 2 人，核心成员 7 人。工作室所有成员为了同一个目标、同一个信念，汇聚在一起，展现自己的才华，实现自己的梦想，体验心理健康教育的快乐。

工作室坚持"以人为本，助人自助"的教育价值观，以"搭平台、勤合作、促研究、助成长"为宗旨，以"立足课堂、依托课题、开发课程"为载体，通过行之有效的心理专业理论学习、教学研讨、课堂观摩、网络研修、名师论坛、专家引领等活动，使工作室真正成为"名优骨干教师的孵化器、教师专业成长的加速器、教育教学改革的推进器"，从而促进中青年教师专业成长和名优教师的自我提高，进一步推动我县中小学心理健康教育学科的全面发展和提升。

二、学本教研——提升思考力

为了使学本教学理念落地生根，让教师更好地因材施教，2021 年度阳信县中小学心理健康教育名师工作室开展了以"学本教学"为主题的系列活动。

1. 研讨课堂，合作共进。

4 月 30 日上午，阳信县中小学心理健康教育名师工作室新成员见面会暨"学本教学"视野下的课堂教学研讨活动在翟王镇中心小学举行。通过听评课，总结前一阶段的工作，并公布近期活动部署安排，为工作室的发展指明了方向。名师工作室主持人张海珍希望工作室能很好地促使青年教师快速成长，带领更多的教师走上研究型、专家型教师之路。

2. 外出学习，交流提升。

5 月 25 日，是全国心理健康日。阳信县中小学心理健康教育名师工作室全体成员走进惠民县实验中学参加了"525，走进惠民，润心同行"的研修活动。本次活动受到了惠民县实验中学党支部书记、校长丁忠等领导的热情接待。在交流中，老师们一致认为惠民县实验中学的心理健康教育工作开展得扎实、有效。

3. 立足学本，精准研磨。

8 月 26 日下午，中小学心理健康教育名师工作室全体成员齐聚翟王镇中心学校召开了阳信县学本教学研讨活动预备会议。各位老师按照对应内容对自己的教学设计进行了思路介绍并进行细致分工。

4. 深入课堂，提升高度。

在这金秋收获的季节，阳信县中小学心育名师工作室迎来了新学期开学后的第一次听评课活动。本次活动由实验中学承办，中小学心理健康教育名师工作室顾问、县教研员黄春燕老师和名师工作室成员参与，听取了三位老

师的心理健康课程。名师工作室成员及实验中学的老师对三位执教老师的课进行了逐一点评，对于每一节课都真实地说出了自己的思考和感悟，并提出了一些建设性意见。知无不言言无不尽，评课教师积极参与，踊跃发言、研讨氛围非常真实而热烈。

最后，黄春燕老师对三节观摩课进行了总评，从教学目标的确定到教学环节的设计；小到老师的一句评语，大到上课的思路、框架都做了细致的分析和阐释，并给出了切实可行的建议。

5. 送教助研，提升自我。

9月23日，山东省教科院心理健康教育学科"送教助研"活动在阳信县第二实验中学成功举行。本次活动由阳信县教科研中心心理健康教育学科教研员黄春燕老师主持，心育名师工作室协助完成。在本次活动中，来自济南、青岛、德州等6位专家教师和阳信县2名优秀教师分别在录播室和会议室现场授课。活动最后，许主任做了精彩的总结，并对在场的每位教师提出了三点期望：希望心理学能滋养在场的每一个人；希望老师们用心理学去滋养每一个孩子；希望老师们不断学习和实践，这样才能传递教育的正能量。

6. 集体观课，深度学习。

10月28日、29日，滨州市小学心理健康教育"自我发展"主题观摩研讨会在惠民县第一实验学校举行。在阳信县中小学心理健康教育名师工作室顾问黄春燕老师的带领下，全县21名心理健康教师及名师工作室小学段的所有成员参加了活动。在活动过程中，阳信县中小学心理健康教育名师工作室小学段成员，认真聆听，用心感悟，会后认真研讨，分享各自的收获和反思。

本次教研活动，促进了阳信县心理健康教育名师工作室成员的了解和交流，明确了心理健康教育学科的特点和发展方向。所有过往，皆为序章。终

有一天名师工作室的核心成员在自我发展的路上，将为阳信县的心理健康教育课程建设带来新行动、新发展！

7. 课例展示，促进内化。

为落实立德树人的根本任务，进一步推进学本教学项目的落实，研究学本教学教学设计和导学单的科学设计和运用，构建高质量教育发展体系，促进学生健康成长和终身发展。2021 年 11 月 30 日，在阳信县实验小学召开阳信县小学心理健康（学会学习项目）学科"学本教学"课例观摩暨名师工作室专题研讨活动。全县中小学心理健康教育名师工作室全体成员和小学心理健康专兼职教师共 100 余人参加了本次会议。本次活动有效地提升了教师的专业水平和能力，也为心理健康教学健康发展指明了道路。

三、读书燃梦——提升文化力

7 月 10 日，中小学心理健康教育名师工作室召开了"暑期阅读及学本教学设计"专题启动会议。工作室主持人张海珍主任细致、具体地解读了《关于名师工作室暑期阅读活动暨学本教学设计实施方案》，并对暑期相关工作做了精密部署和相关安排。

四、成果展示——提升价值力

工作室活动的开展，使教师的业务素质快速提高。自名师工作室成立以来，老师们取得的成绩如下：

1. 崔爱珍被聘为"同爱共育"首席专家，张雪敏等获得"县优秀班主任"等 8 项荣誉称号。

2. 阳信县中小学名师工作室成员作为主体，举行了 12 次同心共育家庭讲座活动。

3. 在研及已结课题 2 项。

4. 张海珍在省级刊物发表心理健康教育论文 1 篇。

5. 主持人张海珍入选进入山东省初中心理健康教育特级教师工作坊。

五、未来计划——提升创新力

1. 持续提升名师工作室的专业水平，更好地服务于阳信县教育质量发展总目标。

2. 采用"走出去、请进来"相结合的方式，增强与专家及其他工作室的互动交流，实施持续赋能。

3. 继续充分发挥名师工作室作用，提升辐射能力。

4. 大力开展"燃梦读书"活动，促进工作室全体成员快速成长。

名师工作室是一个凝聚先进教育思想、团结优秀教师群体的平台，更是一个思想相互交流碰撞，在碰撞中互促提升的成长摇篮。在这个温暖的集体，思想者会走得更远；在这个奋发的空间，有为者都在进步，让我们共舞，共同来一场幸福的席卷！

第五节　清澈的爱，只为语文

初中语文名师工作室述职报告

时光匆匆，转眼间，阳信县名师工作室从启动到现在，已经陪伴我们每位成员走过了许多个美好的日子。回望走过的路，看过的风景，遇见的人，心生欢喜。

下面的汇报，其实并不算是总结，我只是代表我们初中语文名师工作室，向各位分享一下我们一起走过的日子，还有那些缤纷的往事。

因为走过，所以难忘

1. 制定了工作室的精神坐标。我们工作室在集中研讨的基础上，制订了工作室的3年发展规划，出台了考核细则，建立并完善了工作室规章制度，明确了成员的工作职责，每次活动都有翔实的考勤记录，制作了工作室的徽标，这些逐渐形成了我们工作室的文化及精神坐标。

2. 每个成员找到了成长的路径。我们每个成员都制订了自己的年度成长规划，从读书、写作、课堂、课题研究等各方面，提出了自己的发展目标，每个成员都有自己的成长档案。我们切实感受到了工作室的示范及引领作用，从此，我们的成长不再孤单，我们不是一个人在战斗。

3. 高质量地完成了集体备课。根据县教科研中心的统一部署，我们工作室的每位成员在暑期高效完成了下学期的集体备课。我们既分工又合作，针对一节课的主问题设计，反复推敲，精益求精。暑期开学后，我们又各自分担了全县集体备课的审核任务，同样以最高标准完成了此项任务。在这个过程中，我们每位成员对学本备课的理解与认识都得到了很大的提升。

4. 组织了7次集中教研。我们工作室围绕学本备课、学本课堂、期中考试成绩分析及期末复习等专题，进行了多次集中教研。每一次教研活动中，大家都精心准备，积极发言，用心参与，都想在教研活动中获得启发与成长，这也是工作室最大的魅力！

5. 扎实推进暑期读书工程。这个暑假，对于我们每个工作室的成员来讲，都是一个充满书香的暑假。我们工作室集体阅读了龚院长的学本教学这本书，并自由选读了其他的语文教学期刊，我们还定期组织读书交流会，在群内分享自己的读书心得，通过阅读，提升了我们的理论素养。

6. 承办了3次县教学教研活动。我们工作室充分发挥组织、协调的作用，先后承办了暑期集体备课交流会、初中语文教学研讨会、滨州市服务基层送教共研活动。在每一次活动中，从现场的活动组织、服务到活动结束后的宣

传报道，都有我们工作室的参与。在活动中，我们积极宣传了县名师工作室的形象，名师工作室已经成为学科教研的主力军。

7. 积极参加送教帮扶活动。我们把发挥工作室的辐射引领作用作为工作室最大的价值，积极参加各级各类送教帮扶活动。12月，我参加了河流中学的班主任论坛交流活动并做主题发言；李静静老师在第一实验学校集团校送教活动中，执教观摩课；焦娟娟老师在集团校帮扶活动中，在温店中学执教了观摩课。以上都是工作室团队付出的劳动。

因为努力过，所以收获着

我们工作室在县名师工作室领导小组的关心与指导下，积极成长，努力学习，认真工作，取得了一些成绩。现汇报如下：

主持人：张如意

主持的市级课题《基于质疑、感受、发现学习素养的高效阅读课堂研究》通过鉴定；撰写的《课文中的发现》系列文章在《快乐作文》发表8篇；撰写的论文即将在《中学语文教学参考》发表，现进入编校阶段。

助理：李静静

命题比赛一等奖，语文学科优胜奖，滨州市优质课二等奖。

付国芹老师：

论文《听课鲍山下，悠然见花影》发表在《中国教师报》；论文《新课改下初中语文作文教学的策略探析》发表在《教育学刊》；执教的课例《卖油翁》被评为一师一优课市级优课；2021年被评为县优秀教师。

吕安冉老师：

县级学科优胜奖，学本教学设计一等奖，新教师培训县级优秀学员，命题比赛二等奖。

程立娟老师：

县级学科优胜奖，试题命制大赛二等奖，学本教学设计二等奖。

李俊芳老师：

县级学科优胜奖，学本教学设计大赛一等奖，2021 年 9 月获得阳信县优秀教师称号，2021 年 9 月被评为"阳信县教书育人楷模"。

张爱军老师：

县级命题大赛二等奖，学本教学设计比赛二等奖。

李美景老师：

2021 年被评为县级优秀教师，获滨州市优质课一等奖。

另外，名师工作室的多位成员在县教研会上或执教观摩课，或做典型发言。

因为有梦想，所以继续着

阳信县名师工作室，不仅给我们一个成长的梦想，更持续为我们的梦想赋能助力。在这个温暖的大家庭里，我们培根铸魂，快乐成长。我们工作室下一步的梦想蓝图已经规划好，分享给大家：

1. 申报一项基于工作室背景下教师成长的课题，带领成员找寻到适合自己的成长方式，打开自己的成长密码；

2. 带领成员进行专业阅读，定期召开读书交流会，撰写读书心得，汇编成册；

3. 带领成员进行专业写作，写课文解读，写课堂实录，写教学论文，写教育叙事，群内交流，经验分享，汇编成册，力争有发表，有成果；

4. 带领成员进行命题研究，在研究的基础上，命制高质量试题，提高训练精准度，提升教学成绩；

5. 带领成员进行"双减"背景下语文作业改革，尤其是针对学生习作，

进行系列化的研究，提升学生写作水平；

6.继续发挥示范、引领、辐射、带动作用，成长自我，成就学生，壮大初中语文学科。

各位领导，各位同仁，这次述职，是一次总结，更是一次开启。我们的名师工作室永远在路上，我们的专业发展，也永远在路上。让我们紧紧依托县名师工作室这个坚强的团队，带好自己的队伍，完成好自己的使命，不忘初心，砥砺奋进，为擦亮阳信教育名片贡献自己的力量！

第六节　拨亮自己，点燃同伴，照亮学生

初中数学名师工作室述职报告

2021年5月，初中数学名师工作室正式授牌成立。工作室围绕"研教学问题，促专业发展，育优秀教师"的愿景、以"成长有力量，思想有智慧，教学有特色"为追求，携手共进，于课堂扎根，于课外研讨，追寻数学之梦。

在名师工作室的愿景与追求指引下，工作室围绕研修主题，以教研、科研、培训活动为载体，完成好"五个一"目标：一、打造一支名师团队；二、提供一个教育科研舞台；三、构建一个数学课堂教学模式；四、构建一种名师成长模式；五、形成一批教育研究成果。工作室集共学、导教、引研、辐射功能于一体，是一支集教学、实践、研究、培训于一体的教学研修团队。

一、打造一支名师团队

工作室按照"围绕名师、搭建平台、全程参与、培育骨干"的建设思路，组建了12位来自全县12所中学的骨干教师和1位县教研部门专家的工

作室团队。工作室制订了三年行动规划、2020—2021 学年教研工作计划、工作室考核细则等一系列规章制度和管理机制，以名师课堂教学观摩、聆听名师讲座、参加县内外教育教学研讨会、经验分享、撰写教育随笔等为形式，搭建专业成长舞台，引领成员发展方向。同时，承担市县教学研讨展示课、专题讲座等教研任务，把工作室的研修成果通过"线下＋线上"的方式分享出去，成员的教研力和专业执行力等教育综合力得到了提升，实现了"骨干教师出名"和"名教师出彩"的"双出"目标。2021 年 10 月，滨州市初中数学研讨会总共六节观摩课，我们工作室的张延娥老师和毛慧杰老师分别执教一节观摩课，学本教学课堂在全市亮相。

二、提供一个教育科研舞台

"教而不研则浅"，名师工作室本着"提供一个教育科研舞台"的目标，采取"三重"（即重培训、重研究、重实践）成长模式，构建名师成长立体舞台。"重培训"，通过共读一本书和图书漂流等形式学习专业理论知识，拓宽教育视野，夯实专业理论基础，为教科研专业发展续航。"重研究"，引领成员着眼教育教学细节，梳理日常教育教学中的真实问题、典型事件，强化"微型课题"研究，先后有秘海霞和刘淑霞老师的两项县级课题立项，秘海霞和张延娥两位老师的省级课题结题，王伟燕老师的市级课题结题，还有两项在研的省市课题各一项。"重实践"，采取结对帮扶、送培送教、观摩培训等形式，提高了教师的教育理论水平和实操能力；我们工作室先后走进流坡坞镇中学、河流镇中学、温店镇中学、水落坡镇中学进行送课助研活动，真正发挥工作室的辐射带动作用，助推全县初中数学教学课堂改革的有序进行，力争在未来的三年里走遍全县所有的乡镇中学。

三、构建一个数学课堂教学模式

工作室以课堂教学为载体，以学本教学理念为引领，以教学中出现的问题为切入点，构建我县的数学高效课堂教学模式，力求实现提质增效的目的。我们通过开展课堂教学、"同课异构"等活动，将学本教学理念下的数学课改落到实处，引领工作室成员成为"有自己优势、有自己特色、有自己思想、有自己成果"的"四有"名师。

自工作室成立以来，我们坚持集体备课20余次，课堂观摩、同课异构、送教助研等活动6次，先后修订学本教学设计模板4次，现在应用的是数学学本教学设计4.0版，工作室所有成员积极研讨群策群力，将集体备课的成果、学本教学设计、分层作业设计与全县教师分享。

四、构建一种名师成长模式

工作室力推名师成长公式＝读书＋研修＋反思＋写作，注重反思、总结和提升。通过专题讲座、课例研究、同课异构、研讨观摩、课题研究、专题研讨等多种培训形式，使教研和培训融为一体，我们前后参加了10余次网上培训。鼓励老师们把取得的研究成果在各级各类刊物上发表，张延娥、王伟燕、秘海霞、毛慧杰老师的论文先后在《山东教育》和《中学数学》发表。同时我们工作室每位成员至少辐射引领两名年轻教师，毛慧杰老师和王伟燕老师担任县新入职数学的教师的培训导师，王宝亮和张延娥担任乡校新入职的数学教师的培训导师，并且都被评为县级优秀指导教师，使一批年轻的数学教师尽快成长，充分发挥了名师工作室的辐射引领作用。

五、形成一批教育研究成果

"追数学之梦，迎幸福之光"。自工作室成立以来，以先进理念为指引，

依托课题研究为载体，立足课堂教学为主阵地，探究教学研讨为主要内容，秉承精益求精的科研精神，促进骨干教师向名师迈进，形成了一批研究成果。工作室成员主持和参与县级课题4项、市级课题3项，2项省级课题结题，1项市级课题结题，1项县级课题结题，发表论文5篇。成员中2人执教市观摩课，9人次获县教学设计大赛一二等奖，15人次获县级先进，2人次获得市级表彰，3人被聘为副高级职称，逐步实现"追数学之梦，迎幸福之光"的教育梦。

六、工作计划

1."阅读—悦读"活动持续开展。作为名师工作室的成员，应当喜好阅读，乐于阅读，在阅读中汲取营养，提升学识品位，超出"匠"的界限，把获得的新知识、新方法、新观点贡献到工作室；同时，学会"悦读"，体验将阅读知识内化的过程，更新自己的知识库。

2."研课—磨课—送课"活动，形成成型的学本教学理念下的数学课堂教学模式和课例样板。课堂是主阵地，形成模式和样板及时分享给全县的数学老师，为全县数学教育教学质量贡献我们的微薄之力。

3.优化学本教学设计，启用数学学本教学设计5.0版，并且设计配套的课件。

4.继续进行课题研究——提炼丰硕的科研成果。

让数学名师工作室成为教师成长的摇篮，学科建设的基地，教研示范的窗口，科研兴教的先锋，教师成果的孵化器。我们初中数学工作室全体成员将会齐心协力，在县教科研中心的各位领导和潘主任的指导下一起引领着全县的初中数学教育飞得更高、更远！

阳信县初中数学名师工作室教研活动年度安排表 （2022 年度）		
月份	活动安排	备注
3	集体审核下学期学本教学设计和课件，开展工作室微课题研究。	
4	工作室组织全县初三数学教师"以学为本备中考科学施策创佳绩"磨课教学研讨活动。	
5	由本工作室教师开展"团队引领，优化学本课堂"为主题的"引领课、汇报课、研究课"三课活动，通过课例进一步研讨"学本教学下的数学课堂"。	
6	本工作室成员根据所读的教育、教学类专著开展读书沙龙，让理论在课堂中"生根发芽"。	
7	准备期末考试，进行命题研究。	
8	结合暑期各级培训，为工作室成员创造机会积极参加各类培训，取得培训成果并完成培训心得。	
9	开展"走出去，请进来"校际观摩示范课，学他山之石，取长补短，进一步深化学本教学。	
10	与相关学校联系，组织本工作室成员的帮扶对象开设示范展示课，参与送培送课到校活动。	
11	邀请举办名师大讲坛活动，对本县初中数学骨干教师进行培训。	
12	收集本工作室相关材料，对本年度工作进行总结，同时制订下一年度工作计划。	

第七节　心怀梦想，昂扬向上

初中英语名师工作室述职报告

我们都是追梦人，我的汇报题目是"心怀梦想，昂扬向上"，我的总结有四部分内容：一是团队建设，二是专业成长，三是引领辐射，四是下年度工作计划。

一、团队建设

我们确定了英语名师工作室的场地，组建了英语名师工作室的微信群，完成了工作室公众号的注册和资料完善，确立了名师工作室的组织架构及各项规章制度，并制订了详细的工作计划、发展规划，以及考核办法。此外，我们英语工作室成员还制作了一个工作清单。在这张清单上面，每个人在什么时间完成了什么事情，一目了然。对于工作场地的建立，在接到英语名师工作室要建在实验中学的通知时，在领导的支持和督促下，在短短一周的时间内完成了新办公室的装修，新的电脑、新的桌椅、新的书橱，所有工作室应该具备的设备一应俱全。后来，在我们的活动过程中，学校领导又为我们找了一间录播室。可以说，工作室的场所不仅设备齐全，而且宽敞舒适，从而体现出了一种团队精神。

二、专业成长

1. 参加了县工作室启动仪式。

阳信县第二批名师工作室启动仪式，是我们梦开始的地方。感谢教体局为我们搭建平台，让我们有了敬畏之心，在最美的年华里圆最美的梦。

2. 开展了读书燃梦活动。

首先，关于读书燃梦，我们有一个统一的认识：你读书的厚度，决定了你的人生高度。其次，思想统一之后，我们又确定了书籍的选读，我们选择专业书籍和有助于教师身心发展的书籍相结合的方式，同时，我们两周写一次心得体会，字数可多可少。

3. 编制了全册学本教学设计。

线上活动方面，我们的四次线上活动分别是 5 月 14 日学本教学设计分工，6 月 19 日确定初中英语教案模板，7 月 17 日参加了全市教研工作专题

培训，8月1日阅读分享心得体会与交流。5月14日，召开了第一次主持人会议。在这次会议上，范玉鹏主任明确提出，作为工作室最基本的成员就是要把本学科的学本教学教学设计完成。会议结束后，我们进行了第一次线上活动，在线上我传达了会议的精神，并和大家一起讨论学本教学教学设计的分工，以及初中英语教案模板和导学单模板的设计。

4. 进行了四次线上活动。

6月19日，我们举行了第二次线上活动。在这次线上活动中，我们把学本教学教学设计分工制定好，确定了初中英语教案模板和导学单模板。

5. 组织了十次展评课。

我们举行了三次大型的市县研讨活动，第一次是阳信县初中英语"以学为本备中考，科学施策创佳绩"专题研讨活动，第二次是阳信县初中英语学本教学集体备课及英语名师工作室专题研讨活动，第三次是阳信县初中英语组"同教送研，服务基层"活动。特别感谢英语名师工作室顾问张树龄老师，研讨会之前，他带领我们上了多次观摩课，并对我们的发言稿进行多次修改。之后是送课活动，主要由范一鹏和于娟两位主任主持，他们在疫情防控、老师签字、会议流程、专家发言等方面给予我们指导，让我们有了站在台上的信心。有活动就有收获，我们盼望着2022年能参加更多、更高级的研讨活动，提高我们的能力，增强我们的素质，为"花开满园、春光无限"的教育理想贡献自己的力量。

6. 协办了三次市县研讨活动。

首先，为了减少工作室成员来回路上的奔波，我们将工作室的研讨地点定在了县直学校。通过两轮的听评课之后，我们发现老师们还是从讲课中得到的锻炼多。所以，我们又将研讨地点设置在了各个工作室成员所在的学校：一是增强工作室成员的主人翁精神，二是让英语学本教学课堂模式深入各个学校。

三、引领辐射

1. 我们利用微信公众平台推送教学资源，第一时间让一线教师得到最新的英语教学资源。

2. 英语名师工作室大部分成员担任本学校的教研组长、备课组长，以及集团校的主持人，并在工作中取得了可喜可贺的成绩。综合表彰方面，李欠欠老师被评为师德标兵，王玉英老师被评为阳信县教书育人楷模，李磊老师被评为优秀乡校学科导师。专业方面，许红美、李磊、李春霞、李欠欠、王玉英老师的教学设计在教学设计大赛中荣获一等奖，王玉英老师在市英语口语比赛中获得二等奖，张娟等工作室成员多次在研讨会上发言。

3. 一个人有影响力，一定是他做过什么，而不是他说过什么。我们来到不同的学校，踏踏实实地展开说课，认认真真地评课，从实际出发解决问题，就是想把工作室的作风带到各个学校。我们的最终目的是服务全县英语教师，无论哪个学校的老师在上课方面有需要，我们都会大力支持。

四、下年度工作计划

首先我们要温故知新，总结上学期的教研成果并做好推广，然后一如既往地束身修行，"教"以潜心，"研"能致远，我们一定会坚守"课堂"这一主阵地，打造更多、更有效的高效课堂，最后掷地有声地把各项活动落到实处。

未来，在教体局的领导下，在张树龄老师的带领下，我们会继续努力，朝着"请党放心，教学有我"的目标砥砺前行。

第八节　教研促进发展，学本成就未来

初中物理名师工作室述职报告

转眼间 2021 年已是过去，自成立工作室以来，根据县教体局有关名师工作室发展的文件精神，在上级领导的关心和支持下，我们工作室全体成员团结一心，脚踏实地，开展了一系列扎实有效的教育教学研究活动，并取得了一些成绩。

一、主要活动及成效

我们坚持理论和实践相结合的原则，将理论熏陶与实践磨砺融为一体。以课题研究为统领，聚焦教育教学疑难问题；以示范引领为特征，促进骨干教师在发展过程中发挥辐射作用；以任务驱动为手段，引导骨干教师在创新性解决问题过程中实现自我突破。

1.制定管理制度，确定发展方向。

没有规矩不成方圆，自成立工作室后，我们首先制定工作室的工作管理制度和考核办法，并对工作室成员做了具体分工，保障我们的工作顺利进行。同时，我们还制定了切实可行的年度工作计划和三年规划，使我们目标明确，任务具体。

2.坚持理论学习，提升成员自身素养。

"一朝受教，终身受用"的时代已经过去，教师只有通过不断学习，更新自己的知识结构，才能跟上新时代教育发展的步伐。为满足骨干教师的专业发展需求，我们从加强理论学习入手，不断收集新的教育教学信息，交流学习教育教学理论，更新自己的教育教学观念，以理论学习的方式提升工作室成员的自身素养。

3.加强集体备课，做好课前准备。

备好课是上好课的前提，学本教学的改革，首先强化了教学设计的改革，强调了主问题设计和学法指导的重要性，一个有思维含量的问题才能激发学生学习的兴趣，才能调动学生学习的积极性。为此，我们工作室通过教研活动对教学设计进行多次交流，不断补充完善，为全县初中物理教师做好前期的服务工作，并在学习中不断使自己成长。经过一学期的研讨与实践，学本教学的备课方案已基本成型，也为我们今后的工作打下了良好的基础。

4.通过观课议课，提升成员教学水平。

我国教育家叶澜教授认为，对于教师而言，课堂教学是其职业生活的最基本构成。它的质量直接影响教师对职业的感受与态度，是专业水平的发展和生命价值的体现。因此，工作室坚持聚焦课堂教学，在课前的研课和课后的评课中，大家积极踊跃发言，各抒己见。活动期间，我们对市初中物理说课比赛进行了初选，对市送教送研活动做了精心准备，活动的效果都很好，体现了集体的智慧，使优秀资源得到分享。在观念的碰撞与交流中，及时发现问题、梳理经验、归纳提升，达成新的共识，高效、快速地提升了我们教研教学的有效性，促进了教师的专业成长。

5.搭建发展平台，促进教师成长。

叶澜教授曾指出，如果一个教师一辈子从事学校教学工作，就意味着他生命中大量的时间和精力，是在课堂中和为了课堂教学而付出的。课堂教学对他们而言，不只是为学生成长所做的付出，不只是别人交付任务的完成，同时也是自己生命价值的体现和自身发展的组成。因此，我们既然选择了教师这个职业，既来之则安之，干一行爱一行，争取做到专业的人做专业的事。

我们非常庆幸能加入县名师工作室这个大家庭，县名师工作室给我们搭建了学习和成长的平台，它带给我们的不仅仅是荣誉，还有责任和使命。我

们很珍惜每次的教研活动，直言不讳的思辨，思维火花的碰撞，使我们感受到浓厚的学习氛围，学习着并快乐着。我们有信心把工作室打造成青年教师成长的平台、教师教学研究的平台、教师相互成长的平台。

二、存在问题

1. 俗话说"尺有所短，寸有所长"，工作室的每位教师，虽然拥有丰富的教育教学经验，但缺少扎实的理论背景；

2. 课题的引领作用发挥不到位，教师的教学研究能力有待提高；

3. 教师的视野不够宽广，教学方法和策略有待创新，缺乏更多专家的引领；

4. 教师的思维定式比较顽固，其转变需要一个过程。

三、下学期主要工作

1. 完成下学期学本教学设计。

2. 进行观课议课活动。

3. 探索学生分层作业设计。

在今后的工作中，我们将进一步强化服务意识、责任意识、创新意识，以提高教学质量为动力，以发展素质教育为取向，以课程教学改革为契机，不断改进工作的方式方法，在各级领导的关怀和指导下，再接再厉，使本工作室成为阳信县初中物理教师合作、互动、学习和发展的共同体，成为阳信县初中物理骨干教师的孵化器。

第九节 不忘初心，携手共进

初中综合实践名师工作室述职报告

自 2021 年 5 月名师工作室启动以来，在王鸿苇主任及主持人孙洪芬老师的率领下，阳信县初中综合实践名师工作室以省、市、县名师工作室管理相关文件为指导，以"凝聚智慧，团结创新，共同发展"为宗旨，充分发挥名师的专业引领、带动、辐射作用，以生为本，打造特色课堂；坚持"悦读"，提升理论水平；开展课题研究，整合优质资源，开发综合实践课程，加速教师专业化发展，全面提升初中综合实践活动老师的教学水平，全面提升学生的综合素养。工作室成员统一思想认识，增强责任担当，努力提高工作实效，切实发挥了示范引领作用。现将工作室的工作情况汇报总结如下：

一、制度引领，增强生命力

工作室挂牌以后，为了使今后的工作开展得更加顺利，我们召开了工作室成员会议，制定了切实可行的工作室工作计划及成员的个人发展计划。同时，我们也进一步明确了各自的职责、任务、目标，使得工作室各项工作能够顺利开展。

二、价值引领，增强内驱力

最是书香能致远。读书能启迪人的心灵，丰厚人的内涵底蕴。工作室成员坚持"悦读"，按时做好读书笔记，线上线下举行读书交流会，不仅增强了大家读书的积极性、主动性，也提升了教育理论水平和人文素养。

三、目标引领，增强凝聚力

1. 教学

为充分发挥名师的专业引领、带动、辐射作用，工作室设计了初中七、八、九年级的学本备课，为保证学本备课真正做到以生为本，在王鸿苇主任及孙洪芬老师的带领下，工作室所有成员认真、积极讨论，交流学习心得，探索符合综合实践活动学科特点的学本教学模式，并结合自己的教学实践反思总结，不断打磨特色课堂，提高了学本教学课型的课堂效率。

2. 课题

在课题研究过程中，我们以工作室为平台，以全体成员的智慧为依托，发挥集体的力量，积极开展教学实践。课题研究工作，深入到每位成员的实际工作中，并取得了显著成效。

3. 培训

本学年名工作室成员积极开展各种形式的学习活动，采用专家讲座、经验报告、实地观摩、互动交流的相互穿插，灵活多样的形式，深受老师们的喜爱，老师们边学边感悟，不断提升自我。每位成员还把学习的专家讲座资料及时上传到工作室微信群并制作成美篇与大家分享，将先进的教育理念、教育思想根植于每个工作室成员的心中。

四、活动引领，增强吸引力

自工作室成立以来，我们工作室组织活动十几次，积极开展"观摩研讨""课堂诊断""讲座沙龙""集团校交流"等一系列活动，充分发挥了名师工作室的示范、引领、辐射作用，同时也促进了成员们自身的进一步成长。

五、新学期，新征程，我们携手共进

1. 在县教体局及教科研中心、名师工作室的领导与支持下，持续推进、提升学本教学的水平和效率，使教育教学质量再上新台阶。

2. 继续探索以学本教学为基础的特色高效课堂教学模式，形成学科特色。

3. 加强课程改革的深入探讨。树立课程意识，探索"学科＋校本"为主题的特色综合实践活动课程体系。

有一种学习，你参与其中就会领悟什么是豁然开朗；有一种平台，你投入其中，就会领略什么是异彩纷呈；有一种信仰，你执着其中，就会懂得什么是任重而道远。在新的学年里，工作室全体成员会继续凝心聚力，互帮互助，砥砺前行。

第五章　名师工作室建设优秀成果案例

第一节　阳信县小学英语名师工作室建设经验分享

引领奉献，追求卓越

——阳信县小学英语名师工作室建设经验分享

光华流转，岁月织章。阳信县小学英语名师工作室自 2021 年 5 月启动以来，立足于学科核心素养本位，着眼于英语课堂教学研究，秉承"奉献引领、研究提升、责任担当、追求卓越"的工作理念，不断增强团队凝聚力、担当力及执行力。通过多形式、多渠道提升工作室各成员的担当力及执行力，工作室建设步入正轨，在全县充分发挥了辐射引领作用。接下来，我将重点从以下几个方面为大家分享我们工作室建设的实践经验。

一、制度引领，文化构建

为统一思想，增强团队凝聚力，工作室自成立初期构建工作室组织结构、制定工作室规章制度、起草工作室年度工作计划，制定了工作室考核办法。

1.制度学习，集体修订。

为了实现工作室民主管理，在工作室各项制度初稿拟定之后，主持人第一时间组织工作室全体成员参与制度的学习、修订，并多次召开会议征求教师们意见。达成共识后，才将这些制度打印上墙，在工作室营造工作室的制度文化氛围。当然，我们的各项制度不是一成不变的，随着工作室建设的发展，我们的各项制度与时俱进，不断修订与完善。

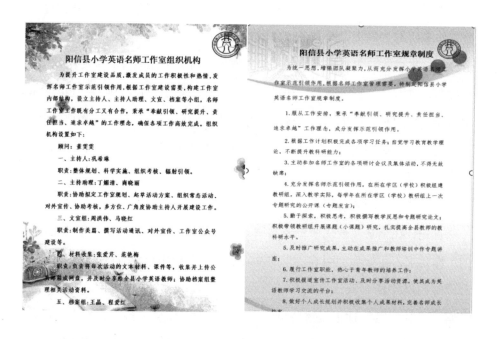

2.制度内化，形成文化。

如果仅仅将制度制定好，并张贴在墙上，这并不代表已经形成了制度文化。更为重要的是内化，只有制度内化到每位工作室教师的心里，才会形成"不令则行"的相对高层的境界，如何内化？如何让这些制度、办法理念真正助力我们今后的工作室发展与建设？作为工作室的主持人，我从以下几个方面着手探索。

（1）主持人率先垂范、营造风气。

高执行力、认真做事是我一贯的工作作风，管理工作室也是如此。我经常与教师们以各种形式"谈心谈话"，通过交流拉近了彼此感情，传播正能量、凝聚人心。在工作中，我渐渐意识到，一个主持人的格局可能影响工作室的发展方向、发展潜力。所以，我始终努力向优秀靠拢，不断提升自己的站位与格局。

（2）注重合作意识培养。

为了增强团队凝聚力，我非常注重工作室教师之间合作意识的培养，我们工作室所有工作都是既有分工又有合作。在每次会议开始前，我会细化报道分工，将具体负责报道模块分工给不同的教师，甚至具体到有专门的人负责截图、拼图，这样既减轻了报道的负担，还锻炼了每位教师对报道文字的编辑能力，同时也让更多的教师带着任务去完成学习，使每次的教研和会议更高效。更为重要的是，这样的工作方式培养了大家的合作意识，渐渐增强了团队的凝聚力。

（3）实现全县资源共享。

首先，在全县实现优质资源共享，是我们工作室制度与计划里非常明确的工作要求，在教师们明确要求的基础上，我会利用集体教研、微信工作群和教师们以"谈心谈话"的形式交流，不断提高教师们的政治站位，让教师们"心甘情愿"地去做这些事。另外，作为工作室主持人我带头去践行，我会把我积累的所有优质资源与教师们分享，开启了观摩优秀课例的活动，并引导工作室教师把资源分享给所在学区、学校的教研组，最大限度地引导全县更多的教师参与学习，逐渐形成一种"乐分享"的教研氛围。

二、团队建设，凝心聚力

1. 成立县、镇两级教研团队。

为了充分发挥县小学英语名师在全县的专业引领作用，工作室成立县、

镇两级教研团队，由县名师工作室成员在所在乡镇或学校（县直学校）建立教研组，将全镇（校）小学英语教师纳入工作群，引领教研组与县名师工作室同步扎实开展教研活动，助力全县小学英语教师加快成长的步伐。2021年5月17日，学区（学校）教研组正式成立，让全县小学英语教师找到成长的归属感。

2. 实施名师工作室"青蓝工程"。

（1）"青蓝工程"教师招募。

在顾问董雯雯老师的积极筹划与帮助下，我们工作室起草了阳信县小学英语名师工作室"青蓝工程"实施方案，在全县招募名师工作室"青蓝工程"教师，符合条件的教师积极报名，经过严格选拔、公示，选拔了一批小学英语骨干教师作为我们工作室的帮扶教师，原则上同乡镇或同学校的工作室成员担任其帮扶教师，以便在日常工作中给予其更多帮助。

2021年11月14日，县小学英语工作室"青蓝工程"主题会议成功召开。在启动仪式上，我带领了"青蓝工程"教师及工作室成员再次认真学习工作室的规章制度、工作计划、考核办法，宣传我们工作室的工作理念，董雯雯老师也在百忙之中参加了我们的会议。

（2）注重"青蓝工程"教师培养。

"青蓝工程"教师进入工作室后，拥有和工作室成员一样的参与工作室教研活动的权利和义务，均有义务秉承工作室理念，在全县小学英语教师中努力发光发热，使自己成长的同时奉献引领别人。"青蓝工程"教师有义务服从工作室各项工作安排，为工作室各项建设做出贡献。我们工作室成功的做法得到了教科研中心的一致好评，我们成功的经验与做法也在全县工作室得到了推广。2022年5月19日，阳信县名师工作室经验交流暨"青蓝工程"启动会议顺利召开，我们工作室做了典型发言。

（3）青蓝互助小组的成立。

为了进一步推进名师工作室梯队建设，充分发挥名师资源的引领、辐射作用，促进更多的优秀教师成长，2022 年 5 月 27 日，工作室召开"青蓝工程"阶段工作总结会议，为成员发放聘书，同时成立青蓝互助小组，青蓝互助小组的师傅由工作室核心成员担任，师傅们做好"四带"，即"带德""带才""带教""带研"，以身垂范，帮助青年教师迅速成长起来，我们利用青蓝互助小组开展磨课等活动，加强工作室成员间的学习与交流，促进青年教师的进一步成长。

"青蓝"结对

　　我们力争通过工作室"青蓝工程"发掘全县更多优秀英语教师的积极性，促使更多的教师引领奉献，增大我们工作室辐射、引领面，从而更大力度、更大面积地推动全县小学英语教师专业发展。

　　"激情"教研，赋能成长。我们工作室通过多元化的教研活动使得教师有所成长，最大限度地调动教师们教研的激情，将教研活动的实效性最大化。接下来分享几项工作室开展的常规教研。

　　1）优秀课例研修

　　为了拓宽教师们的视野，解决教师们缺少学习资源的问题，工作室充分利用优秀课例资源，与全县教研组开展同步听评课活动，我们以英语公众号优秀课例、历年全国优质课例作为学习资源。全县各学区英语教研组同步开启观摩优秀课例的学习。不断学习优秀的课例是教师站稳课堂的关键，有助于加快教师内化理论知识，加快教师专业成长步伐，为我们的课堂教学改革奠定基础。

　　2）开启口语练习打卡活动

　　我们注重工作室教师专业基本功的训练，尤其注重英语教师口语水平的持续提升，我们开启口语练习打卡。2021年5月，我们名师工作室、学区教研组同步开启了英语口语常规打卡练习。全县英语教师坚持练习口语并在群内分享作品完成打卡，与同伴互相学习，互相监督，互相提高。

　　为了充分发挥工作室在全县的辐射、引领作用，给全县小学英语教师营造加强口语练习的氛围，我们利用工作室公众号对工作室的口语练习成果进行展播，并在全县发起了教师口语练习优秀作品征集活动，为全县小学英语教师搭建展示的平台。

　　3）集体研修

　　首先向书本学。工作室开展了新课标研读、教育家成长丛书《龚雄飞与学本教学》研读等活动，以读书活动为载体，积极搭建交流读书体会的平台，有效促进教师自身专业发展。

其次向专家学。利用工作室平台，组织工作室成员共同听取专家报告、课程培训、云端教研等多种类型的线上教研活动，更新自身教学理念，提升课堂教学本领。

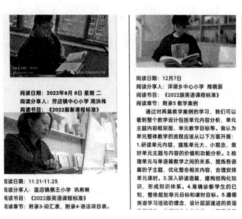

读书分享活动

网络项目化学习

4）样板课例打磨

2021年下半年，为了探索学本教学理念下的小学英语课堂教学模式，助力全县学本教学改革，我们开展了学本教学样板课例打磨与录制，通过无生试讲、听评课等形式，成功打磨了学本教学理念下的小学英语词汇课、对话课、阅读课的样板课例，并录制了视频，为确保录制效果我们与样板课例执教教师随时线上交流与指导。我们所有的课例视频、课件、学案及导学单资源已通过英语名师工作室公众号在全县分享。为持续推进学本教学改革，扎实提升教师课堂驾驭能力，我们会把学本教学样板课例打磨与录制持续开展下去并在全县进行推介、分享。

为了更好地提高我们工作室"青蓝互助小组"的团队协作能力，我们利用集体教研时间开展青蓝互助小组磨课展示活动，青蓝互助小组联片教研大大提升了磨课效率。

磨课点评活动

师徒共研

2022年9月，工作室组织举办全县小学英语说题展评暨新课标研讨活动，引导教师聚焦学科核心知识，提升课堂教学水平。10月，工作室程爱红、刘迪、王敏老师代表全县小学英语教师参加滨州市青年教师基本功大赛，工作室成员群策群力，充分利用线上、线下多种方式，为参加活动教师提供帮助与指导，为取得良好的成绩而不断助力。

三、师生联动助力学生核心素养落地

1. 口语练习展播。

2022年4月，在因疫情线上教学期间，为了督促孩子们坚持朗读、背诵英语，我在我所任教的班级开展了"英语背诵小达人"比赛，并为表现突出的学生颁发了荣誉证书，大大激发了孩子们学习英语的积极性。之后，我又突发奇想，在4月18日这一天，利用这次班级比赛在阳信县小学英语名师工作室平台，向全县小学生发起了小学英语口语练习展播活动，并要求工作室成员积极在所在教研组推介，号召小学英语教师加大对学生英语口语的培养力度。

阳信县小学英语口语练习展播（一）

原创 巩希琳

阳信县小学英语名师工作室

2022-04-18 15:06

‖ 教师简介 ‖

巩希琳，阳信县小学英语名师工作室主持人，温店镇蔡王小学教师，自2010年9月任教以来，一直扎根农村教育教学。在

阳信县小学英语口语练习展播

起初工作室成员带头展播自己学生作品，之后各教研组老师积极向工作室投稿展播。作品形式从最初的对话背诵，到对话表演、故事表演、趣味配音、诗歌朗诵、唱英语歌曲等，在全县初步掀起了小学生口语练习的热潮。温店镇学区于4月26日组织了首届小学英语线上口语展示大赛，各学校教师组织初赛，最终21名选手参加了比赛，学区为获奖选手、优秀指导教师颁发了荣誉证书。该活动在全学区营造出了良好的英语学习氛围，展播了获奖学生口语作品。渐渐地，全县有很多小学英语教师给孩子们搭建展示的平台，并积极地向工作室投稿。

在展播学生作品时，我们要求指导教师也要参与展播，大大提升了小学英语教师的幸福感，加深了家长对小学英语教师的认识。展播学生，学生美，家长美，展播教师美，也是向全县小学生家长积极宣传我们小学英语教师队伍的有效方式。

2. 全县第一届口语暨书法大赛成功举办。

2022 年 6 月，顾问董老师起草了关于举行全县第一届小学生英语书及口语素养比赛活动的通知。

本次活动辐射面广，最大面积地辐射并引领全县小学生参加到本届活动中来，旨在激发全县小学生练习英语口语及书法的意识。更重要的是，可以激发小学英语教师注重培养学生英语口语及书法的意识。因此，本次县里决赛采用层层选拔的模式，而不是教师指定优秀选手参加。为了更好地督促各级认真完成，在县级报名时，董老师要求同时提交组织活动的影像资料、报道材料等，不提交的单位是不能取得县级参赛资格的。根据董老师推荐，我们工作室全程参与到本次活动中，积极在本学校、本学区搞好宣传和发动，或担当组织者，或担当评委，并积极做好宣传、报道，增加活动在全县的影响力。

（1）班级遴选。在选拔过程中，采用了班级遴选方式，要求全县小学班班进行初选，有的班级采用小组展学的形式进行初选，还有的英语教师在班级组织了初赛进行选拔，力争给每位孩子展示的机会，让孩子在比赛中不断得到历练。

（2）校级比赛。组织校级口语及书法比赛，由各班推荐的优秀选手参加校级口语及书法的比赛，很多学校也为孩子们颁发了荣誉证书，在学校营造了良好的英语口语及书法学习氛围。

（3）各乡镇组织学区级比赛。各乡镇按照文件要求，组织了学区级比赛，由各学校选拔的英语口语、书写比赛校级冠军级选手参加，为孩子提供登上舞台展示自己的机会，同时也是各学校英语教师教学成果的展示汇报会，以便于各学校英语教师切磋交流。更重要的是，在全镇营造英语口语及书法学习氛围，选拔全镇英语学习"拔尖人才"，给全镇小学生树立榜样。

英语口语、书写比赛

（4）县级比赛评选公平、公正。董老师制定了严密的口语及书法评分记录办法，组织了工作室学科骨干力量全程参与，同时全程不会出现作品的单位、真实姓名，孩子的作品也都是以序号的形式出现。当场打分、统分，第一时间向全县发布评选结果。

全县小学生英语口语大赛评选现场

（5）展播、评选结束后，通过县名师工作室公众号对全县一等奖口语及书法作品进行展播推送，在全县进行交流学习，给了全县小学生交流学习、对标先进、寻找目标的机会，在全县再次掀起小学生练习英语口语及书法的热情。

四、平台搭建，赋能成长

1.充分利用报道，加大正向宣传。

我们积极地在手机台、公众号等报道我们工作室的各项工作，加大我们工作室的影响力，更好地在全县发挥辐射、引领作用。

2.加强公众号建设，扩大公众号影响力。

为了更好地积累工作室成果、记录工作室成长足迹，2021年7月，我们开创了阳信县小学英语名师工作室公众号，开启了公众号建设。

（1）公众号报道专人管理。

起初，我摸索起草了工作室第一个报道，看到我的分享后工作室的马晓红老师主动联系我说，自己曾经在学校负责过公众号信息宣传，可以把它做得更漂亮。在接下来几次教研活动中，报道宣传工作也是由马晓红老师牵头完成。为了减轻负责报道老师的工作量，我要求工作室所有老师分工合作，在每次活动前给老师们明确任务，多人协作完成，从而确保了报道的时效性。

（2）公众号为全县小学英语教师搭建成长平台。

我们的公众号不仅仅是宣传报道我们工作室的工作，更重要的是为全县的小学英语老师和学生搭建成长的平台，激励更多的教师通过这个平台去展现自己、锻炼自己。我们工作室发起的活动都是面向全县征稿。我们工作室人人掌握公众号编辑技能，人人都是公众号管理员，为做好这件事打下了坚实基础。

工作室成员成长档案

公众号的建设承载着我们工作室的智慧，展现着我们阳信教育人的风貌，也向社会人士，向广大家长传递了我们阳信教育人打造阳信教育名片的决心。

五、资源共享，智慧引领

1. 资源共享，带动全县教师成长。

为了更好地发挥辐射、引领作用，我们工作室的所有优秀资源，比如课例视频、课件、报告等均通过公众号或工作群进行全县分享。

我们所打磨的样板课例也是通过我们的公众号进行推介，推介我们的骨干教师，助力其成长，并在全县教师中营造一种积极向上的教研氛围，让大家切实感受到榜样就在身边。

每次教研活动后，我们都会有活动报告、执教课例老师对自己的作品进行推介，包括教学视频、课件、教学设计。公众号不仅仅是我们工作室成长的积累，更是全县优秀资源的积累，教师们在需要相关资料时可以随时查阅、下载，使我们工作室真正成为教育成果的促生地、教育资源的集聚地、

名优骨干教师的孵化地。

2.注重资料积累，及时梳理工作经验。

为了便于积累经验，总结成效，在工作中注重名师工作室档案资料收集、积累，我们还注重工作室电子档案的建设；同时，每位名师都要建立自己的成长档案（包括成长规划、代表课例设计、课件、报告、参加教研记录、获奖记录等），考核结业时，每位名师提交个人成长档案一份、电子档案以备考核。

埋头耕耘，收获就会不期而遇。2022年小学英语名师工作室的成员们在各方面都收获了成长。8月，工作室在学科网主办与总冠名的"学科网2022全国卓越名师工作室评选大赛"中，荣获"最具人气名师工作室"称号；秘广艳老师荣获2022年滨州市基础教育教学信息化大赛一等奖；9月，工作室王敏、秘广艳老师在全县小学英语新课标研讨活动中执教观摩课，丁媚清、商晓丽老师作主题发言；10月，工作室主持人助理商晓丽老师主持的县

收获荣誉

级专项课题《"学本理念"下的小学英语单元整体课堂教学策略的研究》开题；商晓丽、李真真、马晓红、王敏、秘广艳、刘迪老师在滨州市 2022 年"一师一优课，一课一名师"活动中获奖；12 月，工作室刘迪、王敏、程爱红、马晓红老师在 2022 年滨州市普通中小学青年教师基本功比赛中分别荣获一等奖、二等奖、三等奖。

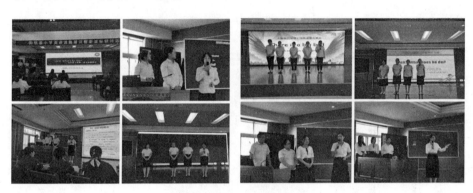

小学英语名师工作室说题大赛

水本无华，相荡乃成涟漪；石本无火，相击而发灵光。我们一路探索，一起相互赋能，彼此成就。今后，阳信县小学英语名师工作室将依然坚守初心，用实际行动做好本职工作，为将工作室打造成"研究的平台、成长的驿站、辐射的中心"而努力奋斗。扬帆起航，路就在前方！

第二节　阳信县初中数学名师工作室建设经验分享

带领一个团队，辐射一个学科

阳信县初中数学名师工作室建设经验分享

阳信县初中数学名师工作室自 2021 年 5 月授牌成立以来，秉承奋斗求

发展理念，坚持以习近平总书记的思想为指导，认真贯彻党的教育方针，在主持人张延娥老师的带领下，已经成为教师专业成长的新范式、学科建设的基地。在未来的日子里，工作室依然会坚持抱团成长，团结合作，奋发向上，以砥砺前行的工作态度和精神，努力将工作室打造成教师生命共同体、名师成长新基地、教学资源辐射场、学生成长供给站，开启工作室发展的新篇章。

收获荣誉

一、锚定奋斗目标，把准发展方向

工作室围绕"研教学问题，促专业发展，育优秀教师"的愿景，以"成长有力量，思想有智慧，教学有特色"为追求，携手共进，于课堂扎根，于课外研讨，追寻数学之梦。在名师工作室的愿景与追求的指引下，工作室围绕研修主题，以教研、科研、培训活动为载体，明确自身是集共学、导教、引研、辐射功能于一体，集教学、实践、研究、培训于一体的教学研修团队。

同时，工作室还制定了三年行动规划、年度教研工作计划、工作室考核细则等一系列规章制度和管理机制，让制度成为所有成员"头顶上方的那盏

灯"，以名师课堂教学观摩，聆听名师讲座，参加县内外教育教学研讨会，经验分享，撰写教育随笔等为形式，搭建专业成长舞台，把准发展方向。

二、提升专业素养，练好过硬内功

读书：工作室坚持开展"阅读—悦读"学习活动。作为名师工作室的成员，应当喜好阅读，乐于阅读，在阅读中汲取营养，学习专业理论知识，拓宽教育视野，夯实专业理论基础，提升学识品位，超出"匠"的界限，把获得的新知识、新方法、新观点贡献到工作室，为教科研专业发展续航。

研修：工作室鼓励成员不断研修以修炼内功，并强化组织专业培训。通过专题讲座、课例研究、同课异构、研讨观摩、课题研究、专题研讨等多种培训形式，使教研和培训融为一体，教研室潘云钊主任和主持人张延娥老师及时把一些先进的教育理念和专家讲座分享到名师工作室，工作室成员前后参加了10余次网上培训。

反思：教学反思是对整个教学活动内化修正的过程。工作室引领成员着眼教育教学细节，梳理日常教育教学中的真实问题、典型事件，强化"微型课题"研究。

写作：写作是提升教师能力的利器。工作室鼓励老师们把取得的研究成果在各级各类刊物上发表，使教师真正用写作改变自己的思维品质，用写作优化教育教学，用写作助推教师走上专业发展的良性轨道。张延娥、王伟燕、秘海霞、毛慧杰老师的论文先后在《山东教育》和《中学数学》发表。

三、夯实常规教学，构建数学课堂教学模式

工作室以课堂教学为载体，以学本教学理念为引领，以教学中出现的问题为切入点，构建我县的数学高效课堂教学模式，力求实现提质增效的目的。我们通过开展课堂教学、"同课异构"等活动，将学本教学理念下的数

学课改落到实处，引领工作室成员成为"有自己优势、有自己特色、有自己思想、有自己成果"的"四有"名师。

工作室坚持"研课—磨课—送课"活动，形成学本教学理念下成型的数学课堂教学模式和课例样板。同时，工作室先后修订学本教学设计模板4次，现在应用的是数学学本教学设计4.0版，并将成果及时分享给全县的数学老师，为提升全县数学教育教学质量贡献我们的微薄之力。

四、聚力课题研究，催发教研热情

自工作室成立以来，以先进理念为指引，以课题研究为载体，以课堂教学为主阵地，以探究教学研讨为主要内容，秉承精益求精的科研精神，促进骨干教师向名师迈进，形成了一批研究成果。工作室成员主持和参与县级课题4项、市级课题3项，2项省级课题结题、1项市级课题结题、1项县级课题结题，发表论文5篇；2人执教市观摩课，9人次获县教学设计大赛一、二等奖，15人次获县级先进，2人次获得市级表彰，3人被聘为副高级职称，逐步实现"追数学之梦，迎幸福之光"的教育梦。

工作室每年都有主题研究方向，每个月都有活动主题，还会根据老师们的教学难题进行研讨，及时跟踪一些热点和符合时代特点的研讨活动，2022年我们的研究方向是"初中数学大单元教学"和"2022版课程标准"。

五、开展学术交流，示范引领提升

工作室承担市县教学研讨展示课、专题讲座、送培送教、观摩培训等教研任务，把工作室的研修成果通过"线下+线上"的方式分享出去，成员的教研力和专业执行力等教育综合实力得到了提升，实现了"骨干教师出名"和"名教师出彩"的"双出"目标。县域内，工作室先后走进流坡坞镇中学、河流镇中学、温店镇中学、水落坡镇中学进行送课助研活动，力争

三年走遍全县所有乡镇中学，助推全县初中数学教学课堂改革。

同时，工作室每位成员至少辐射引领两名年轻教师，使一批年轻的数学教师尽快成长，其中，毛慧杰老师和王伟燕老师担任县新入职的数学教师的培训导师，王宝亮和张延娥担任乡校新入职的数学教师的培训导师，并且都被评为县级优秀指导教师，真正发挥了工作室的辐射、带动作用。"路漫漫其修远兮"，工作室未来的发展还有很长的道路需要艰苦跋涉。工作室将进一步为成员成长提供更高的学习平台，成员们亦通过不断学习，不断求索，在求索中提升研修能力、凝聚学术智慧。"学然后知不足"，成功的道路从来就不是一帆风顺的，获得成功的喜悦必须付出艰辛的努力，在取得成绩的同时，我们当一如既往地秉承理念创新、不止于前、开拓进取的精神，谋求团队共同发展，追求引领、辐射作用。

"志存高远励学行，集体研修共促进。不待扬鞭自奋蹄，务实求真达共赢。"

第三节　阳信县初中生物名师工作室建设经验分享

基于新课程标准的初中生物项目式学习的探索

——阳信县初中生物名师工作室建设经验分享

一、初中生物项目式学习缘起

2019 年颁布的《国务院办公厅关于新时代推进普通高中育人方式改革的指导意见》提出注重"项目设计"等跨学科综合性教学。同年，中共中央、国务院印发《关于深化教育教学改革全面提高义务教育质量的意见》提出开

收获荣誉

展"项目式"学习。2022 年 4 月颁布的《义务教育生物学课程标准》明确指出要以深化教学改革为突破，强化学科实践，推进育人方式变革。

通过实验、探究类学习活动或跨学科实践活动，使学生加深对生物学概念的理解，提升应用知识的能力，激发探究生命奥秘的兴趣，进而用科学的观点、知识、思路和方法探讨或解决现实生活中的某些问题，从而引领教与学方式的变革。当前我国的教育改革已经进入深水区，对传统教育观念、课程内容设置、传统教学行为、传统评价体系提出了新的挑战，要破解教育发展中的难题学习观和方法论必须有所突破。

项目式学习是一种动态的学习方法，通过问题驱动，学生们主动地探索现实世界的问题和挑战，在这个过程中，学生们能够领会到更深刻的知识和技能。项目式学习是以解决生活中的真实问题为出发点进行的深度探究性学习，在探究和解决问题的过程中使学习者获得基本知识和基础技能、关键能力和必备品格的教育观念。

项目式学习在美国被中小学普遍采用，锻炼了美国中小学生的创造力、团队合作和领导力、动手能力、计划能力，以及执行项目的能力。除此以外，对项目的选择也让中小学生更早和更深入地面对和解决现实生活中的问题。这些能力则是中国应试教育下的孩子缺少的应对来自世界、面向未来挑战的能力。

阳信县初中生物名师工作室在研究国际国内相关理论与实践成果的基础上，在初中生物教学实践中努力探索项目学习常态化应用，凝炼出初中生物项目式学习的有效路径。

二、初中生物项目式学习探索

以"基于身边生物现象的初中生科学探究能力培养的研究"开启项目式学习探索之旅。

2021年9月，阳信县初中生物名师工作室以滨州市专项课题"基于身边生物现象的初中生科学探究能力培养的研究"为依托，开启了项目式学习的研究之旅。作为生物学教师，我们应该带领初中生学习如何认识生物、认知生命、认同生活，最终找到适合其一生发展的教育策略。通过探究，获得证据，基于证据和逻辑，运用多种思维方法来构建生物学知识，并用所获得的知识解释身边的生物现象。

针对项目选题，开展问卷调查，形成分析报告。通过问卷对全市15所学校的七、八年级学生进行了调查，收回2887份问卷。分析了学生在现实生活中对生命现象的好奇心、问题意识、探索能力，初步研究生命现象等维

度的数据，形成了比较翔实的项目式调查报告，并搜集和整理了身边生物现象，提取有研究价值的信息。

以"基于新课程标准的初中生物综合实践活动开发和实践的研究"为依托进行项目式学习深度探索。2022 年 5 月，阳信县初中生物名师工作室以阳信县重点课题"基于新课程标准的初中生物综合实践活动开发和实践的研究"为依托，进行项目式学习深度探索。基于新课程标准，结合生物学科的教学特点，设计了包含提出问题、设计方案、聚焦研究、成果呈现、创意评价等五个步骤的项目式学习教学架构。从理论、学情、实践和评价的方面进行项目式探索。

基于新课程标准的初中生物项目式学习之综合实践课程的理论研究，主要包括：对核心素养的解读研究、对生物课程标准的解读研究、对中小学综合实践课程指导纲要的解读研究、对国家中长期教育改革和发展规划纲要的解读研究，以及对目前国内外主要课程流派进行学习。

基于新课程标准的初中生物项目式学习之综合实践课程的本体研究，主要包括：对校情和学生学情分析研究，将核心素养的培养同校情、学情相结合，为开发适合本校实际的生物综合实践课程提供基础数据和资料。

基于新课程标准的初中生物项目式学习之综合实践课程的实践研究，主要包括：制定符合核心素养的初中生物综合实践课程的实施方案，确保初中生物综合实践课程"严谨、明晰、具体、专业"。构建老师的教学模式和学生的学习方式，在实践探索中开发能够促进学生核心素养发展的生物综合实践课程。

三、初中生物项目式学习成果

1. 理论成果。

项目式教学方法是对传统教学方法的深刻变革，需要教师首先转变教学理念。传统的课堂教学组织形式中，教师占主导地位，将教学内容灌输给学生，学生的学习是被动的。实施项目式教学，可以使学生的自由度大大拓

宽，教师逐渐变成导师，引导学生学习思考、解决技能训练过程中产生的问题。在学习项目的学习过程中，教师进行指导之后，小组集体分工负责，每人都有自己的工作任务，发现问题，集体评议，对小组解决不了的问题请老师答疑，可以充分发挥学生的主观能动性。

项目式教学方法对教师提出了更高的要求，可不断促使教师充实自己，提高教学水平。项目式教学使教学涉及的内容和范围远远超出教材规定的内容，教师会感到仅凭教材上的那些知识已经远远不够，从而激发起极大的学习热情。为了能胜任指导学生的工作，教师需要利用业余时间走出课堂，去拓宽、加深自己的知识和技能，去获取与教学项目相关的各种信息。

项目式教学过程能够更大地激发学生的学习热情。在项目教学中，学习环境、学习内容、学习方式的变化给学生带来全新的体验，每堂课都有具体的学习任务、评价方法，开展理论实践一体化教学，使学生主体地位真正得到落实，学习兴趣得到激发，学习热情空前提高，自信心增强，极大地提高了学习效率。项目式教学方式把理论与实践的距离拉近，使学生易于感知与接受，增强学习自信心。

项目式教学对于学生成绩的评定与传统教学方式有很大的不同。传统教学对学生的评价往往是单一的总结性评价，主要用理论考试的成绩来决定学生成绩的优劣，具有片面性，应试痕迹明显。在实施项目教学法时，教师更注重过程评价，每个项目、任务都由个人评价、小组评价和教师评价相组合而成，最后再根据整个项目任务的完成情况，综合评定每个学生的成绩。这样可针对不同特点的学生，根据其作用和贡献进行更全面的评价，突出对其个人综合能力的肯定。

2. 物化成果。

工作室通过调查问卷的形式对全市初级中学学生进行了调查，形成了比较翔实的调查报告，梳理出有研究价值的身边生物现象，初步培养了学生们

的科学探究能力。

工作室联合"科学一代人"编辑部发起"小小世界""成为小小观察家""一起来种菜"3项身边生物现象的探究活动，得到了河南、甘肃、山东等地学校师生的积极参与，调动了学生们的参与热情，全面提升了学生们的科学探究能力。

工作室积极发动学校师生开展对身边生物现象的观察，写观察日记，撰写研究报告、论文等，进一步提升学生科学探究能力。樊雷老师撰写的观察报告《一次关于金蝉的探究之旅》在《发明与创新》2021年第11期刊发，李雨馨同学对家中的蝴蝶兰进行了持续观察，获得了一定的研究成果。她撰写的观察日志《蝴蝶兰》在《发明与创新》2022年第6期刊发。组织学生设计并制作细胞、关节、病毒、模拟膈肌运动等的模型，在课上进行展示交流，激发学生的学习兴趣，增强学生解决实际问题的能力，提高学生的科学探究能力，形成了阶段性研究成果。

工作室申报的《奇妙的生命现象》在全市初中作业设计比赛活动中荣获一等奖。《项目化生物作业的探索于实施》在滨州市"作业革命"优秀成果评选中获二等奖。工作室申报的《三步走基础教育创新人才培养模式的探索和实施》获山东省基础教育优秀成果二等奖。

第四节　阳信县初中地理名师工作室建设经验分享

务实创新，淬炼卓越

阳信县初中地理名师工作室建设经验分享

阳信县初中地理名师工作室成立于2021年5月。工作室组建伊始，在

收获荣誉

县教科研中心范宜鹏主任的带领和指导下，确立了"务实创新，淬炼卓越"的工作室建设目标。工作室以"研问教学，升华智慧"为理念，发扬开拓创新精神和团队合作精神，积极展开地理课堂教学改革，注重提升学生核心素养及学习力。

工作室以困惑驱动，问题打造，运用探究的方式捕捉新课程教学问题，把问题变话题，用问题做课题，革新教学行为，占领教学新阵地。积极展开地理课堂教学改革，学生核心素养、学习能力培养与评价等研究，充分发挥工作室全体人员的智慧和教学研究能力，发扬开拓创新精神和团队合作精神，努力打造"服务于学生成长进步，服务于教师专业化进步，服务于教育发展进步"的交流论坛、探究园地、资源辐射中心。

在县教体局领导和教科研中心的指导下，工作室的影响力、教研力、运营力等方面建设突出，在"学科网2022全国卓越名师工作室评选大赛"中，荣获"全国优秀名师工作室"荣誉称号。

一、完善制度，凝心聚力

"没有规矩，不成方圆。"一个组织的有序、高效运行，离不开规章制

度等的"保驾护航"。因此，在名师工作室建设中，制度文化建设是非常重要的内容。为充分调动工作室成员的积极性和主动性，发挥工作室辐射、引领、带动作用，工作室成立伊始，工作室成员一起制定了《阳信县初中地理名师工作室管理办法》《阳信县初中地理名师工作室三年发展规划》《阳信县初中地理名师工作室评价机制》等制度文件，统一思想、明确目标，为工作室规范运行提供了制度保障。

二、读书学习，充实自我

一个爱读书的民族，是一个文化素质较高的民族；一个爱读书的人，是一个文化素质较高的人。作为一名教师，读书对于其专业成长的意义显而易见。为提高工作室成员的理论水平和学科素养，让工作室成员成为"爱读书、肯研究、会上课、乐合作、善反思"的科研型教师，工作室积极倡导读书交流活动。工作室利用寒暑假时间，先后阅读了《龚雄飞与学本教学》《基于大概念的教学设计优化》，习近平总书记关于教育的重要论述等书籍、文件，积极撰写读书笔记和读书感悟，并在微信群和每周的工作室研讨时交流读书体会和心得。通过读书活动，让浮躁的心灵变得平衡而充实，宁静而致远，教学技艺也得到了提升。

三、交流研讨，助力学本

为了推动学本教学在全县地理学科中的推广和实施，工作室成员利用寒暑假和每周研讨时间把七、八两个年级的学本教学设计和导学单设计完毕，在工作室顾问范宜鹏主任的带领下，对教学设计和导学单逐一审核、修改、完善，为全县初中地理学本教学设计提供了蓝本和参考，供全县初中地理老师参考使用。工作室还定期开展听评课等课堂交流研讨活动，积极探索学本教学与初中地理学科融合的方法和策略。工作室开展的定期集体研讨、听

评课活动和全县大集体备课，推动了学本教学在全县初中地理学科中的纵深发展。

四、寻求合作，拓展学习

工作室建设不能局限于工作室成员之间的学习交流，需要在更大范围、更高平台进行学习交流，以开阔视野、更新观念。由于经费有限、教学任务繁重等原因，工作室成员"走出去"学习的机会并不多，所以工作室借机借力，利用本土资源，积极参加当地举办的各级各类教研活动，拓展学习交流平台。工作室还积极联系和利用高层次网络教研平台，如学科网高端教研名师直播、教育专家网等网络平台等，联合开展研修活动，为工作室成员的学习拓展空间。

五、宣传推广，扩大影响

工作室已建立有学科特色的工作室公众号——就是爱地理。致力于把公众号建成动态工作站、成果辐射源和资源共享站，体现开放性、互动性，提高更新率。公众号内容既反映工作室的工作进展情况，也提供贴近教学实际、与时俱进的课堂教学资源，通过在线交流、研讨，在线解答教师的学科教学问题，让一线教师最大限度地分享到工作室的优质资源。

自工作室成立以来，积极协助县教科研中心开展全县初中地理教学研讨活动。活动中，工作室充分发挥名师示范、引领、辐射、带动作用，与全县初中地理老师面对面交流，引领更多教师学习提升。

在县教体局和教科研中心的领导下，阳信县初中地理名师工作室逐渐成为阳信县有一定影响力和知名度的工作室，在推进全县教育教学改革、提高教育教学质量、名师培养等方面发挥着重要作用。

第五节　聚焦名师工作室建设，打造区域研训新模式

——县域名师工作室建设背景下的"1256X"研训
模式的探索与实践

强国之本在教育，强教关键在教师。21世纪以来，世界各国更加认同提升国家综合竞争力的根本是提升国民素质，而国民素质提高的关键是有高素质专业化创新型教师队伍。如何打造这样的教师队伍？在《关于全面深化新时代教师队伍建设改革的意见》《教育部办公厅关于实施新时代中小学名师名校长培养计划》等文件及习近平总书记的"四有"好老师等一系列讲话精神的指引下，各地纷纷实施强师计划。21世纪初，在上海、北京等地的引领下，名师工作室在中国大地上如雨后春笋般生长起来。它是一个学习研训共同体，融课堂教学、课题研究、队伍发展等于一体。可以说名师工作室是中国教育工作者在教师教育上的创举。

阳信教育人也发现了名师工作室的巨大潜力，结合我县经济基础薄弱，教育发展速度缓慢这一现状，想将其在阳信教育大地上开花、结果。教科研中心各学科教研员深入县域各学校调研我县教育教学现状后发现：我县教师教学观念落后，固守老思维，习惯"满堂灌"，"教师教得累，学生学得累"的现象严重；教师经验主义依然存在，研究意识弱，科研水平低，省课题立项在市域内占比不足10%，国家级课题一直是0；教师的主动成长意识弱，读书少，甚至不读书；城乡师资队伍发展不均衡，教学质量城乡差异很大，70%的乡镇教研形同虚设，或班级数量少，或教师老龄化严重，教师无法形成教研合力，导致教研缺乏引领；另外，教师梯队建设方面混乱，建设指标也不同，按照学科的、按照年龄的，校级的、镇级的，引领的方向不一；师生成长不能同频共振，甚至有的老师业务水平很高，只顾

自我陶醉式的成长，不能落实到课堂或教学质量上来，缺乏一个激发师生共成长的展示平台等。这些现象造成县域教育发展目标不明、路径不当、评价不足等问题，阻碍了我县教育教学高质量的发展。基于此，我县搭载滨州市名师工作室的快车，根据《关于组建第二批滨州市名师工作室的实施意见》要求，确立了"聚焦名师工作室建设，打造区域研训新模式"的发展战略。用名师工作室这一支点，撬动阳信教育，打造阳信教研新模式，以星星之火燎原之势，拉起阳信县教育改革的大旗，以期创造阳信教育品牌，擦亮阳信教育名片。

接下来我将从名师工作室内涵、实施路径、保障机制和效果四方面介绍我县以名师工作室为切入点的"1256X"研训模式的探索与实践。

一、立足县域实际，打造阳信教育新高地

阳信县名师工作室是在县财政局、县人社局大力扶持下，由县教体局倡导建立并负责组织管理的非行政性工作机构。根据区域均衡原则，按学段、学科遴选确立了 26 个名师工作室，共 371 人，涉及学前教育、小学、初中三个学段。每个名师工作室成立一个核心组，由 1 名主持人、1 名顾问、2 名主持人助理、5 ~ 15 名核心成员组成。名师工作室办公室设在教科研中心。每个名师工作室三年为一个工作周期。主持人和助理通过选拔产生，顾问则由本学科的教研员担任，这一机制打通了教科研中心与名师工作室的壁垒，让行政机构与非行政性工作机构产生了链接。同时让名师工作室得到专业教研人员引领，而教研人员也拥有了名师工作室这一得力团队，开拓了互惠共赢的局面。

工作室建立之初，在滨州市教育科学研究院教师业务研修中心梁芳主任的引领指导下，制定了工作室制度，确定了工作室文化，用制度规范行为，用文化引领思想，不断健全符合阳信实际的教师业务研训新模式，最终形成

了"1256X"研训模式。即：

1个使命：为党育人、为国育才。

2个愿景：学本教学推进的先锋队，教育质量提升的生力军。

5大目标：引领专业发展，搭建成长平台；立足教学一线，推进学本教学；提升教学素养，打造高效课堂；创新教育方式，研发教育资源；提高教育质量，打造教育高地。

6项举措：课堂改革——研训主阵地、课题研究——研训助推器、专业阅读——研训润滑剂、辐射引领——研训撬动器、青蓝工程——研训桥头堡、师生联动——研训传送带。

X：在愿景目标的统领下，各学段、学科工作室分别组织开展丰富多彩的师生研训、展示、比赛等活动，引领全县所有师生的素养提升，最终促进全县教育教学质量的提高。

可以说阳信县名师工作室立足县域实际，搭建名优教师自我提升和学科教师专业成长的平台，使之成为教育成果的促生地、教育资源的集聚地、名优骨干教师的孵化地。

二、创新六大举措，领航名师工作室建设

（一）课堂改革是研训主阵地

工作室培养名师的主战场是课堂。2021年阳信县教体局深入调查我县教师的教学素养，发现教师教学观念落后、学科素养差、教学设计能力弱等情况，于是在全县强力推行龚雄飞院长的"学本教学"。即通过"自学、互学、展学"的学习方式，将学生推到课堂的正中央，让学于生，教师是学生学习的积极"旁观者"，引导和促进生生之间的碰撞、评价，让学生人人敢于在课堂上大胆发声，展现自我。名师工作室就是推行学本教学的排头兵，是学本课堂优质资源的孵化地，为全县教师提供了大量学本教学案例。

2021 年 7—8 月份，名师工作室进行了暑期《学本教学》的整本书共读活动，各工作室利用暑假完成了一学期的学本教学设计，供全县教师使用。2022 年通过工作室每周活动、全县学本教学研讨会为大家提供各学科的学本教学课堂教学案例资源。2023 年，依据教科研中心颁布的《关于印发 < 阳信县中小学 "学本教学" 项目推进 2023 年工作要点 > 的通知》《"学本教学" 项目推进工作十项要求 》等文件要求，各工作室根据学本教学理念开始探索属于本学科的课堂教学模式。如初中数学名师工作室致力于学本理念下的大单元整体教学研究，形成了 "五步循环—建—测" 课堂教学模式。在学本课堂的实践中，各学科教师的五大教学素养：教材解读能力、教学设计能力、体悟课堂能力、研讨观摩评价能力、观点分享能力均得到了很大提高。

课堂之于教师，就如同土地之于农民。要想提高教师的素养，必须深耕在课堂。可喜的是，在磨课、研训中切实转变了教师的教学方式和学生的学习方式，用尽可能少的时间获取了最大的教学效益，实现两个减轻、两个提高：减轻教师的教学负担，减轻学生的课业负担，提高教师教学效益，提高学生学习效益，最终达到提高全县整体教育教学质量的目的。

（二）课题研究是研训助推器

课题研究引领教师由经验型教师向科研型教师转变，让教育科学素养成为教师的基本素养，使教师从被研究的对象走向研究的主体，成为研究者、创造者。阳信县名师工作室的课题分为两种，一种是学科工作室建设研究课题，研究各工作室如何运转，如何发挥辐射引领作用，如何带动团队，如何强课提质，让每一个工作室的实践在研究、在理性、在反思、在总结的监控下运转。学科工作室建设研究课题，为阳信县乃至其他县区名师工作室的建设积累了丰富的资料。另一种课题围绕学科业务开展，旨在用课题研究的方式破解当前学科教学中的热点、难点问题。每个课题研究力争两年左右的时间，培育一批可复制可推广的教育教学改革成果，推进育人方式变革。经过

层层遴选，名师工作室最终确定课题 27 项，其中，重点课题 17 项，一般课题 10 项。

在实施的过程中，聘请专家进行针对性指导讲座及名师工作室课题答辩活动。如聘请山东省教科院兼职教研员、滨州市中小学信息技术教研员朱琳老师做了《阳信县名师工作室课题研究方案设计与申报实战》专题报告。工作室的课题研究激活了老师们研究的热情，在扎实开展工作室专项课题的同时，积极申报省、市、县课题，截至目前我县省课题 15 项，市课题 40 余项。教师研究地位的提升、研究能力的增强、实践的创新，在某种意义上来说是教育科学的回归。

（三）专业阅读是研训润滑剂

终身学习的意识和能力既是卓越教师的重要特质，也是教师走向卓越的重要路径。自工作室成立以来，各名师工作室开启"悦读·悦美·悦生活"读书工程。各工作室成员不仅是一个阅读者，更是爱好阅读的引领者、示范者。阅读应该成为一种习惯，一种自觉的行为。当然，阅读也是教师研训的营养源之一。在读书推进方面，工作室紧紧围绕三大读书工程进行，即"捐书助力工程""读书漂流工程""赠书激励工程"。2021 年 5 月，北京鸿儒文轩文化传播有限公司为名师工作室捐赠了价值 6 万余元的图书；2021 年 7—8 月读书漂流工程启动；2023 年 6 月在专家学术报告会暨全县名师工作室年度述职总结会议上开展赠书激励活动。

为确保三大工程持续推进，名师工作室领导小组对各工作室开展情况实时跟踪、指导、评价。具体为：各工作室主持人提前拟定好读书进度与分享形式，确定好领读人，带领大家读书。阅读的形式是分散＋集中，线下坚持每天阅读，完成读书摘抄，每周工作室研讨活动分享读书收获，定期以美篇、公众号形式对工作室读书成果进行汇总推报。每月提交一篇读书总结，并通过线上或者线下形式进行交流分享，并以简报等形式呈现。可以说，一

路走来，一路书香。

　　截至目前，工作室开展的各类读书汇报线上、线下展示活动130多次，极大地提高了教师专业阅读的质量，带动了全县教师爱读书，读好书，善读书的良好氛围，开启了"书香阳信"的新局面。

（四）辐射引领是研训撬动器

　　"独行疾，众行远。"教师的专业化成长，离不开集体的研讨、分享。为了扎实推进城乡教育均衡发展，深化新课标理解，充分发挥名师的辐射、示范、带动作用，更好地履行"服务于学校发展"的理念，阳信县名师工作室自成立以来，持续开展"送教助研"活动，截至目前"名师送教下乡"活动高达两百余次，对我县教师专业发展和改进教学有着较大的影响。

阳信县初中数学学科教研基地三位一体教研框架图

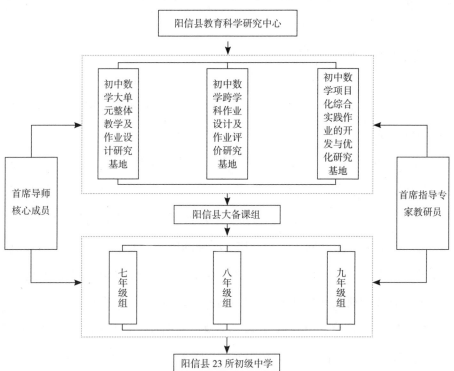

比如小学英语名师工作室形成了以县名师工作室为引领的"1+3"教研团队，我们成立了阳信县小学英语名师工作室联研提质教学群，将工作室全体成员及送教送研学校的老师纳入本群，引领联研提质学校英语教研组同步教研，共同成长。初中数学名师工作室结合"双新"（新课程、新教材），将全县初中数学学科教研基地建设项目分解为初中数学大单元整体教学及作业设计研究、初中数学项目化综合实践作业的开发与优化研究、初中数学跨学科作业设计及作业评价研究三个子项目，成立全县的大备课组，下设备课组，在教科研中心、教研员和首席导师的指导和引领下形成以三个核心基地为横向教研体系，年级备课组为纵向教研体系的全方位纵横教研网。

每个工作室都带着自己的成果"送教助研"，一是搅动偏远乡镇的教研僵局，二是为工作室成员提供了锻炼展示的舞台，实现了"辐射源与营养源"的互惠互赢，工作室与辐射服务区双向发展，搭建了城乡教育有机联系的桥梁，为乡村振兴加薪添火。

（五）青蓝工程是研训桥头堡

发挥名师工作室辐射引领作用，形成教师成长梯队是名师工作室的重要职责之一。我们通过名师工作室"传、帮、带"的形式发展梯队，形成星星之火燎原之势。

2022年5月19日，阳信县名师工作室"青蓝工程"启动会议顺利召开，经过申报、评选、考查三个环节，26个工作室共遴选出121名"青蓝工程"人选，名师工作室成员为蓝方，新教师为青方，壮大了名师工作室的队伍。

青蓝双方是学习共同体，双方均有明确的职责和要求，在教学理念、教学素养、专业成长、新课标落实等学科素养方面，青蓝双方制定发展规划，有计划、有步骤地提升自身素养。县名师工作室领导小组将对各名师工作室"青蓝工程"所开展的工作进行跟踪检查和督导评价，并定期组织巡查。

"青蓝工程"运行一年来，各工作室积极为"青方"教师搭建成长平台。

"青"方教师成长迅速，比如，小学英语名师工作室的刘迪、王敏两位老师，取得滨州市青年教师基本功大赛一等奖的好成绩；王敏于2022年获得了山东省一师一优课的"优课"荣誉；初中数学工作室4位青年教师分别在全市青年教师基本功大赛中取得好成绩。截至目前，"青蓝工程"人选获得省、市、县各类荣誉300余项。

（六）师生联动是研训传送带

"为党育人，为国育才"是我们的初心和使命，点亮他人，照亮自己是教师成长的幸福姿态。

师生联动活动突出"成长自己，成就学生"的活动宗旨，以挖掘每一个孩子潜藏的能力，培植每一个孩子成长内驱力为目标，面向全县学生开展素养展示活动，并将优秀作品在工作室公众号进行了展播，为全县学生搭建成长的平台。

2023年寒假，阳信县教科研中心联合县小学道德与法治名师工作室，依据新课标，结合学科特点，组织设计了内容丰富、形式多样、充满趣味的寒假特色作业，让孩子们知行合一，感受浓浓的中国"年"文化。全县学生纷纷投稿，大量优秀作品在公众号展播，丰富了孩子的寒假生活。

2023年2月份，阳信县教育科学研究中心联合山东省首批学科类教研基地、阳信县初中数学名师工作室组织了初中生数学讲题展评活动和初中数学"菜单式"综合作业设计评选与展示活动。本次大赛为学生搭建了成长的舞台，让每一位参赛学生在讲题的过程中，走进数学世界，感悟数学之美，培养数学兴趣，提升数学素养。

小学语文名师工作室寒假期间面向全县小学生开展"相约最美诗词——阳信县小学生古诗词诵读"活动，激发了全县小学生诵读古诗词的热情，加深了他们对中华优秀文化的热爱和对民族精神的认同。近期，小学语文名师工作室又推出"夏之韵——阳信县小学生古诗词朗诵展播"活动，收到了大

量优秀作品，深得全县师生的喜爱。

阳信县初中生物名师工作室在全县发起了身边生物现象探究实践活动，切实地提升课堂教学质量，促进跨学科综合实践的开展，提升学生生物学科素养。

师生联动活动大大增加了教师的幸福感，加深了家长对教师的认识，树立了良好的教师队伍形象。工作室师生联动活动多次被滨州市教科研公众号及上级媒体推送报道，得到了社会及家长的认同和支持！

三、完善保障机制，护航名师工作室建设

无规矩不成方圆，制度规范行为，确保设计落地。在聚焦名师工作室开展"1256X"研训模式的探索与实践中，我们做到了三点保障机制。

（一）组织保障。阳信县名师工作室建设是"一把手"工程，县教体局党组书记、局长刘兆忠同志亲自指挥、亲自推动，分管领导具体抓责任落实。主持人负责工作室的管理、统筹、协调工作，积极为工作室创造良好的工作条件。各学科教研员负责相关学科名师工作室的活动指导。考核工作由县教体局教师业务研修中心负责。这样的组织保障保证了此项工作的顺利执行。

（二）制度保障。阳信县教师业务研修中心在工作周期内，对各名师工作室所开展的工作进行跟踪检查和督导评价，并定期组织巡查。对工作室的履职情况进行阶段性评价和终结性评价，年度考核"不合格"的工作室将被撤销，考核不合格的工作室成员，取消其成员资格，并按有关程序吸纳符合条件、有发展潜力的新成员进入工作室。考核为"合格"以上的工作室和成员将自动进入下一周期的工作室建设。具体制度有《阳信县中小学名师工作室管理办法》《阳信县中小学名师工作室成员退出办法》《阳信县中小学名师工作室"青蓝工程"实施方案》《阳信县中小学名师工作室"青蓝工程"管理办法》《阳信县中小学名师工作室"青蓝工程"教师准入办法》《阳

信县中小学名师工作室年度业绩评价标准》等。

（三）经费保障。各学科名师工作室每年有一定的运行经费，在占义务教育保障经费总量5%的培训经费中支出。经费严格用于工作室的各项正常业务活动。名师工作室主持人按照年度支出预算，确定支出方向，严格执行相关的财务管理制度。经费使用建立收支账目明细，接受财政、审计及教育行政部门的审计检查和绩效评价。

四、硕果累累，激励名师工作室持续发展

三年的历练、成长，实践证明，以工作室为切入点，已经撬动了阳信教育的变革。

（一）名师工作室成为推动教育发展的重要力量之一

三年来，名师工作室成为优秀教师对标全国先进的舞台，邀请了近100位省内外知名学者、教研员、优秀教师举办讲座；成为科研教学改革的示范窗口，累计组织线下研修活动近200次，自主开展线上研讨活动1000余次，辐射带动教师参与达几万人次，先后取得专著、发表论文、课题研究成果等300余项。以名师工作室为平台，形成了覆盖全学段、基本覆盖所有学科的兼职教研体系，一定程度上弥补了专职教研力量的不足。

（二）名师工作室成员成为师德师风的楷模

名师工作室成员牺牲个人时间，不计报酬，为滨州教育发展无私奉献。名师们纷纷变身"阅读达人""教改榜样"，有的冲破风雪阻碍做报告，有的迎着台风去送教，有的在病床上坚持"传经送宝"。

（三）名师工作室成为骨干教师专业成长的基地

首批工作室的高位运行持续赋能，激发了主持人和成员干事创业的热情，专业素养和专业水平得到显著提升。1人入选国家"万人计划"教学名师，6人入选"齐鲁名师"建设项目，200余人次获国家、省、市、县综

合表彰；300 余人次获教学能手、学科带头人、教坛新星、名师、名班主任、名校长等县级以上教学业务称号；400 余人次在县级以上课件、教学基本功比赛中获奖；越来越多的教师养成了读书思考、课题研究、创新实践的习惯；越来越多的滨州名师有了鲜明、科学的个人教学主张，有了从经验型向理论型的重大转变，有了站在全省乃至全国教改前沿发言的能力。

（四）名师工作室成为城乡教育均衡发展的重要抓手

名师工作室加强了县市区、学校间的交流和协作，促进了城乡均衡发展。带动县市区组建名师工作室 280 余个，市县联动日益频繁，多次组织开展送教送研活动。阳信县教育和体育局荣获滨州市名师工作室管理工作先进集体。阳信县名师工作室运行至今，对标全国教育高地，在徐长青名师工作室、学科网、全国名师工作室联盟的引领指导下，小学英语、初中数学、初中地理 3 个名师工作室被评为全国卓越名师工作室，小学英语、初中数学、初中生物、初中地理 4 个名师工作室被全国名师工作室联盟评为全国优秀名师工作室，工作室三项成果获得全国优秀成果一等奖。

"聚是一团火，散是满天星。"在工作室的运行过程中、共同愿景下，未来，我们将进一步厚植工作室文化，以先进文化凝聚共识，激活工作室力量，引领团队更快更好发展；各名师工作室也将根据学科特色，确立属于自己的工作室文化，彰显学科特色，体现团队个性，呈现出朝气蓬勃的发展势头。

各位领导，老师，相信"聚焦名师工作室建设，打造区域研训新模式的'1256X'研训模式"将会在阳信扎根、开花、结果，擦亮阳信教育名片，打造阳信教育的高光时刻。最后，期待阳信乃至滨州教育因为我们共同的努力而变得更加美好！

（本文为作者于 2023 年 7 月在山东省中小学师训模式

创新研讨会上的发言稿）

附 录

阳信县第二批名师工作室建设
重大活动及报道

第一节　关于组建第二批名师工作室的实施意见

阳信县教育和体育局
阳　信　县　财　政　局
阳信县人力资源和社会保障局

阳教函〔2021〕第 12 号

关于组建第二批名师工作室的实施意见

县教育和体育局、财政局、人力资源和社会保障局，各乡镇（街道）学区、县直有关学校：

为积极发挥一线名师的辐射引领作用，促进优秀教师梯队建设，根据《滨州市教育局关于组建第二批滨州市名师工作室的实施意见》（滨教函〔2020〕68号）要求，结合我县教育实际，决定在全县启动组建第二批阳信县名师工作室，现将有关事宜要求如下：

一、工作室建设目标

（一）对标全省教育高地，打造阳信教育品牌。

通过名师工作室平台，在对标学习中，不断健全符合阳信实际的工作室运行模式。在全县中小学各学科骨干教师的参与下，进行教育教学及教育科学研究，提升优秀教师的培养成效，打造阳信教育品牌，促进阳信教育优质均衡发展。

（二）构建专业学习共同体，开辟教师成长孵化地。

以先进教育思想为指导，以教师专业发展为根本，以提升教育教学质量为核心，以教科研一体化为主要模式，广泛开展教育教学重点问题研究，构建名优教师自我提升和学科教师专业学习共同体，使之成为教育成果的促生地、教育资源的集聚地、名优骨干教师的孵化地。

（三）项目研究出成果，资源建设出成效。

立足教育教学实际，以课堂教学为基点，精选研究项目，深入研究课程、教材和教法，群策群力，形成优质研究成果，共享团队智慧。为教师专业发展提供平台支持，培养和带动一批具有较高专业素养和教育智慧的优秀教师，提升学科教师整体水平。

开展课题研究，推进教育发展。主持人带领团队围绕课程、教学、作业和考试评价等育人的关键环节，开展课题研究，力争三年内形成一批较为突出的教育教学改革成果，推进阳信教育新发展。

二、工作室类型

根据国家课程方案和市相关文件要求，结合我县实际，由县教体局名师工作室领导小组根据实力均衡原则按学段、学科确定名师工作室数量及成员。第二批名师工作室遴选拟建 26 个名师工作室，具体类型如下：

1. 小学：道德与法治、语文、数学、英语、科学、信息科技、体育、音乐、美术、综合实践活动。

2. 初中：道德与法治、语文、数学、英语、物理、化学、生物、历史、地理、信息科技、体育、音乐、美术、综合实践活动、中小学心理健康教育及家校共育。

3. 学前教育：学前教育名师工作室。

三、工作室组建

（一）工作室组成

工作室设主持人 1 人，区域主持人助理 2～3 人，核心成员 5～15 人，聘请学术顾问 1 人。

（二）评选条件

工作室成员需符合"四有好教师"标准；有积极组织、参与工作室活动的愿望和保障工作室活动开展的时间、精力；近三年任教所申报学科教学工作，能完成一届（三年）工作室任务。

1. 名师工作室主持人条件：热爱教育事业，理念先进，教书育人成绩突出，教育教学综合考核位居学校前 1/4，并获得过县级教学业务类比赛二等奖以上成绩。热爱读书，擅长写作，在正式出版物上发表过文章。曾主持或参与研究课题，组织管理能力强，有大局意识。年龄原则上在 50 岁以下，特别优秀的适当放宽。

2.区域主持人助理条件：团队合作意识强，有责任感、进取心和奉献意识。善于学习，勤于反思，教学成绩位居学校前1/3，曾主持或参与研究课题。年龄原则上在50岁以下，特别优秀的适当放宽。

3.核心成员条件：有提高愿望、发展潜力的优秀教师，专业基础扎实，勤奋务实，具有一定的教育科研基础。年龄原则上在45岁以下，特别优秀的适当放宽。

（三）遴选办法

遴选按照个人申报，学校及乡镇（街道）学区审核推荐，县级专家评审的程序进行。

1.个人申报。符合条件的人员向所在学校或单位提出书面申请，填写《阳信县中小学名师工作室申请表》（以下简称《申请表》或申报表）（附件1）。以学区为单位（县直学校以学校为单位）统一报送材料（原件和复印件各一份，审核后原件带回）至阳信县教育科学研究中心（406室），同时电子稿发送教育科学研究中心平台。其中团队建设一栏需附佐证材料。

2.评审推荐。所在单位对申报人员的材料进行审核，并综合分析申报人平时的思想政治表现、师德表现、教学能力、教科研水平、组织协调能力等方面情况，经单位班子集体研究后公示无异议的，在《申请表》上签署意见，加盖单位公章后上报县教体局。各单位根据分配名额从申报人中择优推荐参加评选。

3.遴选程序。（1）材料审查。县教体局组成评审小组，对申报材料进行评审，初步确定工作室主持人和核心成员候选名单。（2）公示评选结果。公示无异议，各个工作室推选产生区域主持人助理。（3）公布第二批阳信县名师工作室名单。

（四）推荐名额

各学区每学段每学科1～2人，县直义务教育学段学校分学段每学科1

人。首批名师工作室主持人和成员可参与第二批遴选。

（五）工作室命名

名师工作室以学段及学科命名，如"阳信县小学数学名师工作室"。

（六）工作室任期

名师工作室以 3 年为一个周期，期满后重新遴选认定。

四、名师工作室组织与管理

（一）组织领导

1. 名师工作室的日常管理工作由主持人负责，负责工作室的管理、统筹、协调工作，积极为工作室创造良好的工作条件。各学科教研员负责相关学科名师工作室的活动指导。

2. 考核工作由县教体局"名师团队建设工程"领导小组负责，包括遴选名师工作室成员，组织外出培训与考察学习等。名师工作室牌匾挂在主持人所在学校，工作室核心组成员由县教体局颁发证书。

（二）条件保障

1. 每个名师工作室每年有一定的活动经费。设有工作室的学校一次性为工作室提供工作场地及办公设施。

2. 每个工作室成员所在学区、学校要为工作室提供所需活动开展的相关支持，包括添置书籍、网络技术支持、成果展示布置等。

（三）考核评价

在工作周期内，县教体局"名师团队建设工程"领导小组依照工作室的职责、任务与要求，通过查阅资料、调查访谈、成果检验等形式，对工作室的履职情况进行阶段性评价和终结性评价。"名师团队建设工程"领导小组负责工作室主持人的评价与考核，工作室主持人负责工作室成员的评价与考核。

考核的结果分为优秀、合格和不合格三个等级。考核为"合格"以上者将自动进入下一学年的工作室建设；考核达到"优秀"等级者，将予以表彰和奖励，并在外出学习、县市级公开课、专题发言等活动中优先推荐。各级研究课题优先由考核合格以上的名师工作室及成员申报。对年度考核不合格的工作室成员，县教体局将取消其成员资格，并按有关程序吸纳符合条件、有发展潜力的新成员进入工作室。考核结果作为评优树先的优先依据。

五、名师工作室申报工作安排

（一）个人申报。有意愿参加申报的个人须填写申报表（见附件1），同时确保自评信息的准确性，否则按提供假信息处理；学校、学区组织审核推荐工作，填写相关表格（见附件2），以学区（县直学校以学校）为单位于3月26日前向县教体局统一报送材料，同时电子稿发送教育科学研究中心张军霞个人平台。联系电话：8223916。

（二）组织评审。县教体局领导小组组织专家组对申报对象进行资格审核和评审，择优遴选，对确认的名师工作室公示无异议后发文公布。

附件：1. 阳信县第二批名师工作室申报表

2. 阳信县第二批名师工作室推荐人选汇总一览表

阳信县教育和体育局　　　　阳信县财政局

阳信县人力资源和社会保障局

2021 年 3 月 15 日

阳信县教育和体育局办公室 2021 年 3 月 15 日印发

阳信县教育和体育局
阳信县财政局文件
阳信县人力资源和社会保障局

阳教发〔2021〕27号

关于公布第二批阳信县中小学名师工作室
组成人员的通知

各乡镇（街道）学区、县直有关学校：

根据《关于组建第二批名师工作室的实施意见》（阳教函〔2021〕第12号）文件精神，经教师个人申请、学校推荐、县级评审公示，遴选组建了第二批26个阳信县中小学名师工作室（名单见附件），并拟定了《阳信县中小学名师工作室管理办法（试行）》，现予公布。

各名师工作室要积极投身全县基础教育教学改革，按照本工作室目标计划和《阳信县中小学名师工作室管理办法（试行）》要求，认真履行自己的职责，充分发挥辐射带动作用，努力把所在工作室建设成为深化课程改革、提高教育教学质量、展示教育教学实践和研究成果、服务广大师生的重要基地，为全县教育高质量发展做出积极贡献。

各名师工作室成员所在的学校，要为名师工作室成员开展工作提供保障，在安排工作时间和协调工作关系方面给予大力支持。

附件：阳信县第二批中小学名师工作室及成员名单

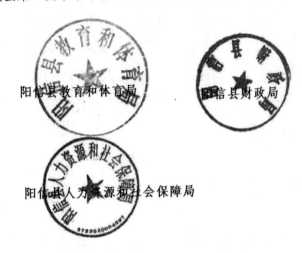

阳信县教育和体育局　　　　阳信县财政局

阳信县人力资源和社会保障局

2021 年 4 月 28 日

第二节　阳信县第二批名师工作室启动仪式的通知

阳信县教育和体育局

关于举行第二批阳信县名师工作室

启动仪式的通知

各乡镇（街道）学区、县直有关学校：

按照教科研中心对各名师工作室的部署，阳信县教育和体育局、阳信县

财政局、阳信县人力资源和社会保障局《关于组建第二批名师工作室的实施意见》（阳教函〔2021〕第 12 号）文件要求，经过严格的遴选程序，第二批阳信县名师工作室已组建完成，经研究，定于 5 月 27 日在第二实验中学举行第二批阳信县名师工作室启动仪式。

现将有关事宜通知如下：

一、会议时间、地点：

时间：2021 年 5 月 27 日上午 9：00

地点：第二实验中学报告厅

二、会议内容：

1. 宣读第二批中小学及学前教育名师工作室及主持人、助理、核心成员名单。

2. 阳信县中小学名师工作室授牌仪式。

3. 北京鸿儒文轩文化传播有限公司总经理崔付建捐赠图书。

4. 第二批名师工作室主持人代表发言。

5. 阳信县教育工委常务副书记、教体局党组书记、局长刘兆忠同志讲话。

6. 滨州市教育科学研究院教师业务研修中心主任梁芳同志作专家报告。

三、参会人员：

各乡镇（街道）学区主任、教学办公室主任、中小学校长，义务教育学段县直学校校长、业务校长、幼儿园园长，各名师工作室全体成员，教科研中心全体人员。

四、有关要求：

1. 请参会人员遵守疫情防控有关要求，佩戴口罩，8：45 签到。

2. 请参会人员遵守会议纪律并按照规定位置就座。

3. 请以学区和县直学校为单位，将参会名单于 5 月 26 日 12：00 前发县教科研中心办公平台。

阳信县教育和体育局

2021 年 5 月 25 日

第三节　名师工作室暑期阅读活动暨学本教学设计实施方案

阳信县教育科学研究中心

关于名师工作室暑期阅读活动暨学本教学设计实施方案

各工作室：

为全面推进第二批名师工作室建设，把名师工作室各项工作做实、做细，以阅读提升全体成员的理论水平和思维品质，经研究决定，暑期集中开展名师工作室"悦读·悦分享"活动暨学本教学设计。具体活动方案如下：

一、指导思想

"问渠那得清如许？为有源头活水来。"阅读应该成为一种习惯。工作室倡导每位成员都要树立终身学习的教育理念，养成"与书为伴"的习惯，坚持"读好书、好读书"，促进教师综合素养的提高，为工作室深入开展教研活动提供精神保障。

二、参加对象

全县中小学名师工作室全体成员。

三、活动时间

2021 年 7 月 9 日至 2021 年 8 月 29 日。

四、阅读计划

（一）为扎实推进我县学本教学改革，7 月份阅读书目定为《龚雄飞与学本教学》。

（二）根据各名师工作室学科特点和实际需求，8 月份阅读书目定为励志或党性教育书籍，各名师工作室根据配备书目确定相关共读书目并制定读书计划，7 月 10 日之前各名师工作室主持人完成读书计划（见附件）并发名师工作室主持人群。

五、学本教学设计

（一）依据前期学本教学报告内容和《龚雄飞与学本教学》教学设计范本，于 7 月 28 日之前完成教学设计和导学单模板，提交给工作室顾问审核，集体备课范围为 2021—2022 学年第一学期期中考试前的内容，各工作室结

合核心成员的任教年级进行合理分工。

（二）学本教学设计和导学单模板设计要求：

1.认真研读教材，结合学本理念，参照前六期专题研讨的优质观摩课进行设计。

2.对于主问题的设计一定要有思维含量，能够引发学生进行深度思考，切忌问题小、碎、浅。

3.切忌网络下载和拼凑（一旦查出将影响个人考核并重新设计），各工作室主持人和助理要进行二次审核，最后发顾问进行最终定稿。

六、具体实施方案

（一）按照7、8月份的读书计划，每个章节确定好领读人，由领读人提前分享读书领读要求。领读人负责领读和本周阅读成果梳理及宣传工作。

（二）领读要求：各工作室成员线下坚持每天阅读，完成读书摘抄，每周完成名师工作室手册不少于一页读书记录。每月读书活动结束后，各工作室要形成读书成果，通过线上形式进行交流分享，并以美篇形式呈现发主持人群。

（三）为了确保读书实效，主持人要加强考核，对大家的读书情况及时跟进与反馈，8月30日前每个工作室择优推报2篇总结，并发宣传部进行公众号推介学习，将优秀总结记入年度考核。

（四）各工作室主持人按照（附件3）顺序推介读书活动情况，体现"悦读·悦分享"的读书氛围，编辑好后发名师工作室宣传部，经审核后发"阳信县名师工作室"公众号，以此掀起全县教师"读好书 好读书"的热潮。

阳信县教育科学研究中心

2021年7月8日

第一部分　学本教学简介

新课程教学改革的基本方向是走向自主、合作、探究的学习。为此，龚雄飞院长总结出一种更为本质性的教学范式，一种更能反映普遍性教育规律的教学范式——学本教学。

一、学本教学的概念界定

学本教学是指学生在教师指导下，主要通过"自学、互学、展学"等学习方式，达成课时学习目标、养成终身发展能力的一种课堂形态，其核心内涵是"以学生深度学习为本、以学生素养发展为本"。简言之，学本教学不是一种教学流派，而是一种立足于学本立场的课堂教学理想和教学样态，是教学改革的必由之路与应然之态。这样看来，凡是符合学本立场的课堂形态，都属于学本教学的范畴。

二、学本教学"三学"的环节简述

自学环节，让学生独立自学，培养学生阅读理解能力及动手写、画、算的能力等；互学环节，让学生进行充分的讨论，培养学生的创造性思维能力、口语表达能力、合作能力等；展学环节，让学生小组合作完成展示，培养学生的做、写、画能力及口语表达能力，也可以培养学生思维能力的深度和广度及随机应变的能力。

通过学本教学，启迪学生的思维，力争每节课学习、每个知识点都能帮助学生获得成功体验。因为学生长期处于学习成功的喜悦之中，其人生态度变得积极、勇敢，乐于在主动探究上下功夫，从而爱上学习。即使他们离开了学校，也会做一个终身学习者。

三、学本教学的三个显著特征

一是在教学关系上，表现为"先学后教、多学少教""以学定教、因学评教"的正确追求。

二是在师生关系上，表现为"学生主体、教师主导""学生主演、教师导演"的准确定位。

三是在教学模式上，表现为围绕核心的学习任务，学生主要通过"自学—互学—展学"三种学习方式来解决问题、达成目标的行动，从而实现从老师"被动地教"到学生"自主地学"的转变。表现为学本立场基础上三种学习方式"和而不同"的灵动组合。

四、教师要成为关键助力人

学本教学课堂经历自学、互学、展学三阶段，其中，互学、展学是重点，在这些阶段不能总是几位学生与教师对话，而要关注全体学生的收获，才会产生精彩的课堂。所以，教师要在合作学习处成为关键助力人。

1.于无向处指向：在学生没有方向时，教师应该给出方向，小组合作学习研究的目标是什么、研究的路径是否正确，教师都应该给予适当的点拨。

2.于无法处教法：当小组合作学习陷入困境时，教师要适时给出解决问题的方法。

3.于无疑处生疑：让学生提出问题是讨论与交流不可或缺的第一步，学生限于知识结构、人生阅历，可能一时半会儿提不出问题，并非真的没有问题，教师要善于启发和引导。

4.于无力处给力：当学生能力不足以解决问题时，教师应该给学生提供资源、工具、脚手架，让学生借助这些资源去解决问题。例如，不断追问学生，让学生一个台阶接着一个台阶往上走，思维逐层展开、逐步深入，思维

能力逐渐提升，这样课堂的效益就会十分明显。

通过学本教学，改变传统讲授型课堂模式，从"填鸭式"教学和"满堂灌"教学中将教师解救出来。学本教学对于进一步转变教师教育观念、加快教学方式变革、促进研修方式转型、推动教育管理创新、实现学生主动充分发展等方面具有重要的导向作用。我县实施并推进学本教学改革，具有划时代的意义，必将载入阳信教育的史册！

（摘自《阳信县名师工作室成员成长手册》）

第二部分　阅读·悦读，书香·暑假

解读时刻 ▶▶▶

炎炎夏日，阻挡不了我们读书的热情；酷暑难耐，阻碍不了我们学本备课的脚步。本期内容主要展现各名师工作室暑期读书工程暨学本备课启动仪式的精彩画面。在各工作室暑期读书、学本备课热火朝天启动的美好时刻，阳信县教体局刘兆忠局长对此项活动高度重视并热心关注，以教育人的情怀对工作室给予了勉励。让我们把领导的勉励化为动力，在读书明理、学本备课明智的路上高歌猛进！

局长寄语 ▶▶▶

工作室人才济济，是领航阳信教育的一面面旗帜、一座座丰碑、一方方精神家园。得工作室者续辉煌！

信念永恒 ▶▶▶

★感谢刘局长给予我们鼓励。我们名师工作室定会在领导们的关注和指导下，做好学本教学的火种，发挥学科的辐射和引领作用，做好这项大教

育、大民生工程。

★希望我们扎实工作、创新工作，发挥工作室示范与引领作用，积小溪之流而成江海，汇微尘之粒而成高山，为阳信教育发展奋力前行！

★我们定会守初心，担使命，育新人，坚守教育的情怀。虽任重而道远，也要默默耕耘，为我们的教育生涯涂抹绚丽的色彩。愿阳信教育如春天般百花齐放！

★我们初中生物名师工作室一定会在各位领导的指导和引领下，努力发挥学科辐射作用！为阳信教育尽一份力，擦亮阳信教育名片！

★此时我们工作室正在召开暑期活动启动会，会上及时向工作室成员传达了刘局长对大家的鼓励和关心，大家一致表示，不辱使命，责任担当，做好阅读和学本教学的示范引领，为续写阳信教育辉煌贡献自己的力量！

集体研究备课

集体研读《学本教学》

开启暑期读书工程

★我们会在教体局各位领导的引领和指导下继续努力，做好学本教学的先锋队，为擦亮阳信教育名片贡献自己的微薄之力。

★学前教育工作室全体成员将会扎实教研、创新教育，发挥工作室示范与引领作用，让前沿理念引领教师大步向前！呵护童真，奠基未来！

★我们愿以"星星之火，可以燎原"之势，发挥小学音乐的辐射带动作用，为擦亮阳信教育名片尽自己的一份力！

第四节　阳信县名师工作室实施"青蓝工程"建设

第一部分　阳信县名师工作室"青蓝工程"实施方案

为进一步推进名师工作室梯队建设，充分发挥名师资源的引领和辐射作用，促进更多优秀教师成长。同时，建立长效机制，实现均衡发展。结合当前广大青年教师需求，根据《阳信县中小学名师工作室管理办法》〔（2021）第40号〕特制定《阳信县名师工作室"青蓝工程"实施方案》。

一、指导思想

坚持以习近平新时代中国特色社会主义思想为指导，全面贯彻党的教育方针，培根铸魂，启智润心。通过"青蓝工程"建设和活动的开展，充分发挥名师资源的引领和辐射作用，促进教师专业成长，扎实跟进新课程改革，实现强科提质。

二、组织领导

组长：秘金亭

副组长：范宜鹏　张军霞

成员：青蓝工程所有成员

三、实施的方法

由县名师工作室顾问任总指导，工作室成员担任指导员，通过指导员的传、帮、带作用，实现青、蓝双方教学相长、共同提高。

青方人选说明：学前、初中、小学准入优秀教师

蓝方人选说明：县第二批名师工作室成员

四、实施要求

"青蓝工程"是名优教师自我提升和学科教师专业成长的学习共同体，在坚持"共享、共进、共融"的基础上，双方履行好以下职责和要求：

1.蓝方对新纳入的培养对象，在教学理念、教学素养、专业成长、新课标落实等学科教师专业成长方面制定出培养计划，指导青方拟定自我成长规划。

2.蓝方在组织各项教研培训活动中，有对青方实施管理的权力和跟进指导的义务，在顾问的指导下，根据本学科特点制定有利于督促青方成长的考评机制。

3.青方需热爱教育事业，乐于团队合作，善于钻研业务，并有足够的时间与精力参与工作室各项活动。

4.青方应秉承工作室理念，并服从工作室管理和履行工作室所安排的工作任务。

5.青方进入工作室后，享有参与工作室教研活动的权利，优先获得工作室优质学科资源，并有义务在全县学科教学教研活动中发挥正能量，奉献自己，引领本学校同学科教师。

6.青方仅作为工作室成员助手，不能替代工作室成员履行教科研中心交

办的公共任务，蓝方不能将主要工作移交给青方。

7. 届终，工作室将对青蓝双方工作进行考核，并评选出优秀结对师徒。对考核优秀的青方人员，在下一届名师工作室评选中择优录入。

五、实施的保障

1. 名师工作室"青蓝工程"在县教科研中心的领导下，由名师工作室领导小组负责日常管理工作，承担各学科名师工作室的协调、"青蓝工程"的实施、日常监管、网站建设、活动组织等工作的指导。

2. 工作周期内，县名师工作室领导小组将对各名师工作室"青蓝工程"所开展的工作进行跟踪检查和督导评价，并定期组织巡查。

3. 名师工作室领导小组对各学科名师工作室统一图书资料购置、外聘专家、参观考察、课题研究等用于名师工作室"青蓝工程"建设的支出做好保障，确保工作室健康有序发展。

附 则

本方案修改解释权归阳信县教体局中小学名师工作室领导小组。

阳信县教育科学研究中心

2022 年 5 月 6 日

第二部分 阳信县召开名师工作室经验交流暨"青蓝工程"启动会议报道

初夏时节，小满在即。在这个喜迎收获的美好时刻，在全市上下深入开展"在知爱建"，以及"滨州走在前，阳信怎么办"解放思想大讨论的背景

下，2022 年 5 月 19 日，阳信县中小学及学前教育名师工作室成功召开经验交流暨"青蓝工程"启动会议。目的是分析工作室建设经验，全面启动"青蓝工程"，为青年教师的成长持续赋能助力。

在本次会议上，阳信县教科研中心常务副主任范宜鹏同志代表县教科研中心发表讲话。范主任全面总结了工作室启动一年来取得的成绩，要求各工作室继续提高执行力、坚持创新力、永葆生命力，加强学习，提升境界。同时，对即将开始的"青蓝工程"提出了明确的要求，勉励各工作室认真梳理

"青蓝工程"启动

范宜鹏主任讲话

总结开展的工作，明得失、树目标，明责任、建新功，继续提振发展动力，做好工作室的领头人，担当使命，明确职责，为"青蓝工程"的健康发展再立新功！

小学英语和初中数学工作室分享了各自工作室在"青蓝工程"、示范引领，以及学科建设方面做出的探索，分析了各自的经验。他们结合开展的扎实有效的学科教研、线上学习、引领示范等活动，阐述了工作室具体的做法，给参会老师们以深刻的启迪。

张延娥做经验交流

巩希琳做经验交流

王建勇主任做讲座

张军霞主任做会议总结

秘金亭主任讲话

县教科研中心王建勇主任给参会老师们做了关于课题申报、研究报告撰写的专题报告。王主任结合具体的案例，给老师们分析了课题立项书、结题报告撰写应该注意的事项，勉励老师们从实际的教学中提炼课题，从研究中提升自身素质。

本次会议中，教科研中心教师业务研修中心主任张军霞同志针对工作室近期的几项重点工作作出说明。张主任解读了"青蓝工程"实施的背景、实施方案及考核方式，并对工作室专项课题申报进行了说明，要求各工作室坚持质量第一的原则，在集中研讨的基础上完成高质量的课题申报，以课题研究促进教研水平的提升。

县教科研中心秘金亭主任做了总结讲话。秘主任点赞了各工作室取得的成绩，肯定了各工作室成员的付出。同时，秘主任对刚刚启动的"青蓝工程"也寄予了厚望，对工作室提出了更高的要求：做好传帮带，充分发挥学科基地的优势，多组织高质量的教学教研活动，促进青年教师的健康成长。

本次会议，有总结，有开启，有交流，有培训，有展望。使命在肩，不敢懈怠；目标在前，奋发有为，与会者纷纷表示要牢记工作室的宗旨，肩负育人使命，加强学科研究，扎实践行学科教学，强课提质，为擦亮阳信教育名片贡献更大的力量！

县教科研中心全体参会

县教科研中心各教研员、全县中小学各名师工作室的主持人在主会场参加了会议。同时，各工作室核心成员及刚刚入选"青蓝工程"的人选，也通过视频直播方式，一同参与了本次盛会。

第五节　关于组织新课程理念下听评课和教学反思系列培训研修的活动及报道

各乡镇（街道）学区、县直各学校：

根据《滨州市教育局关于组织新课程理念下听评课和教学反思系列培训研修的通知》要求，经研究决定，组织我县部分人员集中参会。具体要求如下：

一、参加人员

县教体局业务局长、县教科研中心教研员，各初级中学、乡镇中心小学、县直学校校长，各学区教学办主任，市名师工作室成员、县名师工作室主持人，第二实验中学部分教师。

二、会议时间、地点

5月26日下午2：30～5：30第二实验中学报告厅

三、其他事项

1.根据疫情防控要求做好有关工作；

2.请以学区、县直学校为单位于5月25日（今天）下午5：00前将参会人员统计表发张军霞主任平台或微信。

阳信县教科研中心

2022年5月25日

第一部分 关于组织新课程理念下听评课和
教学反思系列培训研修的通知

滨 州 市 教 育 局

关于组织新课程理念下听评课和教学反思系列
培训研修的通知

各县市区教体局，各市属开发区教育管理部门，市直有关学校，国科魏桥教育集团：

国家义务教育新课程方案和标准已经颁布即将实施，为切实提升广大教师新课程实施能力和水平，扎实推进"在知爱建"主题实践活动和中小学"强课提质"行动，经研究，启动"新课程理念下听评课和教学反思"系列培训研修，涉及30个学科90余场活动。现将相关事宜通知如下：

一、研修主题

新课程理念下的听评课和教学反思能力提升。

二、研修目标

1. 面向全市组织专家讲座，帮助广大教师学习掌握新课程理念下开展听评课的方法、模式和内容，提升教学反思能力，促进专业发展。

2. 指导参训教师准确把握新课改方向，熟悉掌握学科核心知识框架，加快新课程改革理念在课堂的转化和落地。

3. 以市级名师工作室为主体，通过引领性、实操性研修，培养"懂课改、会教学、能示范"的骨干团队，为引领、推动区域基础教育改革发展储备力量。

三、物化成果

1. 生成系列可推广的成果，包括微讲座、课堂实录、课堂观察报告、课例研修报告、教学案例、教学反思等。

2. 各个名师工作室形成学科研修活动计划，并通过专家审核，为后续组织开展研修活动做好准备。

四、研修学科

研修按以下学科分别组织：

学前教育；小学道德与法治、语文、数学、英语、科学、信息科技、体育、音乐、美术、劳动教育、综合实践、地方课程、心理健康教育；初中道德与法治、语文、数学、英语、历史、地理、物理、化学、生物、信息科技、体育、音乐、美术、综合实践活动、地方课程、心理健康教育。

五、参训人员

1. 启动仪式。各县市区教体局业务局长、教研部门全体人员，中小学校校长及业务管理干部、一线教师，市名师工作室成员参加启动仪式及通识讲座。

2. 学科研修。中小学校业务管理干部、任课教师、名师工作室成员参加相关学科研修活动。

六、组织形式

采用网络研修方式进行。

七、研修流程

阶段	活动	主题	备注
第一阶段	启动仪式通识讲座	领导致辞 一堂好课的标准	李政涛（教育部长江学者特聘教授，华东师范大学教育学部副主任）
第二阶段	专家讲座	新课程理念下的听评课和教学反思。	1. 分学科进行线上专家讲座； 2. 各工作室提前起草直播预告，在市教科院公众号及时发布。
第三阶段	实战演练	进行首轮线上听评课和教学反思演练和专家指导。	1. 以工作室为单位，通过学科秘书与专家商定评课内容，并提前完成观课，形成评课意见； 2. 首轮线上点评交流和专家指导； 3. 工作室在充分讨论基础上录制改进课，并提前观课形成评课意见； 4. 形成一份学科核心知识框架图。
第四阶段	实战演练	进行第二轮线上听评课和教学反思演练和专家指导，研修计划制定和研修资源审核指导。	1. 第二轮实战演练和专家指导； 2. 工作室整理研修过程资源和研修终结性成果； 3. 工作室制定研修计划，并通过专家审核。
第五阶段	汇报交流	交流总结。	名师工作室主持人汇报教学设计、听评课和教学反思研修情况，交流学科研修计划。

八、研修时间

5月26日下午14：30～17：30举行启动仪式和首场专家通识讲座。

7月31日前完成全部研修任务，学科研修时间将通过滨州市教育科学研究院公众号、市级名师工作室和学科微信群等及时发布。

九、组织管理

1.各县市区及市直学校要进一步增强学习的自觉性和主动性，原则上每一位学前及义务教育阶段的校长和教师都要参与此次研修学习，不断提升新课程实施能力和水平。

2.市名师工作室主持人负责与学科专家沟通联系，确保研修活动顺利开展，同时组织工作室成员积极参与，按时完成起草预告通知、完成研修作业、留存过程资料、上传资源等工作任务。

3.请以县市区（市直学校）为单位，填写参加启动仪式及通识讲座人员统计表，27日前上报电子版。

滨州市教育局

2022年5月24日

第二部分 "新课程理念下听评课和教学反思"系列培训研究启动仪式

5月26日，阳信县组织参加滨州市"新课程理念下听评课和教学反思"系列培训研究启动仪式。阳信县教体局业务局长、县教科研中心教研员，各初级中学、乡镇中心小学、县直学校校长，各学区教学办主任，市名师工作室成员、县名师工作室主持人及第二实验中学部分教师参加本次网络直播会议。阳信县各学科名师工作室成员和"青蓝工程"培养人选通过网络直播形式在所在单位参会。

主会场的启动仪式由市教育局党组成员、市教科院党总支书记杨宝剑主持，滨州市委教育工委副书记、教育局党组副书记、副局长李美为会议致辞，给所有参会者提出了殷切的期望和要求。

启动仪式上，华东师范大学教育学部副主任李政涛为大家进行通识讲座《一堂好课的标准》。李政涛的讲座高屋建瓴，前瞻性、指导性强。他强调，一堂好课一定要真正地做到实、清、细、深、融；评课既需有思想的方法，又需有方法的思想，要有根有魂，有道有术。

网络会议结束后，阳信县教育科学研究中心主任秘金亭作总结讲话。他指出，阳信县名师工作室在各级领导的指引下，充分发挥了引领、辐射作用，成为阳信县教育改革的生力军。他强调，本次会议是滨州市"新课程理念下听评课和教学反思"系列培训研究的启动会议，这次研修是一个长期学习的过程，希望所有参会者带头学习，率先垂范，学以致用，深化提升，善始善终，确保研修学习的实效。

本次会议意义深远。4月21日，教育部正式发布了《义务教育课程方案和课程标准（2022年版）》，国家对基础教育课程提出新的要求。本次会

议为参会者拨开云雾，廓开道路，为阳信县教育人深研新课标、落实新课标奠定了坚实的基础。

后　记

依照中国人的生活传统，过新年，人人都要穿新衣、戴新帽，家里要挂幅画，或者摆放寓意吉祥的工艺美术摆件，这就是人们常说的"爱美之心，人皆有之"。对我来说，这属于美术教育的范畴，在我的认知里，美术与生活的关系是再紧密不过了。

我对美术的热爱，萌发于小学时期。我自幼跟随姥姥长大，她心灵手巧，我的鞋子、鞋垫、枕头、肚兜等凡是可以绣花的地方，她都要绣上不同的花样，把我打扮得漂漂亮亮。于是我就喜欢上了给姥姥的图纸变个样，让她绣出与众不同的图案，姥姥夸我画得好，慢慢地，我就成了她的"设计师"。我家伯伯、叔叔都是十里百村知名的画匠，我经常看见他们被邀请去给庄乡们家的油布、箱柜、镜子等家装上画些花花草草，他们特别受村里人的爱戴。但是他们没有经过专业的训练，也没有任何资料，每次"创作"都是胸有成竹、别出心裁。那时我在想，如果我也这样巧该多好！

我的第一次美术课是在初中二年级上的，记忆中只上了两节美术课。有一次，美术老师王连庆在黑板上画了一个变形的花卉图案，让我们在作业本上照着他画的样子画一画，老师发现我画得不错，随即当着全班同学的面表扬了我，还拿着我的作业本在每个班宣传我的天赋，老师对我的肯定和认可，帮我发现了美术方面的天赋，我内心燃起对美术的强烈兴趣。

高中生活里学习文化课是第一位的，但是校园文化氛围还是需要营造的。我负责班里的黑板报插图绘制，高中三年也没上过艺术课，不过听师哥师姐们说有个美术兴趣小组在实验楼里。我就憧憬着看看美术小组他们在画什么，美术专业的老师长啥样。到了高三，我尊敬的班主任齐炳杰老师拿着一个滨州师专美术系招生简章单独找到我，说是滨州师专第一年招考美术生，是个好机会，建议我报考，当时我在"热爱＋天赋"的驱使下筑牢要学习美术的梦想，后来以全市第九名的成绩考入滨州师专美术系。

考入美术系的那一刻感觉是天高地阔。后来，乘着梦想的翅膀在大学里笔耕不辍，乐此不疲地快乐学习。毕业的那天，将要离开我眷恋的母校的那一刻，突然闪现了一个青春不知何为狂的想法："再见了母校，我要回去改变家乡的美术教育。"因为我是滨州师专第一届美术教育专业的毕业生，自觉责任重大，我觉得还会有像我一样的学生在等待我去上美术课；同时，倍感美术与生活的联系的紧密，深知美术是生活变美，家乡变美的源泉。这就是我的初心所在。

我的习惯一向是把我的得与失诉诸笔端，记录我的工作历程，不知不觉在近三十年中，攒下了这些成果。本书由"从教十年""从研十年""团队引领"三部分组成，都是我与我的心灵的碰撞，是我的初心使命与梦想实践的对话。它记录了我一路走来的喜悦和孤寂，排解了我指导学生参加高考的压力，总结了我教学研究的探索与实践。

《中共中央、国务院关于深化教育改革全面推进素质教育的决定》（中发〔1999〕9号，以下简称《决定》）中指出："美育不仅能陶冶情操、提高素养，而且有助于开发智力，对于促进学生全面发展具有不可替代的作用。要尽快改变学校美育工作薄弱的状况，将美育融入学校教育全过程。"这一《决定》颁布之后，由于中小学校美术教师师资的匮乏，导致艺术院校急剧扩招，艺考便成为越来越多考生高考升学的方式之一，除了能为更多有艺术

天赋的学生提供深造机会外，还为很多文化课成绩欠佳的考生提供了另一条走向高等教育的道路。从 2002 年起，全国就初步形成了艺考热，在我从教十年中研究美术专业考纲成为我教学的重点，我带领着专业生多次去杭州、北京各大艺术高校观摩学习，为梨乡学子踏出了一条明晰的美术高考之路，我培养的学生遍布中国的各大艺术院校，创下了阳信一中艺术高考历史上的最好成绩，被当地誉为"艺考神话"。

2009 年 9 月，县教育局招考教研员，我以笔试和面试双第一的优异成绩考入阳信县教学研究室，在此工作至今。在 2015—2020 年期间，国务院办公厅连续两次印发聚焦学校美育工作的《意见》。2015 年 9 月国务院办公厅印发《关于全面加强和改进学校美育工作的意见》，明确指出当前和今后一个时期加强和改进学校美育工作的指导思想、基本原则、总体目标和政策措施，提出到 2020 年，初步形成大中小幼美育相互衔接、课堂教学和课外活动相互结合、普及教育与专业教育相互促进、学校美育和社会家庭美育相互联系的具有中国特色的现代化美育体系。2020 年 10 月中共中央办公厅、国务院办公厅印发了《关于全面加强和改进新时代学校美育工作的意见》，提出指导思想："以习近平新时代中国特色社会主义思想为指导，全面贯彻党的教育方针，坚持社会主义办学方向，以立德树人为根本，以社会主义核心价值观为引领，以提高学生审美和人文素养为目标，弘扬中华美育精神，以美育人、以美化人、以美培元，把美育纳入各级各类学校人才培养全过程，贯穿学校教育各学段，培养德智体美劳全面发展的社会主义建设者和接班人。"从事研究的十年中，我依照文件精神，以督促学校美育课程建设和引领美术教师业务发展为工作重点，以"努力让每个孩子都能享有公平的美育权利"为己任，走进各乡镇街道学区，走进全县各中小学学校进行教学视导；融入美术课堂进行亲临指导；带领老师们参加"张志民国画研修班"提高专业水平；指导一百余名教师获得国家、省、市级优质课和基本功奖项；

组织老师们研究了省、市级多项课题，在美术团队老师们的共同努力下，目前，阳信县的美术教学水平在当地市域内处于领先地位。

2020年7月，我被调整到教科研中心教师业务研修中心，我有幸引领名师工作室建设项目。本项目是积极响应教育部、国家发展改革委等五部门出台的《教师教育振兴行动计划（2018—2022年）》中兴教先兴师的号召，旨在发挥一线名师的辐射引领作用，促进优秀教师梯队建设，确保尖子生培养从基础教育抓起；也是构建名优教师自我提升和全县学科教师专业学习的共同体的路径，各名师工作室团队以"一个人走得快，一群人走得远"为行动目标，以"成长自己，成就学生"为愿景，被全县老师们称为"新课程改革的先锋队""教师队伍的排头兵"。

此刻，有机会把这些编在这一著作里，信手翻开，拿出与大家共勉，才发现辑文成册很有必要。这就像把文字变成一颗颗沙砾，铺就在历经的职业生涯之路上，沙砾上留下了一串脚印，那是我们记录在生活中的最好的印迹。再回首，会看见那些若隐若现的划痕，揭开我们所有奋进的记忆；那些深深的脚窝里盛满了我们的狂热，一个又一个梦想，执着地奔跑，带领一群志同道合的年轻教师在课改路上扬帆起航。

本书出版过程中得到了阳信一中原校长岳金辉的鼓励与帮助，得到了我的学生北京鸿儒文轩文化传播有限公司总经理崔付建先生的启发与支持，在此一并致以诚挚的谢意！